KB171065

가슴이 따뜻한 이야기

가슴이 따뜻한 이야기

인쇄일	2022년 10월 20일
발행일	2022년 10월 25일
저 자	이득형
발행처	뱅크북
신고번호	제2017-000055호
주 소	서울시 금천구 가산동 시흥대로 123 다길
전 화	(02) 866-9410
팩 스	(02) 855-9411
이메일	san2315@naver.com

가슴이 따뜻한 이야기

이득형 지음

뱅크북

이 책은

살아가기가 힘들다고 느껴질 때, 내 가슴을 적셔줄, 내 삶에 희망을 불어넣어 줄 생명수같은 좋은 이야기 170가지 이야기 이다.

마음에 따뜻한 감성을 통해 '걸림돌을 도리어 디딤돌'로 바꾸어 인생을 성공으로 이끌기도 하고, 사경(死境)의 위기를 넘기는 양약(良藥)이 되기도 하여 사람의 운명을 바꾸기도 한다.

게다가 오늘날 제3의 혁명으로 불리는 기계 만능의 거센 파도는 현대인들을 '신속과 편리' 일변도의 생활양식으로 몰아가는 반면에 그 역기능으로 옛 사람들처럼 고즈넉이 사고(思考)하는 습성과 여유가 없어지고, 가슴으로 말하는 감성을 잃어감에 따라 웃음과 감동이 없는 하드웨어 같은 차디찬 인간사회로 변해 가는 느낌이다.

여기에서 우리들은 다시 한 번 옛 선현들이 번뜩이던 재치와 유머의 탐색이 아쉽게 되고, 그것을 익혀 어눌(語訥)하지 않게 하는 노력이 있어야 할 당위성(當爲性)을 느끼게 된다.

그러나 숱하게 많은 고사(古事)와 일화(逸話) 중에서 교훈이 되고 재치와 유머를 풍기는 것만을 가려내기란 그리 쉬운일이 아니다.

그것에는 웃음과 눈물과 경탄(敬歎)이 따라야하며 그 바탕에는 도덕과 양심의 지혜가 깔려 있어야만 우리에게 진한 감동을 줄 수 있기 때문이다.

이 책은 그러한 고사와 일화를 이삭줍기 하듯이 모아서 백칠십 편으로 나눠 놓은 것으로서 다만 재미로만 읽는 일과성(一過性)의 이야기 모음이 아니라 웃음과 감동으로 가치정립(價値定立)을 하여 스스로 그것을 창조해 나갈 수 있는 밑거름이 되게 하기 위한 것이다

2017년 겨울 편

편저자 이득형

Contents | 차 례

01 : 책값 + 시간값

미국의 정치가이며 사상가였던 벤자민 프랭클린은 젊었을 때에 작은 서점 하나를 경영했던 일이 있다.

어느 날 손님 한 분이 서점에 들어와 한참동안 책을 골라 보더니 작업을 하고 있는 프랭클린에게 물었다.

"이 책은 값이 얼마요?"

"1달러입니다."

하고 프랭클린은 공손히 대답했다. 그런데 그 손님은

"조금 싸게 안될까요?"

라고 또 물었다. 그러자 프랭클린은

"그러면 1달러 5센트를 주십시오."

하고 대답했다.

손님은 주인이 자기 말을 잘못 들은 줄 알고

"아니, 조금 싸게 하자는데 왜 5센트를 더 달래요?"

하고 말하자 프랭클린은

"그러면 이제는 1달러 10센트입니다."

라고 말했다. 손님은 기가 막힌 듯이

"아니, 무슨 책값이 점점 더 비싸져 가요?"

하고 화를 내자 프랭클린은 조용히 말했다.

"손님, 들어보세요. 시간은 돈보다 더 소중한 것인데, 손님께서 자꾸 저의

아까운 시간을 소비시켰으니 책값 1달러에다 그 시간값을 합쳐서 받아야
옳지요."

이렇게 말하자 손님은 더 말없이 책을 사가지고 갔다.

02 : 모정의 뱃길 3만 4천리

　　　　　　1962년 2월, 전라남도 남쪽 항구에 있는 여수초등학교
졸업식장안에는 온통 눈물바다가 되었다.

35세의 박승이 여사가 우레와 같은 박수 속에서 교장선생님으로부터 '장
한 어머니상'을 받을 때 그날 졸업하는 그의 딸 정숙현학생의 눈에서는
눈물이 비오듯 쏟아졌고, 그 자리에 참석한 모든 학부모와 내빈들도 마치
약속이나 한 듯이 일제히 울음을 터뜨리고야 말았던 것이다.

이야기의 시작은 그로부터 6년전으로 거슬러 올라간다.

여수항구에서 20리나 떨어진 작은 외딴 섬에는 민가라고 해야 겨우 셋에
인구도 20명 뿐이니 학교가 있을 리 없었다.

"여보, 숙현이가 여덟살이나 되었으니 여수에 있는 학교에 입학을 시킵시
다."

"이런 외딴 섬에서 사는 여자 아이에게 공부는 시켜서 뭐 해. 그리고 20리
나 되는 바닷길을 무슨 수로 매일같이 배를 태워 학교를 다닐 수 있게 한
단 말이오?"

완고한 남편은 아내의 건의를 한 마디로 거절했다. 그러나 박여사는 자기
가 못 배운 한도 클뿐 아니라, 섬 전체에서 신식 교육을 받은 사람은 한 사
람도 없는 것에 한심스러움을 느껴온 나머지 어떻게 해서라도 숙현이만
은 정식 학교 교육을 받게 하고 싶었다.

어느 날, 박여사는 육지로 채소를 팔러 가는 길에 여수초등학교를 찾아가

딸의 입학수속을 마치고 돌아왔다.

남편과 동네 사람들이 모두 무리한 일이라고 만류했지만 박여사의 굳은 결심은 아무도 꺾을 수가 없었다.

입학식 날부터 박여사는 매일같이 새벽밥을 지어 먹고 작은 배에 어린 딸을 태워 20리 바닷길을 노를 저어 가서 여수 부둣가에 딸을 내려 놓고, 다시 섬으로 돌아와 밭일을 하다가 학교가 마치는 시간에 맞춰 또 배를 저어 가서 부두에서 기다리는 딸을 태워 오는 일이 시작된 것이다.

처음 1학년 때의 어린 숙현이는 육지에 혼자 내려 놓고 되돌아가는 엄마를 보고 많이 울기도 했으며, 그렇게 우는 딸을 혼자 두고 섬으로 돌아가는 엄마의 눈에서도 한 없이 눈물이 흘렀다. 그러나 딸의 장래를 생각하면서 입술을 깨물고 노를 젓는 여자 뱃사공의 양쪽 팔뚝에는 오히려 저절로 힘이 솟구쳐 올랐던 것이다.

시계조차도 없는 섬에서 딸이 학교에 지각하지 않도록 비가 오나 눈이 오나 바람이 불어 파도가 높아도 배에 태워 데려다 주었다가 오후가 되면 또 부두에서 혼자 엄마를 기다리는 딸의 모습이 애처로워 눈시울을 적시면서 팔에 힘을 더 주어 노를 젓는 박여사의 지극한 정성이 계속되었던 것이다.

그 고난의 뱃길이 6년동안에 무려 3만 4천리! 그야말로 험난한 뱃길이요, 눈물의 세월이었으니, 그러한 엄마를 고마워하는 마음으로 숙현이는 졸업장을 가슴에 안고, 복받쳐 오르는 눈물은 흘러도 흘러도 그칠 줄을 몰랐던 것이다.

03 : 어머니의 사진

세계 제2차 대전 때의 일이다.

필리핀 앞바다에 정박하고 있던 미국 군함 갑판 위에서 웃옷을 벗어 놓고 갑판닦기 작업을 하던 여러 병사들이 있었다.

그 때 벗어놓은 웃옷 하나가 갑자기 세차게 불어온 바람에 날려 바다에 떨어지자 한 병사는 즉시 바다로 뛰어 내리려고 하였다.

이 때 그것을 본 상사가 소리쳤다.

"안돼, 위험해!"

그러나 그 사병은 그 명령을 어기고 재빨리 몸을 날려 바다로 뛰어 내렸다. 사나운 파도 위에 나뭇잎처럼 떠서 자기 옷이 떠 있는 곳까지 간신히 헤엄쳐 가 겨우 옷을 붙잡을 수가 있었다.

갑판 위에서 걱정을 하며 내려다 보던 장병들은 급히 줄사다리를 내려주어, 그 사병은 무사히 갑판 위로 올라올 수 있어 모두 안도의 한숨을 쉬었다.

그러나 그 병사에게는 '명령불복종죄' 라는 죄목으로 곧 군사재판을 받게 되었다.

법정에서 사법관이 그 사병에게 물었다.

"자네는 군대에서 상사의 명령을 어긴 명령불복종죄가 얼마나 무거운 죄인 줄을 모르고 있었나?"

"알고 있었습니다."

"그런데 왜 명령을 어기고 위험한 바다에 뛰어들어 갔었지?"

"저의 웃옷을 건지려고 그랬습니다."

"그렇다면 자네는 자기 생명이나 군대의 규칙보다도 그까짓 웃옷 하나를 더 소중히 생각했다는 말인가?"

이 때 그 사병은 대답대신에 자기의 웃옷 안쪽 주머니 속에서 사진 한 장을 꺼내어 장군에게 보였다. 그것을 본 사법관은 사병에게 물었다.

"이 사진은 누구의 사진인가?"

"저의 어머니 사진입니다."

"어머니는 돌아가셨나?"

"아닙니다. 고향에서 혼자 살고 계십니다."

사법관은 가슴이 뭉클해지면서 크게 감동되어 그 사진을 다시 보며 자리에서 내려와 병사의 손을 굳게 잡았다.

"그렇지, 어머니! 어머니야말로 이 세상에서 무엇보다도 가장 소중하시지! 자네는 정말 효심이 지극한 훌륭한 병사야."

하고 칭찬해 주면서 그 병사를 무죄로 판결해 주었다.

고달픈 군대생활 중에서도 때때로 고향에서 기다리시는 어머니를 생각하며, 꺼내어 보던 어머니의 사진을 그 병사는 목숨을 걸고 파도 속에서 건져낸 것이었다.

장병들은 무죄로 판정한 결과에 모두 기뻐하면서 각자 자기들의 어머니를 다시 한번 생각하였다.

: 돌다리에 새긴 결심

　　　　　지금부터 100여년 전, 영국의 한 시골 마을에서 있었던
일이다. 돌다리 위에서 5~6명의 소년들이 싸움을 하는데, 그 중 한 아이
만을 때리고 그에게 야유를 퍼부었다.

"야! 조지, 이 멍청아, 구둣방 꼬봉 주제에 너 참 건방지다."

그 소년은 너무나 약이 올라 마침내 울음을 터뜨렸다. 야유를 하던 소년
들은

"와!"

하고 함성을 지르면서 모두 도망쳐 버렸다.

이 소년의 이름은 데이비드 로이드 조지였다. 부모는 일찍 돌아가시고 그
마을에서 구둣방을 하는 숙부 밑에서 구두수선 작업을 돕고 있었다.

계급제도가 철저했던 영국에서는 구둣방집 아들은 구두 수선공이 되고,
빵집 아들은 빵집 주인이 되는 것이 상식으로 되어 있었으므로 조지도 당
연히 숙부의 길을 걷게 될 것이었다.

조지는 한동안 혼자 돌다리 난간에 앉아 울면서 냇물이 흐르는 것을 내려
다 보다가 갑자기 고개를 쳐들고 하늘을 향해 주먹질을 하면서 큰 소리로
외쳤다.

'좋아. 결코 나는 구두 수선공으로 끝나지 않을거야. 반드시 위대한 사람
이 되어 너희들에게 본때를 보여 주겠다.'

조지는 주머니에서 작은 칼을 꺼내어 돌다리 난간에 D.L.G라고 자기 이

름 머리글자 석자를 새겨 놓았다.

그 후 몇 십 년이 지나갔다.

그사이 조지는 정치가가 되겠다는 야망을 품고 온갖 고생을 다하면서 낮에는 일을 하고 밤에는 독학을 계속 하였다.

배고프고 견디기 어려운 일을 당할 때마다 조지는 혼자서 그 돌다리로 갔다. 돌다리 난간에 새겨진 자기 이름석자를 어루만지면서 여러 소년들에게 야유를 받던 그 때를 회상하며 주먹을 불끈 쥐고 다시 결심을 다짐하였다.

이 소년이 바로 훗날 영국의 수상이 된 로이드 조지다.

구두 수선공이 성공하여 수상이 된 조지는 천한 신분 때문에 실망하고 있는 세계의 모든 사람들에게 큰 희망과 꿈을 주는 등불이 되었다.

지금도 그 돌다리 난간에는 D.L.G 석자가 아련하게 남아 있다.

※실망은 어리석은 사람의 결론이다. -디스렐리

05 : 낡은 모기장 가보

　　　　　일본의 이와사키 남작은 '미쯔비시회사' 를 세운 큰 사업가다. 그는 선박 수송업을 중심으로 큰 기업을 일으켜 많은 돈을 모았고, 실업계에 끼친 공이 커서 정부에서는 그에게 남작이라는 작위까지 수여했기 때문에 그의 이름은 더욱 세상에 널리 알려졌다.

몹시 무더운 여름날, 80세가 넘으신 그의 어머니는 큰 보따리 하나를 아들 앞에 풀어 놓았다.

"어머니, 이 낡은 모기장을 왜 아직까지 보관하셨습니까? 진작 버리시지 않구요."

"바로 오늘 같이 무더운 여름날 밤 고향의 다 쓰러져가는 오두막집에서 너와 내가 이 모기장을 치고 달빛을 쳐다보면서 벌레소리를 자장가 삼아 편안히 잠을 자지 않았더냐."

어머니는 20세 초반에 남편과 사별하고 아들과 단 둘이서 온갖 고생을 다하며 살던 옛날을 회상하시는 듯, 눈물을 글썽거리면서 말을 이으셨다.

"이제는 내가 이 세상을 떠나야 할 날이 가까워진 것 같아서 죽기 전에 너에게 이것을 주는 것이니, 우리 집의 가보로 영원히 전해가거라."

이와사키는 어머니 말씀에 또 한 번 놀래어 눈을 크게 떴다.

"예? 어머니, 이 낡은 모기장을 가보로 전해 가라구요?"

"너는 아직 내 뜻을 깨닫지 못하는구나. 네가 지금 부자가 되었다고 해서 집을 화려하게 꾸미고 사치하는 것을 탓하는 이 어미의 충고란다. 속담에

'개구리도 올챙이 적 생각을 하라' 고 했다. 네가 아무리 크게 성공을 했더라도 옛날 이 낡은 모기장 속에서 잠자던 기억을 잊어서는 안된다. 그러니까, 너의 아들 손자들에게도 영원히 이 모기장의 교훈을 전해 주기 바란다."

그제서야 이와사키는 비로소 어머니의 간곡하신 뜻을 깨달았다.

"어머니! 이 못난 아들을 용서해 주십시오. 어머니의 교훈을 영원히 잊지 않고 이 모기장을 우리 집의 가보로 전해 가겠습니다. 정말 감사합니다. 어머니!"

하며 그 낡아빠진 모기장을 가슴에 품고 눈물을 흘렸다. 남편도 없이 자식 하나에 희망을 걸고 살아오신 어머니의 고마움을 새삼 뼈에 사무치도록 느꼈던 것이다.

이와사키 남작의 집에는 지금도 근검절약의 정신이 담긴 그 낡은 모기장을 오직 하나 뿐인 가보로 소중히 보관해 가고 있다.

※ 과거를 잊는 자는 과거만을 되풀이 한다.

06 : 친절한 대통령

　　　　　미국 남북전쟁이 한창일 때 에이브러햄 링컨 대통령은
종종 부상병들이 입원한 병원을 방문했다.

한번은 그 병원의 의사가 심한 부상을 입어 거의 죽음 직전에 있는 젊은
병사에게로 링컨을 안내했다.

"내가 당신을 위해서 도울 수 있는 일이 뭐 있겠소."

링컨 대통령을 알아보지 못하는 병사는 간신히 이렇게 부탁했다.

"저의 어머니에게 마지막으로 드리는 편지를 보내고 싶습니다.

저 대신 써주시겠어요?

펜과 종이가 곧 준비되었다. 대통령은 정성스럽게 젊은 병사가 말하는 내
용대로 적어내려갔다.

"보고싶은 어머니, 저는 저의 의무를 다 하던 중에 심한 부상을 당했습니
다. 아무래도 회복되지 못할 것 같군요, 제가 이 세상을 먼저 떠나더라도
저 때문에 너무 슬퍼하지 마세요. 존과 메리에게도 저 대신 키스 해 주시
구요. 하나님께서 어머니와 아버지를 축복해 주시기를 간절히 빌겠어요.
어머니가 사랑하는 아들이!"

병사는 기력이 없어서 더 이상 말을 계속할 수가 없었다. 그래서 링컨은
그 젊은이 대신에 편지 말미에 서명을 하고 이렇게 덧붙여 썼다.

"당신의 아들을 위해서 에이브러햄 링컨이 이 편지를 대필하였습니다."

이렇게 다 쓰고 나니까 젊은 병사는 그 편지를 자기에게 보여 달라고 했다.

그는 그 편지를 끝까지 다 읽어보고 그제서야 자기 편지를 대신 써 준 사람이 링컨 대통령인 것을 알고는 깜짝놀랐다.

그러나 병사는 다시 물었다.

"당신이 정말 대통령이신가요?"

링컨은 조용히 대답해 주었다.

"그렇소. 내가 링컨 대통령이오."

그런 다음 링컨은 또 도와 줄 일이 없는가를 물었다. 병사는 모기소리 만큼 작은 목소리로 겨우 말했다.

"저의 손을 좀 잡아 주시겠습니까? 그렇게 해 주시면 저는 편안히 눈을 감을 수가 있을 것 같습니다."

조용한 병실에서 키가 크고 수척한 링컨 대통령은 병사의 손을 잡고 그가 숨을 거둘 때까지 그에게 따뜻하고 사랑이 넘치는 이야기를 천천히 나지막한 목소리로 들려 주었다.

한 젊은이의 짧은 인생 마지막 길을 평온하게 보내준 링컨 대통령의 친절과 겸손이었다.

※ 예수의 일생 중 마지막 행동은 제자들의 발을 씻어 준 겸손이었다.

⠿ 선진국민의 모범

　　　　신교선 신부가 스위스에서 유학생활을 하던 때의 일이다.
스위스의 '교회공동체'로부터 임시교사의 위임을 받고 시골에 있는 중학
교에 가서 종교 강의를 시작한지 며칠 후 어느 날 강의 시간이었다.
두 남학생이 강의는 듣지 않고 쑤군쑤군 잡담만 하고 있었다.
"저기 앉은 두 학생, 지금은 귀중한 수업시간입니다."
하고 주의를 주었다. 두 학생은 여전히 고개를 숙인 채 낄낄대며 웃기까
지 하였다. 신부는 그들을 잘 구슬려 좋은 말로 몇 번이나 주의를 다시 주
었지만 그들은 막무가내였다.
"두 학생, 내 말이 들리지 않나? 수업시간에 강의를 듣지 않고 잡담만 하
면 다른 학생들에게도 폐를 끼치는 일이 아닌가?"
신부는 언성을 높여 꾸짖을 수 밖에 없었다. 그런데 그 말이 끝나기도 전
에 그 중의 한 학생이 벌떡 일어서더니 흥분된 어조로
"당신은 우리 스위스보다 훨씬 뒤떨어진 한국에서 우리 나라를 배우려고
오지 않았습니까? 그런데 어떻게 우리를 가르치려하고 있으며, 게다가 무
슨 자격으로 우리를 꾸짖는 겁니까?"
하고 당당한 듯이 말하는 것이었다. 너무도 어이없는 그 학생 태도에 더
나무랄 수도 없는 아찔한 순간이었다.
모든 학생은 긴장된 시선으로 신교선 신부를 바라보고 있었다.
이 때 신부는 잠시 눈을 감고 무엇인가를 조용히 생각하고 나서 엄숙히

입을 열었다.

"그렇습니다. 나는 저 학생이 말한대로 후진국인 한국에서 이 선진국인 스위스로 배우러 온 유학생입니다. 그런데 이 나라의 '교회공동체'로부터 임시교사의 위임을 받았기 때문에 지금 내가 여러분 앞에 서 있는 것입니다. 그러므로 여러분은 그 결정을 받아들이고 그에 합당한 예우를 해야하지 않겠어요? 또, 그것이 선진국의 학생이 보여 줄 모범이 아닐까요?"

이 말에 강당 안은 물을 끼얹은 듯이 조용해졌다.

이윽고 한 여학생이 일어나 그 남학생을 향하여 말했다.

"네가 잘못했어. 어서 일어나 선생님께 사과해라."

강당의 분위기는 곧 검은 구름이 가셔지고 가을 하늘 같이 맑아졌다.

수업이 끝나자 여러 학생들이 그 방자하던 남학생을 앞세우고 모여와 선생님께 사과하였다. 신부는 웃으면서 그들과 함께 앉아 조용히 기도하였다.

※ 그 나라의 과거를 알려면 유물을 보고, 나의 미래를 알려면 청소년을 보라.

08 : 훈장의 가치

　　　　　1871년 보불전쟁에서 독일이 승리하였을 때의 이야기다. 독일의 황제 빌헬름 1세는 전쟁에 승리한 것을 크게 기뻐하면서 비스마르크 재상에게 이렇게 명령했다.

"이번 싸움에서 가장 용감하게 싸운 병사에게 철십자 훈장 제1급을 수여하시오."

이러한 지시를 받은 비스마르크 재상은 병사들의 공적을 낱낱이 조사한 후 훈장을 수여하는 자리에서 그 훈장을 받을 병사와 이야기를 나누었다.

"자네가 철십자 훈장 제1급을 받게 된 것을 축하하네!"

"감사합니다."

"그런데 말야, 자네 가정의 생활이 궁핍하다면 자네에게는 훈장보다는 오히려 100마르크의 상금이 더 낫다고 생각하지 않나?"

이 말에 그 병사는 반가운 듯이 눈을 크게 뜨고 재상에게 물었다.

"훈장의 진짜 가치는 얼마쯤 됩니까? 각하."

"훈장을 돈의 가치로 계산한다면 한 3마르크 쯤을 될 것일세. 그렇지만 훈장은 자네의 일생 일대의 큰 영예요, 그 자손만대까지 전해 갈 명예스러운 가보가 되는 것이지!"

이 말을 들은 병사는 주저없이 즉석에서 이렇게 요청했다.

"그렇다면 각하, 저에게는 그 훈장과 돈 100마르크에서 3마르크를 뺀 97마르크를 주십시오."

비스마르크 재상은 이 병사의 지혜로움과 그 기지에 놀라움을 금할 수 없었다. 그리하여 그 병사에게는 훈장과 함께 100마르크의 상금까지 모두 수여되었다.

한 병사의 터무니 없는 요구를 나무람이 없이 오히려 그 지혜를 칭찬하고 병사의 요청대로 들어 준 비스마르크의 너그러움과 용단이 또한 명재상다운 일이었다.

이러한 비스마르크는 후에 저 유명한 '철현연설'을 했고, 그 철혈정책에 의한 군비확충이 실행에 옮겨진지 9년만에 독일은 마침내 통일을 이룩했던 것이다.

※ 현명한 사람은 돈의 고마움을 알지만, 부자는 지혜의 고마움을 모른다. 그러므로 부자보다 현명한 사람이 훌륭하다.

09 ┇ 카네기의 토끼 이름

카네기가 열 살 때의 일이다.

토끼 한 마리를 이웃집에서 선물로 얻어다가 키우기 시작한 것이 어느덧 수 십 마리가 된 것이 카네기에게는 큰 자랑거리가 되었다.

토끼식구가 그렇게 많아진 것은 기쁜 일이지만 그러나 어린 카네기 혼자의 힘으로서는 먹이를 대기가 참으로 어려운 일이었다.

매일같이 풀을 열심히 뜯어다 주어도 여러 마리의 토끼들이 금방 먹어치우는 통에 정말 감당하기가 어려웠다.

"무슨 좋은 방법이 없을까?"

카네기는 궁리 끝에 묘안이 떠올라 놀이터로 달려갔다. 거기에는 자기 또래의 친구들이 많이 모여 야구를 하고 있었다. 카네기는

"얘들아! 너희들에게 보여 줄 것이 있으니 우리 집에 가자"

하고 십여 명의 어린이들을 데리고 왔다.

"너희들, 이 토끼 중에서 가장 자기 마음에 드는 놈을 하나 씩 골라봐"

친구들은 무슨 영문인지도 모르고 떠들면서 토끼장 상자마다 들여다보며 이것저것 찾다가 제각기 한 마리씩을 골랐다. 그 때 카네기는

"오늘부터 토끼풀을 많이 뜯어오는 사람에게는 자기가 골라 놓은 토끼에게 그 사람 이름을 붙여 주겠다"

하고 선언했다.

카네기의 이 계획이 들어맞아 친구들은 그날부터 자기 이름을 붙인 토끼

에게 열심히 풀을 뜯어다 주는 것이었다.

소년시절의 이 멋진 아이디어는 카네기가 후에 강철왕으로 크게 성공하는 데에 큰 도움이 되었다.

펜실베니아의 에드카 톰슨이라는 사람이 그 지방에 처음으로 철도를 놓으려고 회사를 설립했을 때의 일이다.

카네기는 자기 공장에서 만든 레일을 꼭 그 회사에 납품하려고 궁리하던 중에 소년시절에 토끼에게 친구 이름을 붙여 주던 생각이 떠올랐다.

그는 즉시 거기에 새로 지은 제철소에 그 철도회사 사장이 이름을 붙여 '에드카 톰슨 제철소' 라는 간판을 달았다. 철도회사 사장은 여러 납품업자 중에서

"같은 값이면 내 이름과 같은 공장에서 만든 레일을 쓰는 것이 좋겠다."

하고 카네기가 신청한 레일을 주저없이 택하였고, 카네기는 그 공장 이름 하나 잘 붙인 덕으로 수 많은 경쟁자를 손쉽게 물리칠 수가 있었다.

※ 여기에 자기보다 훌륭한 사람들을 자기 주위에 모을 줄 아는 인간이 고이 잠들다. -카네기 비문

▪ 세계 제일의 명언

옛날 어느 나라의 왕이 하루는 현인들을 불러 모아놓고 명령을 하였다.

"모든 백성들이 다 잘 살 수 있는 성공비결을 적어 오너라."

현인들은 그 날부터 열심히 연구하고 토론도 하여 마침내 국민들이 잘 살 수 있는 비결을 적은 12권의 책을 왕에게 바쳤다.

왕은 그것을 다 훑어 본 다음

"좋은 비결이 실려 있긴 하지만 열 두 권이나 되는 이 책을 어떻게 다 모든 백성들에게 나누어 주는가? 너무 방대하니 이것을 줄여 와라."

하고 다시 명령했다.

현인들은 의논 끝에 그것을 절반으로 줄여서 여섯 권으로 다시 만들어 왕에게 바쳤다.

그러나 왕은 그것도 많으니 다시 줄여 오라고 명했다. 그 다음 두 권으로 대폭 줄였으나 왕은 그래도 길고 방대하니 더 줄이라고 하여 마침내 단 한 권의 책으로 성공비결을 적어 왕에게 바쳤다.

그런데 어찌 된 일인가? 왕은 그것도 백성들이 읽기에는 너무 긴 글이니 더 줄여 오라고 명하는 것이 아닌가?

현인들은 할 수 없이 그 한 권의 책 중에서 가장 중요한 부분을 추리고 추려 겨우 한 페이지의 글로 요약해서 왕에게 바쳤다.

그런데 왕은 이번에도 또 고개를 옆으로 저으면서 못마땅해 하였다. 한 페이지나 되는 글을 모든 백성들이 어떻게 다 외우느냐는 것이었다.

현인들은 할 수 없이 그 한 페이지의 글 중에서 가장 핵심이 되는 글귀 한 마디만 적어서 왕에게 바쳤다.

왕은 그것을 받아 읽어 보더니 무릎을 치며 그제서야 크게 만족해하면서

"그래그래, 바로 이거야! 모든 백성들이 이 비결 한 마디만 외워서 실천하면 누구나 다 잘 살 수 있을거야"

하며 기뻐하였다.

그 한 마디로 줄인 성공 비결은 과연 무엇이었을까?

그것은 바로

'공짜는 없다.'

이 한 마디였다. 이것이 누구나 다 잘 살 수 있는 비결이 담긴 가장 간단한 글귀였으며, 세계 제일의 명언이었다.

일본 북해도 삿뽀로시에 있는 홋가이도 대학 교문 안에 들어서면 서양 사람의 동상이 하나 서 있다.

1876년, 일본 정부의 초청을 받고 미국에서 건너 온 클라크 교수의 동상이다.

그 당시 대부분의 대학생들은 술을 자주 마시고 난폭한 행동을 일삼는 경우가 많았다. 클라크 교수 자신도 너무나 술을 좋아하여 일본에 올 때에 1년 동안 마실 술을 미국에서 가지고 왔을 정도의 애주가였다.

그런데 어느 날 그는 무슨 까닭인지 그 많은 술병을 전부 교실로 가지고 와서 학생들 앞에 놓고

"나는 오늘부터 술을 끊기로 결심을 했네. 자네들도 내 앞에서 술을 안마시겠다고 맹세하지 않겠는가?"

하며 쇠망치로 그 술병을 모두 깨트려 버렸다. 교실 안에는 갑자기 술 냄새와 깨진 유리로 난장판이 되었다. 이 놀라운 광경을 지켜 본 학생들은 모두 감동하여 그 자리에서 일제히 맹세하였다.

"선생님, 저희들도 오늘부터 절대로 술을 마시지 않겠습니다."

이 일이 있은 후 삿뽀로 시내에서는 젊은 학생들이 술을 마시고 행패를 부리는 모습을 볼 수 없게 되었을 뿐 아니라, 학업에 전념하는 풍토로 변해 갔다.

클라크 교수의 기독교적인 가르침에 기초한 미국식 교육은 농업 분야에

만 그치지 않고 명치문화를 일으키는 데에도 크게 영향을 주었는데, 그것은 그의 이와 같은 굳은 맹세와 솔선수범하는 자세로 모범을 보였기 때문이었다.

그가 임기를 마치고 미국으로 돌아갈 때 학생들은 헤어지기가 너무나 섭섭하여 25km나 떨어진 시마츠 항구까지 따라가 눈물로써 그를 전송하였다.

그 때 클라크는 학생 한 사람 한사람과 악수를 하면서

"소년들이여, 야망을 가져라!(Boys, Be Ambitious!)"

하고 외치며 떠나갔고, 이 명언이 일본 전국의 학생들 가슴에 새겨졌다.

그의 동상 아래에 새겨져 있는 이 문구는 지금도 교문을 드나드는 모든 학생들에게 외치고 있다.

"소년들이여, 야망을 가져라" 하고……

12 : 마음을 넣은 바이올린

　　이탈리아의 안토니오는 음악을 무척 좋아했지만 그의 친구인 살바토처럼 아름다운 테너의 목소리를 낼 줄도 모르고, 또 주리오처럼 바이올린을 잘 연주하지도 못했다.

다만 할아버지가 물려주신 좋은 주머니칼 하나를 늘 자랑스럽게 가지고 다녔다.

안토니오는 손재주가 있어서 그 조각칼로 나무를 깎아서 훌륭한 조각품을 만들곤 했다.

어느 날 안토니오는 그 당시 최고로 바이올린을 잘 만드는 아마티 노인을 찾아가서 자신이 만든 물건들을 보이면서 말 했다.

"할아버지 저도 바이올린을 만드는 재능이 있을까요?"

"너는 왜 바이올린을 만들려고 하지?"

"예, 저는 음악을 사랑하지만 목소리가 좋지 않아 노래를 잘 부를 수도 없고, 악기를 연주할 줄도 모릅니다. 하지만 저는 음악을 위해 무언가를 꼭 하고 싶습니다."

"응, 그래? 음악을 하는 방법에는 여러 가지가 있지. 어떤 사람은 악기로, 또 어떤 사람은 좋은 목소리로 노래하고, 또 어떤 이는 그림으로 노래를 대신하기도 하지. 그러나 가장 중요한 것은 마음의 노래란다. 너는 비록 목소리는 나쁘지만 그것을 대신할 만한 손재주가 있으니까 거기에 마음의 노래를 넣으면 훌륭한 악기를 만들 수 있을거야."

이렇게 격려해 주면서 그를 제자로 삼았다. 그리하여 안토니오는 22세 때 제법 좋은 바이올린을 만들어, 자기 이름을 바이올린에 새길 수 있을 정도까지 되었다.

그가 평생에 만든 바이올린은 1천 개 이상이나 되며, 그 하나하나를 만들 때마다 늘 먼저 것보다 더 잘 만들려고 노력하였다.

"나도 안토니오가 만든 바이올린 하나를 가졌으면 더 이상 소원이 없겠다."

유명한 바이올리니스트마다 이렇게 그가 만든 바이올린을 갖고 싶어 했으며, 따라서 그가 만든 바이올린의 값은 나날이 올라갔다.

그 까닭은 바이올린을 만들 때마다 다만 손재주만으로 만드는 것이 아니라, 마음의 노래를 넣어가며 온갖 정성을 다 쏟아 만들었기 때문이었다.

훌륭한 악기를 만들어내는 것도 음악을 사랑하는 방법이며, 여러 사람들을 위해서 봉사하는 길이 된다고 안토니오는 긍지를 갖고 마음을 넣어 열심히 만들었다.

13 : 퇴계의 인간 사랑

조선시대에는 여자가 한 번 시집을 가면 남편이 먼저 죽어도 재혼을 못하고 시댁에서 늙어 죽어야하는 규제가 양반의 가문일수록 더욱 엄격했었다.

도산 이퇴계 선생의 둘째 며느리는 스무살 때 자식도 없이 남편이 먼저 죽어 청상과부로 일생을 지내야 할 가엾은 신세가 되었다.

그래서 퇴계선생은 늦은 밤마다 아무도 모르게 홀며느리가 외롭게 거처하는 후원 별당을 한 바퀴 돌면서 며느리 신변을 보호해 주며 항상 측은하게 생각하고 있었다.

그러던 어느 날, 밤중에 여느 때와 같이 후원 별당을 한 바퀴 돌던 그는 크게 놀라지 않을 수 없었다.

다른 때 같으면 이미 불이 켜져 있어야 할 며느리 방에 불이 환하게 켜져 있을 뿐만 아니라, 누구와 도란도란 이야기하는 말소리까지 들리는 것이 아닌가?

퇴계선생은 의심스러워 발길이 저절로 며느리 방 앞까지 가서 뚫어진 창호지 틈으로 방안을 보게 되었다.

"아이구! 저걸 어쩌나?"

퇴계선생의 가슴은 찢어지는 듯이 아팠다. 방안에서 벌어진 광경은 차마 눈 뜨고 볼 수 없는 비참한 모습이었다.

홀며느리가 자기 남편이 살았을 때 입었던 옷으로 허수아비를 만들어 밥

상 앞에 앉혀 놓고 마치 산 사람하고 이야기 하듯이

"이 찌개는 제가 만든 것이니 제 음식 솜씨도 맛보세요. 그리고 이 고기도, 이 산나물도 드시고요……."

살아있는 남편과 주고받듯이 혼자 말로 지껄이는 것이 아닌가!

'저 애가 얼마나 남편이 그리우면 저렇게까지 할까?'

퇴계선생은 자기 방에 돌아와 불쌍한 며느리 생각에 한 잠도 잠을 이루지 못하고 깊은 생각에 잠겼다.

'여자도 남자와 똑같은 사람인데 왜 남자처럼 재혼을 할 수 없나? 과부에게 강제로 수절하도록 하는 것은 윤리도 도덕도 아니다'

이렇게 생각한 그는 다음 날 상당히 먼 곳에서 사는 사돈댁에 혼자 찾아가서 사돈에게 자기의 이러한 생각을 말하고 돌아왔다.

사돈은 펄쩍 뛰며 반대했지만, 그 다음날 밤중 동리사람들이 모두 잠자는 사이에 불쌍한 그 며느리를 달래어 친정으로 보내 주었다.

그로부터 여러 해가 지난 뒤였다.

퇴계선생은 임금의 부르심을 받고 한양으로 다시 올라가는 길에 날이 저물어 산촌의 어느 기와집에서 하룻밤을 자게 되었다.

그런데 그날 그 집 사랑방으로 나온 저녁상 위에 놓여 있는 반찬이 이상하게도 자기 집에서 먹는 것과 똑같은 것이었다.

'참 이상하다. 남의 집 음식이 어쩌면 내 입에 이렇게 잘 맞을 수 있을까?'

하며 기쁜 마음으로 식사를 마치고 잠도 편안히 잘 잤다.

다음 날 아침, 조반상을 받고 보니 역시 또 그와 같아 마치 자기 집에서 식사를 하는 것과 똑같았다. 그때 문득 퇴계선생님 머릿속에 번개같이 떠오르는 생각이 있었다.

'혹시, 몇 해전에 친정으로 보내 준 내 둘째 며느리가 이 집으로 개가해 온 것이 아닐까?'

이런 생각을 하며 조반을 다 먹고 길을 떠나려고 할 때 젊은 남자 주인이 새로 만든 버선 한 켤레를 내다 주면서 말했다.

"손님께서 신고 오신 버선이 더러워졌으니 새 버선으로 갈아 신고 떠나시지요. 손님에게 드리려고 저의 내자가 밤을 새워 버선 한 켤레 새로 지었는데 혹시 발에 잘 맞으실런지요."

퇴계선생은 너무도 고마워 즉시 버선을 신어 보았다. 그런데 신통하게 버선까지도 자기 발에 꼭 맞는 것이 아닌가?

"네, 꼭 맞습니다. 버선이 이렇게 잘 맞을 수가 없군요. 참으로 고마워요"
하고 인사하였다. 퇴계선생 마음속에는

'그래, 내 둘째 며느리가 이 집으로 개가해 온 것이 틀림없어…… 그리고 내가 온 것을 어제 이미 알고 있었던 것이 틀림없지……'

이렇게 생각한 그는 기쁨으로 가슴이 한없이 벅차 올랐다. 마음 같아서는 곧 그 며느리를 불러 반갑게 만나보고 싶었지만, 그러나 서로간에 입장을 생각해서 꾹 참았다.

예의 바른 그 집 남자 주인과 작별하고 얼마를 걸어오다가 뒤를 돌아다보니 그 집 젊은 아낙네가 담 모퉁이에 서서 자기를 배웅하고 있는 것이 아닌가. 먼빛으로 보아도 자기 둘째 며느리가 틀림없었다.

퇴계선생의 두 눈에는 애틋한 눈물이 왈칵 쏟아져 나왔다. 옛날 그토록 측은히 여기며 사랑해 주던 그 며느리가 아닌가. 가슴이 메어지는 듯한 뜨거운 정감을 어찌할 수가 없었다. 손이라도 마음껏 크게 흔들어 주고 싶었지만 혹시 남의 눈에라도 뜰까봐 참고 또 참았다.

퇴계선생은 그날 즐거운 마음으로 한양 가는 길을 걸으면서 이렇게 생각했다.

'아, 내가 청상과부였던 저 며느리를 친정으로 보내 준 것은 참 잘 했구나. 홀로 된 과부가 마음에서 우러나 자기 스스로 절개를 지킨다는 것은 지극히 아름다운 일이다. 그러나 가문의 체면과 인습에 얽매여 마음에도 없는 절개를 억지로 지킨다는 것은 진정한 열녀가 아니다. 더구나, 그것을 주위 사람들이 강요하거나, 또 여자에게만 수절하기를 바라는 것은 분명히 남녀불평등이요, 여자의 인권을 유린하는 큰 죄악이다'

이러한 생각을 하는 것은 지극히 봉건적인 그 시대에 퇴계선생이 아니고서는 감히 생각조차도 할 수 없는 극히 진보적인 생각이었다.

14 ：에우레카(발견했다)

　　　　"그대는 나의 이 금으로 만든 왕관에 혹시 불순물이 들어 있는지를 꼭 밝혀 주오"

고대 그리스의 히에로왕이 당시에 철학자이자 수학자이면서 물리학자인 아르키메데스에게 명령하였다.

순금으로만 만들게 한 왕관이 정말 다른 불순물을 섞지 않고 정직하게 순금으로만 만들었는가를 알아내라는 명령이었다.

그러나 그 왕관을 녹여서 분석하지 않고는 알아낼 수가 없기 때문에 아르키메데스는 잠도 못자고 매일같이 크게 고심하고 있었다.

그러던 어느 날, 그는 대중목욕탕에 갔는데 그 때 욕조에는 물이 찰랑찰랑하도록 꽉 차 있었다.

아르키메데스는 여느 때와 같이 옷을 벗고 욕조에 들어가 물속에 앉을 때 물이 넘쳐서 욕조 밖으로 흘러나가는 것을 보았다.

'욕조 안에 들어가면 물이 많아지면서 욕조 밖으로 흘러나간다'

이것은 누구나 흔히 경험하는 것이다. 그러나 과학자는 그 넘쳐 흘러나가는 목욕탕 물도 무심히 보지 않고 관심을 갖기 때문에 여러 가지 위대한 원리를 발견할 수가 있었던 것이다.

그릇에 가득 찬 물 속에 다른 물체를 넣으면 그 물체와 똑같은 용량(부피)만큼의 물이 넘치는데, 금이 은보다 더 무겁기 때문에 똑같은 무게의 은괴는 금괴보다 부피가 크니까 더 많은 물이 넘쳐진다.

여기까지 생각한 아르키메데스는 너무도 기쁜 나머지 즉시 욕조안에서 뛰어나와 옷을 입는 것도 잊고

"에우레카, 에우레카(발견했다)"

하고 소리치면서 벌거벗은 채로 자기 집으로 뛰어가 곧 실험에 착수했다. 그리하여 그 원리가 확실해지자 왕관에 불순물이 얼마나 들어 있다는 것을 왕 앞에서 자신있게 증명할 수 있었던 것이다.

이것이 바로 유명한 '아르키메데스의 원리' 즉 '부력의 원리' 이다.

이 원리로 우리가 물속에 들어가면 우리 몸 부피와 똑같은 부피의 물 무게만큼 가벼워지며, 바닷물은 보통 물보다 더 무겁기 때문에 바닷물 속에서는 우리 몸이 더욱 가벼워지는 것이다.

15 ┇ 상대성 원리 설명

　　　　　다음 이야기는 상대성원리를 설명해 달라는 어느 부인
에게 아인슈타인이 그 설명 대신으로 해 준 이야기다.

무더운 여름날 눈이 먼 장님친구하고 같이 시골길을 가던 청년이

"아휴 목말라 죽겠네. 시원한 우유라도 한 잔 마셨으면 참 좋겠다."

하고 말하자 장님친구는

"나는 마신다는 말은 알지만 우유가 뭔지 몰라. 우유가 뭐지?"

"우유도 모르나? 우유란 색깔이 하얀 물같은 액체야"

"음, 액체라는 말은 알겠는데 하얀 색깔이란 어떤 것이지?"

하고 장님친구가 또 물었다. 장님에게 색깔을 설명한다는 것은 정말 어려
운 일이었다. 그렇지만 청년은 친절하게 설명해 주었다.

"그건 말이지, 백조의 날개빛과 같은 색깔이야"

"백조의 날개? 나는 날개는 알겠지만 백조란 어떤 새인지 몰라"

"백조? 백조라는 새는 저……"

청년은 설명하기가 어려워져서 그만 싫증이 났다. 그래서 조금 언성을 높
였다.

"백조라는 새는 모가지가 꼬부라진 새야"

장님은 그래도 또 모르겠다는 듯,

"모가지가 무엇인지는 알겠는데 꼬부라진 거란 어떤 것이지?"

청년은 더 이상 자세히 설명해 줄 기운조차 없었다. 장님에게 이해시키는 방법은 말보다는 행동으로써 보여 주는 것이 쉬울 것 같아서 그는 갑자기 장님친구의 팔을 잡고 힘껏 비틀면서 소리 질렀다.

"꼬부라진 거란 바로 이런거야, 이제는 알겠나?"

장님은 별안간 놀래고 팔이 아파서

"야야야! 아, 이젠 알았네, 자네가 마시고 싶다는 우유가 어떤 것인지 이제는 알겠네."

참으로 어처구니 없는 일이 되었다. 우유를 설명하다가 친구의 팔까지 비틀게 되었고, 또 장님친구는 팔을 비트는 것이 우유라고 믿게 됐으니 정말 기가 찰 일이다.

기초 지식도 없이 무턱대고 상대성원리 같은 어려운 질문을 한다는 것이 얼마나 어리석은 일인가를 깨우쳐 주려고 아인슈타인이 어느 부인에게 들려 준 이야기다.

———

※ 새는 자기 날개로 날 수 있는 이상의 높이는 결코 날지 않는다.-W.블레이크

공자가 제자들을 거느리고 진나라로 가던 중에 폭도들에게 포위를 당해 7일 동안이나 굶주린때가 있었다.

겨우 쌀 한 되를 얻어와 제자인 안회가 밥을 짓고 있는데, 그것을 보고 있던 자공이 공자가 계신 방에 급히 들어와 스승에게 여쭈었다.

"선생님, 군자도 궁하면 양심을 속이고 옳지못한 행동을 합니까?"

"그럴 리가 있느냐? 군자는 궁한 때일수록 곧게 사느니라"

"그런데 왜 선생님께서 그토록 항상 훌륭한 제자라고 칭찬하시는 안회가 궁하다고 해서 옳지못한 행동을 합니까?"

"안회가 어떤 행동을 했길래 그러느냐?"

"조금 전에 안회가 밥을 짓다가 솥 안에 손을 넣고 밥알을 꺼내어 먹는 것을 제 눈으로 똑똑히 보았습니다. 배고픔을 다같이 겪고있는데 밥을 짓다가 자기만 먼저 몰래 밥을 꺼내어 먹는 행동, 더구나 스승보다 먼저 먹는 것이 과연 군자다운 행동입니까?"

하며 불만스러운 듯이 투덜댔다.

"음, 안회가 그런 행동을 하더냐? 그러면 내가 한 번 물어보리라"

하고 공자는 안회를 불러 말씀하셨다.

"내가 방금 꿈에서 신을 보았다. 제사를 지내야겠으니 새로 지은 밥을 가져 오너라"

하시니까 안회가 허리를 굽히며 대답하였다.

"선생님, 제가 밥을 짓다가 솥뚜껑을 열 때 문득 검불 하나가 들어가 손으로 건져내는데, 검불에 밥알이 함께 묻어나오기에 버리기가 아까워서 입에 넣었습니다. 이번에 지은 밥은 그렇게 더럽혀진 밥이오니 제사드릴 밥은 다시 짓겠습니다!"

"음, 그랬더냐. 알았다. 물러가 있거라"

안회의 말을 같이 듣던 자공은 안회가 밖으로 나가자 즉시 스승 앞에 공손히 엎드리면서

"선생님! 죄송합니다. 이 미련한 자공은 아무래도 안회만 못하옵니다. 선생님께서 안회를 그토록 칭찬하시는 까닭을 이제야 확실히 알았습니다"

하면서 사죄하고, 자기의 경솔하였음을 깊이 뉘우쳤다.

1995년 7월 6일. 일본 도쿄 시부야 빠찡꼬타워 오픈을 하루 앞둔 회견장은 130여 언론사 취재진들이 몰려와 대성황을 이루었다.

조간신문에 '도쿄 한 복판에 빠찡꼬왕 상륙하다!' 라는 제목 밑에 67세의 한창우 할아버지와의 회견 내용이 크게 보도 되었다.

'당연히 고급 백화점이나 호텔이 들어서야 할 가장 값 비싼 땅 도쿄 시내 한 복판에 빠찡꼬 점포를 냈다는 것부터가 전에 없었던 놀라운 일이며, 공사비 50억엔으로 8층 빌딩의 5개층을 가득 메운 빠찡꼬 기계의 수가 무려 1,900대나 되어 하루에 5,000만엔~6,000만엔의 매출액이 오른다'

대개 이러한 내용의 기사로써 일본인들을 놀라게 해준 이 주인공 한창우 할아버지는 과연 어떤 사람인가?

겨우 쌀 두 말을 걸머진 12세 소년이 한국에서 일본으로 건너가 50년동안 말로 이루 다 표현할 수 없는 고통을 참아가며 살아 온 그는 자기 고생담을 기자들에게 이렇게 말했다.

"죠센징이라고 차별하는 일본인들이 나를 이토록 강하게 만들어 주었죠" 라고 말한 그는 지금도 점포 곳곳에 써 붙인 '마루한(丸韓)'이라는 회사 이름 속에 자기의 한국 성(姓)을 고집스럽게 버리지 않고 있다.

일본경쟁사로부터 '최우수 첨단사업소상' 까지 받은 그는 한 때 다른 사업의 실패로 1천억 엔의 빚을 져 자살까지 하려고 했었지만 그 때 마침 '노인과 바다'라는 세계명작을 읽고 다시 뛰기로 결심하였다. 거센 파도와 싸워 이겨가는 노인과 같이 '일본'이라는 거센 풍랑의 망망대해를 헤쳐가며 재 도전하였던 것이다.

이왕 빠찡꼬 사업을 할 바엔 일본에서 최고가 되겠다는 각오로 점포 안의 담배연기를 없애는 시설과 손님에게 90도로 인사하는 종업원 교육을 철저히 시키는 등 기존 업체에서는 상상도 못할 새로운 서비스와 경영기법을 도입하였다.

그 결과 그 많은 빚도 다 갚고 점포가 일본 전국에 42개로 늘어나 1년 매출이 무려 2천억엔(2조원)에 이르러 별명 그대로 '빠찡꼬왕'이 되었다. 해마다 3,000명의 취직희망자가 몰려 오며, 종업원 1,800명 중 와세다 대학 등 명문대학 출신도 많다.

맵고 질긴 한국인의 악전고투 끝에 낚아올린 크나큰 물고기였다.

※ 대사업의 기록은 대고난의 기록이다. -스마일스

18 ː 독서의 진가

　　　　　독서를 많이 하기로 유명한 미국 콜롬비아 대학의 레이
몬드 위버 교수에게 한 학생이 찾아왔다. 그 학생은 위버 교수가 과연 소
문대로 정말 책을 많이 읽었는가를 확인해 보려고 찾아온 것이었다.
"자네가 어떻게 나를 찾아왔나?"
"네, 저 다름이 아니라. 교수님께서 이 책을 읽으셨는지 궁금해서요"
"무슨책인데…… 어디 좀 볼까"
학생으로부터 책을 받아든 교수는 잠시 그 책을 훑어보더니 말했다.
"아직 내가 읽지 못한 책이구면"
학생은 짐짓 놀라는 표정으로 또말했다.
"교수님, 이런 베스트셀러를 아직 읽지 않으셨단 말입니까? 이 책이 나온
지 벌써 3개월이나 지났는데, 누구보다도 책을 많이 읽는 분이라고 소문
난 교수님이 아직 읽지 않으셨다니 참 이상하군요"그제야 학생의 짓궂은
의도를 파악한 위버 교수는 잠시 눈을 감고 생각에 잠겼다가 입을 열었
다.
"학생의 말이 옳을지도 모르겠군. 그렇다면 학생은 단테의 '신곡'이라는
책도 물론 읽었겠지?"
그랬더니 학생은 멋쩍은 얼굴로 말했다.
"아직 못 읽었습니다"
위버 교수는 큰소리로 웃고나서 다음과 같이 일러 주었다.

"나는 나온지 3개월밖에 안 된 이 책을 못 읽었다고 학생에게 핀잔을 받았지만, 학생은 나온 지 이미 600년이나 된 단테의 명작 '신곡'을 아직도 읽지 않았다면 더 큰 핀잔을 받아야 하겠군. 공자님의 가르침을 쓴 논어라는 책에 '온고이지신이면 가이위사의(溫故而知新이면 可以爲師矣)니라' 는 글이 있다네. 그 뜻은 '옛것을 익히고 새것을 알면 능히 남의 스승이 될 수 있다.' 라는 뜻이라네. 시대에 뒤떨어지지 않기 위해 새 책을 읽는 것도 중요하지만 고전을 많이 읽는 것도 매우 중요하다네."

워버 교수는 조용한 목소리로 그 학생에게 길게 설명해 주었다.

"선생님! 죄송합니다."

학생은 그제야 자기의 짓궂은 행동을 뉘우치고 독서의 진가를 비로소 깨달았다.

19 : 링컨 대통령의 인품

미국 16대 대통령 링컨은 대통령이면서도 보통 사람같이 평범하게 지내는 시간을 좋아했다. 그래서 집무시간이 지나면 사저에 돌아와서 자기 신발을 손수 닦기도 하고, 손수건과 양말 등을 빨기도 했다. 어느 날 그의 이러한 모습을 보고 비서가 말했다.

"각하, 어찌 귀하신 분이 이런 천한 일을 손수 하십니까? 가정부에게 시키시지요"

"세상에는 천한 사람도 천한 일도 따로 없다네. 내가 이 나라의 대통령이라고 하더라도 내 일을 내가 하는 건데, 어째서 이런 일이 천하다고 할 수 있는가?"

하고 오히려 비서에게 타일렀다.

링컨의 이러한 평등의식이 '노예해방'이라는 위대한 일을 할 수 있게 하였고, 오늘날 미국 국민에게도 평범한 시민정신으로 인식되고 있어서 대통령 아들이나 노동자의 아들이나 똑같이 군대에 나가 차별없는 대우를 받으면서 같이 싸우다가 같이 전사하기도 한다.

링컨이 대통령으로 당선되기 전에 친구들이 모여앉아 링컨과 함께 대통령 후보로 나온 더글러스와 링컨의 인물 됨됨이를 비교하고 있었다. 마침 그 자리에 간 링컨을 보고 친구들이

"자네는 보통 사람보다는 키가 유달리 큰 편이고, 더글러스는 반대로 유

달리 작은 편인데, 사람의 키는 어느 정도면 적당하다고 생각하나?"

하고 링컨의 의견을 물었다.

링컨은 잠시 생각을 하다가 이내 말을 시작했다.

"글쎄, 사람의 키는 다리의 길고 짧음에 달려있고, 다리의 길이는 땅에서 부터 몸통까지 닿을 만큼만 길면 적당하지 않을까?"

하여 모두를 한바탕 웃게 하였다.

링컨은 이러한 유머로써 키가 큰 자기 자랑도 하지 않았고, 또 키가 작은 정적 더글러스를 헐뜯지도 않는 부드럽고 원만한 성품을 지녔다.

그러면서도 굳은 의지와 냉철한 판단력을 갖고 있어서 사람의 마음을 끌어 당기고 신뢰감을 주는 매력이 있었다.

———————

※ 유머는 우리가 사회에서 구할 수 있는 가장 아름다운 옷이다.

: 양복쟁이 출신 대통령

미국 17대 대통령 앤드류 존슨은 3세 때 아버지를 잃었고, 너무 가난하여 학교를 다니지 못했다. 13세 때 양복점의 점원으로 들어가 일을 배웠고, 18세에 구두 수선공의 딸과 결혼을 했다.

학교를 다닌 적이 전혀 없어 읽고 쓰지도 못하던 그에게 처음으로 글자를 가르쳐 준 사람은 바로 그의 아내였다.

그런데 공부에 대한 열성이 얼마나 대단했던지 그는 매일같이 자정 넘어 새벽까지 공부를 하여 마침내 독학으로 정치학 박사학위를 따고, 이어서 테네시주의 주지사가 되었다가 상원의원까지 되었다.

그 후 그는 링컨 대통령의 신임을 얻어 부통령 자리에 있다가 링컨이 암살 당한 후 그의 잔여 임기의 대통령직을 맡은 다음, 제17대 대통령선거에 또 다시 출마를 했다. 그 때 그의 반대 당 쪽에서는

"일자무식으로 초등학교도 못 다닌 양복쟁이 주제에 어떻게 감히 이합중국의 대통령이 되겠다고 하는가?"

하고 야유와 비난의 화살을 퍼부었다. 그러나 존슨은 이에 대항하여

"그렇습니다. 나는 저 사람의 말대로 초등학교도 다녀 본적이 없습니다. 그러나 성경에도 예수 그리스도께서 학교에 다니셨다는 기록은 아무데도 없고, 더욱이 그 분은 목수였지 않았습니까?"

이렇게 멋지고 통쾌한 응수로 유권자들의 박수를 받아 무난히 대통령으

로 당선되어 온 세상 사람들을 놀라게 했고, 가난한 사람들에게도 큰 희망을 주었다.

그뿐 아니라, 그는 대통령 재직시에 미국 역사에 남을 큰 업적을 하나 남겼으니, 그것은 바로 알래스카의 넓은 땅을 소련으로부터 720만 달러에 사들이 사건이다. 그것이 오늘날 미국이 전세계에서 제일가는 부자 나라로 만드는 데에 크게 영향을 주고 있다.

"눈과 얼음으로 덮인 쓸모없는 땅을 무엇하러 사?"

"일자무식 대통령이 하는 짓이 그렇지 뭐 별 수 있나?"

그때 반대당 사람들은 이렇게 비아냥거렸지만 그 땅 속에 금과 석유와 석탄 등 수 많은 천연자원이 묻혀있을 줄이야! 그것을 안 그의 선견지명에 미국 국민은 머리숙여 감사하지 않을 수 없었다.

그런데 그는 초등학교에도 못 다닌 양복쟁이 출신이었다.

※ 경험 없는 학문 보다는 학문 없는 경험이 낫다.

21 : 나그네의 관찰력

　　　　나그네 한 사람이 사막을 걸어가다가 여러 마리의 낙타에 짐을 싣고 장다 다니는 대상을 만났다. 그 중 한 사람이 나그네에게 물었다.

"우리는 낙타 한 마리를 잃었소. 혹시 당신이 오다가 길을 잃은 낙타 한 마리를 못 보았소?"

그러자 나그네는 주저없이

"혹시 그 낙타는 오른쪽 눈이 안보이는 낙타가 아닌가요?"

하고 물었다. 장사꾼들은 반가워하며 일제히 물었다.

"그렇소. 그 낙타는 오른쪽 눈이 멀었는데, 당신이 어디에서 보았소?"

그러나 나그네는 그에 대한 대답은 하지도 않고 또 물었다.

"혹시 그 낙타는 왼쪽 앞발을 절고, 앞니가 부러졌지요? 그리고 그 낙타 잔등 좌우에는 밀가루와 꿀을 실었습니까?"

"그래요, 맞아요. 그런데 당신은 그 낙타를 어디서 보았느냐 말이요?" "아니요. 나는 그 낙타를 한 번도 본적이 없소."

"보지 않고 어떻게 그렇게 잘 알아. 당신이 우리 낙타를 훔쳐다가 팔아먹었지?"

"아니요, 아니요. 나는 그 낙타를 절대로 본적이 없어요. 정말이오"

"거짓말이다. 네 놈이 틀림없이 낙타 도둑이야."

장사꾼들은 나그네를 강제로 재판관 앞으로 끌고 갔다.

재판장은 장사꾼들의 이야기를 다 듣고나서 나그네에게 물었다.

"당신은 보지도 못한 낙타의 특징을 어떻게 그렇게 잘 알고 있소?"

하고 물으니까 나그네는 재판장 앞에서 태연하게 차근차근 대답했다.

"길 양쪽에 풀이 있는데도 왼쪽 풀만 뜯어먹은 것을 보고 오른쪽 눈이 먼 것을 알았고, 뜯어먹은 풀잎의 가운데가 남은 것은 앞니가 부러졌다는 증거였으며, 왼쪽 앞발의 발자국이 다른 발자국보다 희미하게 남은 것으로 절름발이라는 것을 알았고, 또 길 왼쪽에 밀가루, 오른쪽에 꿀이 흘러서 개미와 파리떼가 모여 있는 것으로 낙타에 실린 물건을 알았으며, 사람의 발자국은 없이 낙타의 발자국 뿐이니 그 낙타는 도둑이 훔쳐간게 아니고 길을 잃고 헤매는 것이 틀림없으니 어서 빨리 가서 찾아야 합니다"

재판장과 장사꾼들은 나그네의 그 놀라운 관찰력에 모두 감탄하였다.

※ 두 귀로 들은 것 보다는 외눈으로 본 것이 낫다.

22 : 선생님을 먼저 시험

어렸을 때부터 음악의 신동이라고 소문난 루마니아의 에네스코는 타고난 음악적 재능으로 주위 사람들로부터 귀여움을 독차지했다.

그가 5살 때 아버지를 따라 레슨을 받기 위해 어느 유명한 바이올린 선생님의 집을 방문했다. 바이올린 선생님은 아버지와 에네스코를 반갑게 맞아 주었다.

"네가 에네스코냐?"

"예, 선생님"

"오늘부터 내가 너의 선생님이 되어 바이올린을 지도해 줄 테니, 내가 시키는 대로 어김없이 따라야 한다. 알겠니?"

"예"

"그럼, 어디 내 앞에서 한 곡 켜보렴. 실력이 어느 정도 되는지 알아야 내가 교습방법을 정할 수 있으니까"

그러나 에네스코는 가만히 있을 뿐이고 움직이려 하지 않았다.

"아니. 선생님이 한 곡 켜 보라고 하시는데 뭘 우물쭈물하고 있니?"아버지가 재촉하셨다.

그 때 에네스코는 고개를 쳐들고 당당한 태도로 말했다.

"저는 안 켜겠어요."

선생님과 아버지는 당돌하기 짝이 없는 에네스코의 말에 깜짝 놀라지 않을 수 없었다.

"뭐! 안 켜겠다구, 어째서?"

"저는 먼저 선생님의 바이올린 솜씨를 보고 싶어요"

선생님은 물론, 아버지도 놀래어 눈을 크게 뜨고 입을 벌렸다.

"아니, 네가 먼저 내 바이올린 솜씨를 시험해 보고서 배우겠다는 거냐?"

"네"

선생님이 5살짜리 어린애 앞에서 시험을 보게 되었다니 참으로 기가 막힌 일이었다.

"그래, 네 말대로 하자꾸나"

선생님은 고개를 끄떡이고 자신있다는 듯이 바이올린 연주를 하기 시작했다. 에네스코는 눈을 감고 한참동안 조용히 그것을 감상하다가

"됐어요. 그만 켜셔요"

만족한 듯이 빙그레 웃으면서 바이올린을 들고 연주하기 시작했고, 그날부터 에네스코는 그 선생님으로부터 열심히 배웠다.

지금으로부터 약 420년 전의 일이다.

권률 장군의 아버지이며 선조 때의 명재상인 백상 이항복의 처조부님이 되시는 권철 대감은 영의정 벼슬까지 올랐지만 항상 학식이 깊고 덕망이 높은 도산 이퇴계 선생을 숭배하고 있었다.

벼슬을 사양하고 고향에 내려가 제자들을 가르치고 있는 퇴계선생을 만나 보려고 권철 대감은 어느 날 서울에서 550리나 되는 경상북도 안동군 도산서원까지 내려갔다.

퇴계선생은 동구 밖까지 나가 예의를 갖추어 권철 대감을 공손히 영접하였고, 두 학자는 기쁜 마음으로 여러 시간동안 학문을 토론하였다.

그러나 그날 저녁상이 나왔을 때부터 문제가 생겼다.

권정승과 퇴계선생이 겸상으로 저녁식사를 하게 되었는데 그 때 밥상에 올라있는 음식이 보리밥에 콩나물과 가지나물 등 채소 뿐이었다. 그래도 그 날은 귀한 손님이 오셨다고 해서 특별히 북어무친 것이 하나 더 있을 뿐이었다.

퇴계선생은 언제나 제자들과 같이 이러한 보리밥에 초식생활만 해 왔기 때문에 별 일이 아니였지만 평소 쌀밥에 고기 반찬만 자시던 권철 대감 입에는 이런 식사가 맞을 리가 없었다. 권 대감은 몇 숟갈 뜨는 척 하다가 수저를 놓았다.

그런데 다음날 아침에 또 그와 똑같은 조반상이 나왔다. 권철 대감은 배가 몹시 고픈 상태였지만 깔깔한 보리밥을 도무지 먹을 수가 없어서 조반상도 어제와 같이 몇 숟갈 떠 자시다가 상을 물렸다.

퇴계선생이 아니라면 투정이라도 하겠지만 상대가 워낙 스승처럼 존경해오던 분이라 음식이 아무리 마땅치 않더라도 감히 말이 나오지 않았다.

사태가 이렇게 되고 보니 권철 대감은 도산서원에 며칠 더 머물면서 퇴계선생과 깊은 학문을 토론하고 싶었지만 음식이 입에 맞지 않아 더 묵을 수가 없었다.

그래서 다음 날은 예정을 앞당겨 부랴부랴 서울로 떠나게 되었는데, 권철 대감은 작별에 앞서서 퇴계선생에게 이런 말을 하였다.

"우리가 이렇게 만났다가 금방 헤어지게 되니 섭섭하오. 내가 퇴계선생을 만났던 기념으로 귀감이 될 말씀을 한 마디만 해 주시오."

권 대감의 이 말에 퇴계는 옷깃을 여미고

"촌에 묻혀있는 사람이 감히 대감님께 무슨 여쭐 말씀이 있겠습니까? 그러나 대감께서 모처럼 부탁하시니 제가 한 말씀만 드리겠습니다.

대감께서 이처럼 먼 곳까지 오셨는데 제가 융숭한 식사 대접을 못해드려서 매우 송구스럽습니다. 그러나 제가 대감께 올린 식사는 일반 백성들이 먹는 식사에 비하면 더 할 나위 없는 성찬이었습니다. 농부들이 먹는 음식은 깡보리밥에 된장찌개 하나가 고작이고, 그나마도 모자라서 굶는 날이 많습니다. 그런데 대감께서는 그 음식이 입에 맞지 않아 제대로 잡수시지 못하시는 것을 보고 저는 이 나라 장래가 은근히 걱정되옵니다.

무릇 정치라는 것은 정치하는 사람과 백성이 동고동락을 해야 하는데 관과 민의 식생활부터 이처럼 차이가 있으면 어느 백성이 나라를 믿고 살겠습니까? 그 점을 각별히 유념하시기 바랍니다."

퇴계선생의 이 말은 권철 대감의 폐부를 찌르는 듯한 충언이었다. 퇴계선생이 아니고서는 감히 아무도 영의정에게 말 할 수 없는 대쪽 같이 곧은 말이었다.

대감은 얼굴을 붉히며 머리를 숙였다.

"참으로 선생님이 아니고서는 누구에게서도 들어 볼수 없는 충고입니다. 나는 이번 행차에서 깨달은 바가 많아 집에 돌아가거든 선생님의 말씀을 잊지 않고 실천에 옮기도록 노력하겠습니다. 정말 고맙습니다"

하고 진심으로 미안한 마음을 표시하였다.

성인이 성인을 알아본다고 할까, 권철 대감 역시 덕망이 높은 정승이라 퇴계선생의 충고를 거듭 고마워했다.

서울에 올라온 권철 대감은 가족들에게 퇴계선생의 말을 자상하게 전하는 동시에, 그 날부터는 퇴계 선생을 본받아 일상생활을 지극히 검소하게 지냈다.

24 ⋮ 불행에 감사하는 마음

"나는 하나님이 나에게 세 가지 은혜를 주신 덕분에 크게 성공할 수 있었다.

첫째, 우리 집이 몹시 가난했기 때문에 어릴 때부터 구두닦기, 신문팔이 등 여러 가지 고생을 하는 사이에 세상을 살아가는 데 필요한 많은 경험을 쌓을 수 있었고,

둘째, 나는 태어났을 때부터 몸이 몹시 약해서 항상 알맞은 운동에 힘써 왔기 때문에 늙어서도 이렇게 건강하게 지낼 수 있게 되었으며,

셋째, 나는 초등학교에도 못다녔기 때문에 세상의 모든 사람을 다 나의 스승으로 여기고 누구에게나 물어가며 열심히 배우는 일에 게을리 하지 않았다."

이 말은 지금 90살이 넘었는데도 아직도 젊은이처럼 건강하게 활동하며, 사업에 힘써 일본의 큰 재벌이 되었고, 게다가 미국에서 가장 큰 헐리우드 영화회사까지 사들인 마쓰시다회사의 사장이 한 말이다.

집이 가난한 것, 몸이 약한 것, 학교에 다니지 못한 것, 이 세 가지 불행을 오히려 하나님이 주신 은혜로 생각하고 감사하는 그 마음가짐이 그로 하여금 크게 성공할 수 있게 만든 동기가 되었던 것이다.

25 : 아이크박사의 기도

미국의 유명한 외과 의사인 아이크 박사에게 다급한 전화가 왔다.

"여보세요, 박사님이시죠? 지금 소년이 총을 가지고 놀다가 오발을 해서 생명이 위태롭게 되었습니다. 빨리 와주셔요."

박사는 전화를 끊고 60마일이나 떨어진 밤길로 급히 자동차를 몰았다. 그런데 가는 도중에서 웬 사나이가 박사의 차를 막아 세우고 무조건 차에 올라타고는 권총을 아이크 박사 목에 대고 말했다.

"어서 빨리 차에서 내려, 안 내리면 쏜다."

"여보시오, 나는 의사요. 지금 급한 환자가 있어서 가는 길이니 나보다 더 급한 일이 아니면 기다려 주시오."

"뭐, 나보고 기다리라구?"

"예, 급한 환자를 우선 구해주고 돌아오는 길에 이 차를 당신에게 틀림없이 주겠소."

"이봐, 내가 그 말에 속을 줄 알아? 어서 차에서 내려!"

사나이는 강제로 박사를 발로 차 밖으로 떠밀고 그대로 차를 몰고 도망가 버렸다.

아이크 박사는 몹시 안타까워 하면서 기차라도 대신 타려고 역으로 뛰어갔으나, 기차도 조금 전에 이미 지나간 뒤였다. 박사는 할 수 없이 터덜터덜 밤길을 걸었다.

몇 시간 걸려 겨우 환자가 있는 집에 도착했으나 애석하게도 소년은 10분 전에 이미 숨을 거두었다고 한다.

"차를 강도에게 빼앗기지만 않았더라도 이 소년의 목숨은 구할 수 있었을 터인데……"

하면서 박사는 한 숨만 쉬고 있었다.

바로 그때 문이 펄쩍 열리면서 한 사나이가 뛰어들어 왔다.

"내 아들이 죽었다고? 아이구 불쌍해라. 이거 어쩌지! 내 아들아, 아버지 가 왔다. 눈 좀 떠봐라."

사나이는 죽은 소년을 끌어 안고 통곡을 하며 울었다. 그때 박사는 깜짝 놀라며 눈을 휘둥그렇게 떴다.

"아니, 저 사람이 소년의 아버지라구?"

"왜 그러십니까? 박사님, 혹시 아는 사람인가요?"

하고 옆에 있던 사람들이 물었다.

"저 사람이 내 차를 빼앗아 갔기 때문에 내가 늦었소."

이 말에 울던 사나이가 박사를 돌아보고 외쳤다.

"아니, 당신이?"

하며 박사 앞에 엎드렸다. 아이크 박사는 조용히 눈을 감고

"하나님, 이 불쌍한 죄인을 용서해 주옵소서. 살릴 수 있는 자기 아들을 자기가 죽게 한 이 무지한 죄인을 용서해 주옵소서."

하고 사나이를 위해 기도해 주고 그 집에서 나왔다.

26 : 사자와 친해진 노예

옛날 로마의 한 노예가 주인의 학대에 못 이겨 숲속으로 도망쳤다. 동굴 속으로 들어가 잠이 들었는데 사자 한 마리가 들어와 잠을 깨웠다. 노예는 크게 놀랐다.

그런데 사자는 발 하나를 들고 떨면서 노예에게 무엇인가를 요구하는 것 같았다. 노예는 그때야 안심하고 사자의 발을 자세히 보니 큰 가시가 발가락 사이에 박혀 있었다.

"아, 네가 이 가시를 뽑아 달라는 것이었구나."

노예는 즉시 손으로 사자 발가락의 큰 가시를 뽑아 주었다. 사자는 고맙다는 듯이 고개를 여러번 끄떡이면서 나가더니 금방 먹을 것을 입에 물고 다시 들어 왔다. 노예는 배가 몹시 고프던 참에 사자가 물고 온 과일과 고기 등을 배불리 먹었다. 노예는 이때부터 사자와 친한 친구가 되어 재미있게 동굴 속에서 함께 지냈다.

그러던 어느 날, 사자가 나간 사이에 숲을 지나가던 병사들이 동굴 속에 숨은 노예를 발견하고 로마로 끌고 가서 옥에 가두었다.

그 당시에 법률은 도망치다가 잡힌 노예는 굶주린 사자와 싸우게 하여 사자에게 먹혀 죽도록 하는 잔인한 형벌이 있었다.

이윽고 노예가 굶주린 사자와 싸우는 날이 돌아왔다. 야구장 같은 넓은 광장에는 수 많은 귀족과 왕이 높은 데에 앉아 구경하고 있었다.

잠시 후 한 사람의 노예는 광장 한 가운데로 끌려 나왔다. 드디어 한 쪽 문이 열리더니 굶주린 사자 한 마리가 노예 앞으로 힘차게 달려왔다.

"와 ~ 와 ~"

관중들은 환성을 올리며 손에 땀을 쥐고 노예와 사자가 맹렬하게 싸우는 광경을 내려다 보려는 참이었다.

그런데 이게 웬일인가? 사납게 뛰어 나오던 사자는 노예 앞에 까지 와서는 마치 인사라도 하듯이 고개를 끄떡이더니 노예와 몸을 서로 비비면서 장난을 하는 것이 아닌가!

그 사자는 바로 숲속에서 같이 살던 노예의 친구였던 것이다. 둘이서 반갑다고 서로 애무하면서 노는 것을 본 관중들은 어찌 된 영문인지를 몰라 노예에게 물었다. 사자와 친해진 내력을 노예한테 듣고 모든 사람들은 외쳤다.

"저 노예와 사자를 함께 풀어 주자!"

"저 노예를 해방시켜 주자."

이렇게 해서 노예와 사자는 석방되어 다시 숲속으로 들어가 자유롭게 살았다.

27 : 진정한 보석

로마의 귀부인 몇 사람들이 한 집에 모여 보석 자랑을 하고 있었다.

"나는 어머니께서 물려주신 이 반지가 제일 큰 보석이에요."

한 부인이 자기 손가락에 낀 다이아반지를 보이면서 자랑을 했다. 그 반지는 때 마침 창가로 들어 온 햇빛에 반사되어 반짝반짝 빛이 나 정말 좋은 반지처럼 보였다.

그 때 한 부인은 목에 건 진주목걸이를 끌러 무릎 위에 놓으면서

"이 진주목걸이 좀 보아요. 저의 남편이 준 생일선물이에요."

하고 자랑했다. 모두의 시선이 그에게로 갔다.

"아유! 정말 좋은 보석이네요."

"그 진주목걸이, 정말 값비싼 것 같네요."

이렇게 모두 한 마디씩 하자 그 부인은 더욱 자랑스러운 듯이 다시 목에 걸면서 앞가슴을 펴 보였다.

이때 그 집부인은 보석함을 하나 갖고 나와 여러 부인들 앞에서 뚜껑을 열었다.

야! 눈부신 보석, 우유빛처럼 희고 공단처럼 부드러운 진주가 여러 줄 있고, 불타는 석탄처럼 빨갛게 빛나는 루비와 파란색 사파이어, 그리고 태양처럼 반짝이는 다이아몬드가 무더기로 있었다.

모두들 놀란 눈으로 한참 동안 넋을 잃고 보고 있었다.

그런데 이 때

"부인께서는 보석이 하나도 없으십니까?"하고 반지를 자랑하던 귀부인이 지금까지 아무 말 없이 수수한 옷차림으로 조용히 앉아있기만 하던 중년 부인에게 말했다.

"저도 보석이 있습니다만, 집에 있지요."

하면서 그 부인은 조용히 일어나 밖으로 나갔다. 그런데 잠시 후에 그 중년 부인은 두 소년을 데리고 들어왔다.

"저의 가장 귀중한 보석은 이 두 아들입니다."

하며, 부인들에게 인사를 하라고 하였다.

부인들은 한참 말이 없다가 이내 그 중년부인의 뜻을 알고

"하기는 아들 딸들이 제일 소중한 보물이지요."

"그렇구 말구요."

하며 모두 고개를 끄덕이었다.

몇 십년 후 그 두 소년들은 과연 어머니의 훌륭한 가르침을 받고 로마의 큰 인물로 성장하여 진정한 보석이 되었다.

한 가정의 보석일 뿐 아니라, 나라 발전을 위해 큰 일을 하는 진정한 보석이 되어 있었다.

28 ▪ 값진 격려의 말

　　　　　　　　단테 가브리엘 로제티는 영국의 유명한 화가였다.
어느 날 한 노인이 찾아와 자기 그림을 보고 자기에게 화가의 재능이 있
는가를 평가해 달라고 부탁을 했다.

로제티는 작품을 하나하나 살펴 보았지만 예술적인 재능은 보이지 않았
다. 그래서 부드러운 말로 그 노인에게 화가의 꿈을 단념하는 것이 좋겠
다고 말했다.

노인은 매우 낙심하는 눈치였지만 한편으로는 이미 그렇게 평을 받을 것
이라고 짐작하고 있었던 듯이

"저의 작품에 대해서 솔직하게 평가해 주셔서 감사합니다. 기왕에 이렇게
시간을 내주신 김에 한 젊은 화가 지망생의 그림도 보아주시면 고맙겠습
니다."

하고 또 다른 그림들을 펴 놓았다. 로제티는 그것을 보다가 자기도 모르
는 사이에 입에서 탄성이 터져 나왔다.

"야! 이 그림들은 모두 예술적인 창조력과 탁월한 재능이 번뜩이는 솜씨
에요. 이 대담한 구도와 색채를 보세요. 이 젊은이가 도대체 누구입니
까?"

하고 자못 놀라는 표정이었다. 노인은 이렇게 대답했다.

"이 그림은 40년 전에 제가 그린 것입니다. 그 때 저의 선생은 소질이 없
다고 해서 저는 포기했었습니다."

제자의 장래를 꽃피우게 하는 것은 값진 격려뿐인데, 그는 선생을 잘못 만나 너무나 일찍부터 꿈을 포기했던 것이다.

29 ▮ 용감한 개 '발도'

1925년 정월, 북극바다가 가까운 알래스카 노무마을에 무서운 전염병 지프테리아가 발생하였다. 어린이들이 갑자기 고열에 기침을 하다가 죽어가는 지프테리아에는 혈청주사를 맞아야 하는데 그 약이 노무마을에는 조금도 없었다.

"선생님! 오늘도 가엾은 어린이가 아홉 명이나 또 죽었습니다. 어떻게 하면 좋아요?"

"미국 본토에 혈청을 빨리 보내 달라고 전화 연락은 했지만 눈이 5m이상이나 쌓여 기차나 자동차도 못 다니고, 눈보라 때문에 비행기도 뜰 수 없다니 참으로 안타까운 일입니다."

의사 선생님과 부모들은 눈물을 흘리며 발을 동동 구를 뿐이었다.

다행히 전화 연락을 받은 본토 사람들은 혈청을 상자에 담아 기차에 싣고 즉시 떠났지만 불행히도 1,040km나 남은 곳에서 산더미 같이 쌓인 눈 때문에 철로가 막혀 그만 더 갈 수가 없었다.

"빨리 가져가야 한 명의 어린이라도 더 구할 수 있을 텐데……"

하면서 걱정하다가 할 수 없이 거기서부터는 개썰매를 이용하기로 하였다. 썰매에 싣고 50km마다 릴레이식으로 개와 사람을 바꾸어 가면서 5일동안을 쉬지 않고 계속 달린 결과 80km 밖에 남지 않은 곳 까지 올 수가 있었다.

그러나 그 나머지 80km의 길은 높은 산과 깊은 계곡이 연속된 아주 위험한 길 뿐이다. 게다가 영하 40도가 넘는 추위 때문에 아무도 썰매를 몰고 갈 사람이 선뜻 나서지 않았다.

이 때 두꺼운 방한복을 입은 청년이 큰 개 한 마리를 끌고 왔다.

"이 개가 바로 아문젠을 살린 영웅적인 '발도' 라는 개입니다. 이 개의 용기를 믿고 제가 가겠습니다."

하고 씩씩하게 말하는 젊은이는 '가손' 이라는 용기 있는 청년이었다.

"아! 참으로 자네야말로 용감하고 훌륭한 청년이네. 잘 부탁하네"

사람들의 뜨거운 박수를 받으며 썰매는 출발하였다. 밤 10시였다.

길도 없는 험한 눈길! 몰아치는 눈보라 때문에 13마리 개의 맨 앞에 있는 '발도' 의 모습은 잘 보이지도 않았다.

"발도야! 잘 부탁한다"

청년은 소리치고 휘파람을 "휙~"하고 불었다. '발도' 에게 보내는 신호에 알았다는 듯이 '발도' 는 "왕왕!" 한 마디 짖고는 더욱 힘차게 달렸다.

그러나 10km, 20km 쉬지 않고 깊은 계곡과 높은 산맥을 넘어 50km 쯤 더 왔을 때 네 마리의 개가 지쳐서 그만 쓰러지고 말았다. 가손은 그 네 마리를 마침 근처에 보이는 민가에 간호를 부탁하고 또 달리기 시작했다. 개도 사람도 모두 지칠 대로 지친 상태지만 지금 이 시각에도 노무마을의 어린이가 약이 없어서 죽어가고 있다는 것을 생각한 가손은 잠시도 지체할 수가 없었다.

"앞으로 30km 남았다. 끝까지 잘 부탁한다."

가손은 나머지 9마리의 개를 차례로 쓰다듬어 주고 그칠 줄 모르는 눈보라 속을 즉시 또 출발하였다.

개들의 발에 상처가 나서 흘리는 빨간 핏자국이 새하얀 눈 위에 점점이

물들여졌다. 절벽과 낭떠러지의 위험한 여러 곳을 지나고 높은 산을 넘으면서 계속 달릴 때

"야! 저기 썰매가 보인다. 혈청약이 온다"

하는 노무마을 사람들이 외치는 소리가 들려왔다.

용감한 '발도' 가 선두에서 끄는 이 눈썰매는 80km를 쉬지 않고 달려가 기어이 목적지에 도착한 것이다.

즉시 어린이들에게 혈청주사를 주어 몇 백, 몇 천 명의 어린이들의 목숨을 구해냈다.

노무마을 사람들은 모두 눈물을 흘리면서 가손과 '발도' 에게 감사하였다.

그러나 가엾게도 '발도' 는 극심한 피로와 추위 때문에 폐렴에 걸려 의사와 많은 사람들의 간호에도 불구하고 3일 후에 기어이 죽고 말았다.

결국 용감한 개 '발도' 는 자기 목숨을 바쳐 노무마을의 수많은 어린이 목숨을 살린 것이다.

미국의회에서는 이 용감한 개 '발도' 의 이야기를 듣고 감격하여 즉시 7,000달러의 돈을 모아 '발도' 의 동상을 쎈도라 공원에 세웠다.

'발도' 의 동상은 지금도 그 앞을 지나가는 사람들에게

"그 날은 참으로 무서운 눈보라였어요"

하고 말 하는 듯이 서 있다.

30 : 진실한 친구

혈기왕성하고 정의로운 청년 피디에스가 백성을 괴롭히는 폭군을 비난하다가 붙잡혀 옥에 갇히고, 사형에 처할 날짜가 나가오고 있었다. 그는 죽기 전에 고향의 어머님께 인사를 하고 싶어 왕에게 말했다.

"저를 1주일만 놓아 주시면 고향의 부모님께 하직인사를 드리고, 다시 돌아와서 목숨을 내놓겠습니다."

그러나 폭군은 그를 비웃으며

"네가 나를 속이고 도망가겠다는 속셈이지?"

이렇게 말하고 허락해주지 않았다. 그런데 이때 그의 친구 데이몬이 그 소문을 듣고 나타나 왕에게 간청을 했다.

"임금님! 저의 친구 피디에스는 정직한 사람입니다. 그를 믿지 못하시면 대신 저를 옥에 가두시고 그가 고향의 어머니를 만나 뵙도록 해 주십시오. 만약 그가 안 돌아오면 그를 대신해서 저를 사형에 처하셔도 좋습니다."

폭군은 피디에스에게 이렇게 좋은 친구가 있는 것에 한편 놀랐다.

그리하여 마침내 데이몬을 대신 가두고 피디에스를 놓아 주었다.

그런데 약속된 1주일이 지나도 피디에스는 돌아오지 않았다.

"네 친구는 너까지도 속이고 안돌아온다. 그런 친구를 정직하다고 너는 나를 또 속였으니 약속대로 너를 사형에 처한다."

폭군은 마치 굶주린 사자처럼 데이몬을 노려보았다.

"임금님, 저의 친구가 늦는 것은 무슨 까닭이 있을 것입니다. 오늘 하루만 기다려 주십시오, 그는 반드시 돌아올 것입니다."

이렇게 말하는 데이몬은 이미 친구를 위해 죽을 각오를 하고 있었다.

그러자, 저녁 때가 되었을 때 왕의 명령을 받은 간수가 와서 그를 사형장으로 끌고 가 눈을 가리고 기둥에 묶는 등 사형집행을 하려고 준비를 다 하였다.

바로 그때 헐레벌떡 사형장으로 뛰어온 사람이 하나 있었다. 바로 그의 친구인 피디에스였다.

"폭우 때문에 다리가 끊겨서 멀리 돌아오느라고 이렇게 늦었네, 미안하네."

하고 친구 데이몬에게 사과하면서 스스로 사형당할 준비를 하였다.

이 광경을 본 폭군은 크게 감동했다.

"네게도 저런 진실한 친구가 있다면 나는 내 왕자리를 기꺼이 물려주겠다."

하면서 그 젊은 친구 두 사람을 모두 석방해 주었다.

31 : 지혜로운 상인

　　　　장마다 찾아다니며 필목 장사를 하는 장돌뱅이가 있었다. 어느 날 도매상에 가서 싼 물건을 사려고 하는데 다음 날에는 더 좋고 싼 물건이 많이 나온다고 해서 하룻밤을 주막에서 자기로 했다.

그런데 그는 많은 돈을 몸에 지니고 있었으므로 주막에서 자다가 도둑맞을 염려가 있기 때문에 고민하다가 사람이 다니지 않는 으슥한 곳을 찾아가서 손으로 땅을 파고 돈이 든 지갑을 그 속에 묻어 두었다.

이튿날, 아침을 먹고 돈을 찾으려고 그 곳에 가 땅을 파 보니 돈이 하나도 남지 않고 지갑까지 없어졌다. 그는 분하고 억울해서 어찌할 바를 몰랐다.

'어제 내가 이곳에 돈을 파묻는 것을 분명히 누가 보았구나.'

그는 주위를 둘러보니 조금 떨어진 주막의 창문에 구멍이 뚫려있는 것이 보였다.

'분명히 저 주막 주인이 내가 지갑 파묻는 것을 보았구나.'

상인은 이렇게 짐작하고 그 주말으로 다시 가서 술 한 잔을 청해놓고 주인에게 말을 걸었다.

"당신은 도시에서 사니까 시골에서 사는 나보다는 훨씬 머리가 좋을 것이니 제발 내게 지혜 한 가지를 주십시오. 사실은 내가 어제 물건을 많이 구입하려고 지갑을 2개 가지고 이 도시로 왔습니다. 작은 지갑에는 500개의 은화가 들어 있고, 큰 지갑에는 800개의 은화가 들어 있는데, 그렇게 많은 돈을 몸에 지니기가 위험해서 우선 작은 지갑은 남모르게 으슥한 곳에 묻어 두었고, 나머지 큰 지갑은 친구에게 맡겼지만 아무래도 불안합니다. 둘 다 함께 묻어 두는 것이 좋을지 아니면 두 개 다 친구에게 맡기는 편이 좋을지 몰라서 당신에게 묻고 싶습니다. 만일 당신이라면 어떻게 하시겠습니까?

하고 물었다. 그 집 주인은 태연한 듯이 말했다.

"만일 내가 당신이라면 나는 어느 누구도 믿지 않겠소. 그러니까 작은 지갑 묻어 둔 곳에 큰 지갑도 함께 묻어 두겠소"

라고 말했다.

"과연 그렇겠군요. 지혜를 주셔서 고맙습니다. 그럼 빨리 가서 친구에게 맡긴 지갑을 찾아와야 되겠습니다."

상인은 거짓 감탄하는 듯이 고개를 끄덕이면서 거기서 나와 먼발치에 숨어서 그 집 주인의 거동을 살펴보았다.

예상대로 주막 주인은 서둘러 자기가 훔쳐 온 지갑을 어제 묻었던 자리에 다시 가져다 묻고 집으로 가서 숨는 것이었다. 잠시 후에 상인은 그곳에 가서 큰 지갑까지 또 묻는 척 하면서 어제 잃었던 돈지갑을 되찾아 가지고 통쾌한 마음으로 그곳에서 사라졌다.

32 : 설중매의 비수

　　　고려시대 말에 고려의 도읍지였던 송도에는 설중매라고 하는 유명한 기생이 있었다.

고려를 뒤엎고 '조선'을 건국한 이 태조는 어느 날 여러 공신들을 한 자리에 모아 놓고 큰 잔치를 베풀었는데, 이 자리에 모인 신하들은 대개가 고려조에서 벼슬을 지내던 신하들이었다.

잔치 마당에는 송도 안에서 이름난 기생들도 다 불려와 잔치의 흥을 돋우고 있었는데, 설중매도 그 중 한 사람의 기생이었다.

설중매는 얼굴이 예쁘고 노래와 거문고를 잘 하여 송도에서 여러 남성네들에게 잘 불려다니는 명기였다.

잔치가 한창 무르익어 갈 무렵에 술이 거나하게 취한 정승이 옆에 앉은 설중매에게 희롱을 걸기 시작하였나.

"얘, 설중매야"

"네, 대감님"

"소문을 듣자니 너는 아침에는 동쪽 집에서 밥을 먹고, 저녁에는 서쪽 집에서 잠을 잔다는데 그게 사실이냐?"

"그게 어찌 됐다는 말씀입니까?"

설중매는 대뜸 싸늘하게 말했다.

대감은 좌우 여러 사람들이 보는 가운데 자기가 가장 높은 정승이며 일등 공신이라는 우월감에 기고만장한 자세였다.

"그러니 오늘밤은 이 정승하고 하룻밤 자는 것이 어떠하겠느냐? 하하하하"

하며 한껏 거드름을 피는 것이었다.

이 때 설중매는 서슴치않고 대감의 얼굴을 노려보면서 이렇게 대꾸했다.

"대감님 말씀은 지당한 말씀입니다. 소문대로 동쪽 집에서 밥 먹고 서쪽 집에서 잠자는 이 설중매와 어제까지는 고려조 왕씨를 섬기다가 오늘은 조선조의 이씨 왕을 섬기는 대감과 함께 어울린다면 그거야말로 천생연분이 아니겠습니까?"

설중매의 비수같은 이 날카로운 말 한 마디에 대감은 물론이고 좌중의 여러 벼슬아치들도 모두 할 말을 잃었다.

그뿐 아니라 그들에게

'충신은 두 임금을 섬기지 않는다.'

고 끝까지 저항을 하다가 죽음을 당한 정몽주나 최영 장군 같은 충신들에 대한 부끄러움을 새삼스럽게 다시 한 번 느끼게 해 주었다.

※ 착한 새는 나무를 가려 깃들고, 어진 임금을 가려 섬긴다. ─중국 속담

33 :: 거지 철학자

'거지 철학자'라는 별명을 가진 그리스의 디오게네스는 그 현명한 만큼이나 때로는 이상한 행동을 하여 세상 사람들을 놀라게 하였었다.

어느 날 그는 대낮에 초롱불을 켜들고 길거리를 다니면서 여기저기를 두리번거리고 무엇을 찾고 있었다.

"당신은 이렇게 밝은 대낮에 초롱불을 켜들고 무엇을 찾고 있소?"

하고 지나가는 사람들이 물었을 때 디오게네스는 이렇게 대답했다.

"나는 지금 정직한 사람을 찾고 있소. 이 세상에는 밝은 대낮에도 정직한 사람이 안보이니 초롱불을 더 밝혀가지고 그런 사람을 찾는 중이오."

그는 부정직한 모든 사람들에게 이러한 행동으로써 일침을 주면서 각자스스로 부끄러움을 느끼게 해 주었다.

그는 또 드럼통 같은 통 하나를 유일한 자기 집으로 삼고, 이리저리 굴려 마음대로 이사 다니면서 그 속에서 잠자고 먹고 살았다.

"사람들은 왜 큰 집만 좋아합니까? 곤충이나 동물의 집들을 보세요. 자기 몸 하나 겨우 들어갈 정도의 작은 집에서도 겨울을 지내고 있지요."

하면서 큰 집을 짓고 자랑하는 사람들을 비웃었다.

알렉산더 대왕이 그 지방에 갔을 때 주요 인사들이 그를 환영하기 위해 모두 나왔으나 디오게네스만은 나오지 않았다. 오히려 알렉산더 대왕이 그 유명한 철학자를 만나보려고 그를 찾아 갔다.

 그 때 드럼통 앞에 앉아 따뜻한 햇볕을 즐기고 있는 디오게네스에게 대왕이 물었다.

"나는 그대의 현명한 지혜를 많이 듣고 배우고 있소. 그대를 위해서 내가 뭔가 도와 줄 수 있는 일은 없겠는지 말해보시오."

그랬더니, 디오게네스가 요구하는 것은 너무도 간단했다.

"내가 대왕에게 바라는 것이 하나 있기는 있소만……"

"그것이 무엇이오. 내가 힘껏 도와주겠소."

"나는 지금 따뜻한 햇볕이 필요하니까 대왕은 햇볕을 가리지 말고, 조금 옆으로 비켜 주시지 않겠소?"

대왕은 그만 할 말을 잃고 돌아가면서 신하들에게 이렇게 말했다.

"내가 알렉산더가 아니었다면 나는 디오게네스가 되고 싶다."

34 : 현명한 화가

      옛날 그리스 나라에 용맹스러운 장군이 있었다. 그는 싸움터에 나갈 때마다 큰 공을 세워 훈장을 많이 받았다.

그러나 그는 불행하게도 전쟁터에서 적과 싸우다가 한 쪽 눈을 다쳐 애꾸눈이 되었다. 참으로 애석한 일이었다.

그렇지만 그는 그토록 용맹을 떨친 자기 이름과 명예를 영원히 후손들에게 남겨주고 싶었다. 그래서 유명한 화가를 불러 자기의 초상화를 그려달라고 부탁했다.

그런데 그 유명한 화가가 그린 초상화를 보고 장군은 못마땅하게 여겼다. 그 까닭은 자기의 애꾸눈을 그대로 정직하게 그려 놓았기 때문이었다.

"후손들에게 내 애꾸눈을 보이는 것은 정말 창피한 일이다"

이렇게 생각한 장군은 그 그림을 난로속에 집어 넣고 말았다.

"어떻게 하면 나의 늠름하고 위풍 있는 모습을 후손들에게 영원히 보여줄 수가 있을까?"

고심하던 그는 또 다시 다른 화가를 불렀다. 이번에 불려 온 화가는 앞서의 화가가 실패한 이야기를 듣고 왔기 때문에 장군의 양쪽 눈이 모두 성한 것 같이 그렸다. 그런데 그것을 본 장군은 또 못마땅해 했다.

"이 그림은 거짓말쟁이 화가가 그린 거야"

하며 또 그 초상화를 난로속에 집에 넣었다. 장군은 애꾸눈의 초상화도 싫었지만 그렇다고 애꾸눈을 성한 눈 같이 그린 것은 후손들에게 영원히 거짓을 가르치는 것이 되므로 역시 못마땅해 했던 것이다.

그러던 어느 날, 이름도 없는 젊은 화가 한 사람이 찾아 왔다.

"장군님의 초상화를 제가 그려 드리겠습니다"

"네, 장군님 마음에 꼭 드시도록 잘 그리겠습니다"

"그럼 한 번 그려 보게"

하고 허락했다. 며칠 후에 초상화가 완성되었다. 그런데 이게 웬일인가?

무명의 그 젊은 화가가 그린 초상화를 본 장군은

"그래 그래, 바로 이거야!"

하고 소리치면서 매우 기뻐했다. 장군 마음에 꼭 드는 이번 그림은 과연 어떻게 그린 그림일까?

그것은 바로 장군의 성한 눈만 보이고 애꾸눈 쪽은 보이지 않는 옆 얼굴을 그렸던 것이다.

그리하여 현명한 젊은 화가는 많은 수고료를 받았고, 그 초상화는 장군의 후손들이 오래오래 전해가면서 자랑하는 초상화가 되었다.

※ 사람의 눈이 둘인 까닭은 하나는 과거, 또 하나는 미래를 보라는 뜻이다.

35 : 선거비용 75센트

　　'국민에 의한, 국민을 위한, 국민의 정치'라는 민주정치의 정의를 가장 짧고도 명확하게 말한 미국의 제16대 대통령 링컨은, 참으로 많은 일화를 남긴 훌륭한 정치가였다.

링컨이 공화당 대통령 후보로 처음 출마했을 때 공화당에서는 그에게 선거자금으로 겨우 200달러의 돈을 주었었다.

그러나 그는 발로 뛰어다니며 열심히 선거운동을 하여 그 중에서 겨우 1달러도 안돼는 75센트만을 사용했으며, 그러고도 당당히 대통령으로 당선되었다.

그뿐 아니라 그는 당선 직후에 그 선거자금 200달러 중에서 쓰고 남은 잔액 199달러 25센트를 공화당에 반납하기도 하였다.

그 때 그 돈과 함께 한 통의 편지를 같이 보냈는데 그 내용에는 다음과 같이 쓰여져 있었다.

'내게 선거자금으로 준 200달러 중 쓰고 남은 199달러 25센트를 반납합니다. 부족액 75센트는 나의 선거운동원에게 대접한 주스값으로 지출했습니다. 이 편지를 그 75센트에 대한 영수증으로 대신하니 양해해 주십시오.'

이렇게 쓴 편지를 받은 공화당 당원들은 물론이고 사무직원들은 모두 감탄하지 않을 수 없었다.

공과 사를 분명히 하는 링컨의 정신과 그 청렴이야말로 정치가가 지닐 가장 중요한 덕목이며, 정직성이라는 것을 모든 정치인들에게 보여주었던 것이다.

이러한 인격을 갖춘 링컨이었기 때문에 그는 4년 후 1864년에 제17대 대통령으로 또 다시 당선되었던 것이다.

그러나 그는 그 이듬해인 1865년 4월 14일 워싱턴의 포드극장에서 연극을 관람하던 중 괴한에게 저격을 당해 세상을 떠나고 말았다.

위대한 정치가를 갑자기 잃은 온 세상 사람들에게는 참으로 충격적이고 슬픈 일이었다.

워싱턴에 있는 링컨기념관 그의 동상 앞에는 지금도 그를 추모하는 사람들의 발길이 이어지고 있으며, 그 후 미국의 역대 대통령들은 대통령으로 당선되자마자 그 동상 앞에 가서 묵념을 하고 그토록 정직했던 링컨의 정신을 본받아 훌륭한 정치를 하겠다고 다짐을 한다고 한다.

※ 이 세상에서 절대로 수단이 될 수 없는 것은 인격 뿐이다. -칸트

36 : 사또를 반성시킨 소년

옛날 어느 고을에 욕심 많고 사나운 사또가 있었다.

그 사또는 자기가 먹고 싶은 음식이 생각나면 계절도 생각하지 않고 아무 때나 이방을 불러 구해오라고 호령하고, 만약 못 구해 오면 사정없이 벌을 주기까지 했다.

어느 몹시 추운 겨울 날 사또는 자기 방에 가만히 앉아 있다가 문득 맛있는 오디가 먹고 싶은 생각이 즉시 이방을 불러

"내가 갑자기 맛있는 오디가 먹고 싶으니 오디를 구해 오너라"

하고 무리한 명령을 내렸다.

오디는 여름에 누에를 치는 시골에 가야만 수할 수 있는 뽕나무의 작은 열매이며, 오랫동안 저장할 수도 없는 것으로서 다른 계절에는 절대로 구할 수 없는 것이다.

"만일 내일까지 오디를 구해오지 못하면 너의 정성이 부족하다는 증거니까 너는 살아남지 못할 것이다"

눈을 부릅뜨고 분부하는 사또의 무서운 얼굴을 생각하면서 이방은 그날 밤 밥도 못 먹고 누워서 않고 있었다.

그런데 이방에게는 아주 영리한 어린 아들이 하나 있었다. 아버지가 갑자기 않고 눕게 되자 그 연유를 아버지께 여쭈었다.

"아버지! 무슨 걱정이 또 있으셔요?"

"아, 글쎄 사또께서 나보고 맛있는 오디를 따오라고 하니 이 추운 겨울에 어디 가서 그것을 따 온단 말이냐? 내일은 틀림없이 나보고 정성이 부족하다고 하면서 곤장을 칠 것이다"

아버지의 근심 어린 말을 듣던 소년은 태연하게 말했다.

"아버지, 걱정하지 마세요. 제가 내일 사또를 뵙고 올게요"

다음 날 소년은 아버지를 대신하여 사또에게 갔다.

"저의 아버지가 어제 사또의 명령을 받고 오디를 따려고 산에 갔다가 그만 독사에게 물려서 돌아가시게 됐으니, 빨리 약을 주십시오"

하고 말했다. 사또는 소년의 말을 듣자마자

"야, 이 놈아 이 추운 겨울에 독사가 어디 있어?"

하고 호령했다. 그러자 소년은 대뜸 말했다.

"사또님은 이 추운 겨울에 오디가 어디 있다고 따오라 하셨나요?"

"아이쿠, 내가 너한테 당했구나"

사또는 자기 이마를 손바닥으로 탁 치고는 이방에게 무리한 요구를 자주 한 것을 그때서야 크게 반성했다.

그리고 영리한 그 소년에게는 많은 상을 주었다.

※ 권세는 10년 가기 어렵고, 교만은 3년 가기 어렵다.

37 : 국민성의 비교 유머

　　　　　프랑스인, 독일인, 일본인, 영국인 네 사람이 합자해서
주식회사를 하나 차렸다.

개업하는 날, 술을 마시다가 프랑스인이 한 가지 제안을 했다.

"만약 우리 네 사람 중의 누구 하나가 불의의 사고로 먼저 죽게되면 우정
의 뜻으로 각자 500불씩 관 속에 넣어주기로 약속합시다."

"아니, 오늘 개업하는 좋은 날에 하필이면 왜 그런 불길한 말을……"

"물론, 그런 일이 일어나지 않으면 좋겠지만 우리들의 영원한 우정을 다
짐한다는 의미에서……"

"좋소, 그렇게 합시다"

네 사람의 의견이 합치되어 이러한 색다른 약속을 하게 되었다.

그 후 몇 년이 지난 뒤 불행하게도 독일인이 먼저 교통사고로 죽었기 때
문에 예전 약속한 대로 나머지 세 사람은 관 속에 돈 500불씩을 넣게 되
었다.

우선 영국인이 관 뚜껑을 열고 방금 조폐공사에서 나온 듯한 반짝반짝 윤
이 나는 지폐 500불을 죽은 독일인 시체의 가슴 위에 얹어 놓았다.

그것을 본 프랑스인은 불현 듯 돈이 아깝다는 생각을 했다.

"저 많은 돈을 죽은 사람과 함께 땅 속에 묻어 버린다니 참으로 아까운 일
이다."

그러나 원래 이런 약속 제안을 자기가 했던 것이니 돈을 안 넣을 수도 없었다.

곰곰이 생각한 끝에 그는 주머니에서 당좌수표 용지 한 장을 꺼내 '일금 500불'이라고 써서 관 속에 넣었다. 이거야말로 빛 좋은 개살구였다. 죽은 사람이 수표를 바꾸려고 은행에 갈 수도 없을 것이니까……

그런데 기는 놈 위에 또 나는 놈이 있다고……

프랑스인이 수표 넣는 모습을 본 일본인은 빙그레 웃고 나서 거짓 침통한 얼굴로 자기 주머니에서 흰 종이 한 장을 꺼내더니 거기에 무엇을 쓰기 시작했다.

'차용증서, 일금 1,500불'

이렇게 쓰고 자기 싸인까지 하여 관 속에 넣고는 영국인이 넣은 현금 500불과 프랑스인이 넣은 당좌수표 500불을 집어 들었다. 그리고 그는 다른 두 사람을 돌아보며 말했다.

"이것은 거스름돈 1,000불이오. 내 계산이 한 푼도 틀림없지요?"

하며 아주 떳떳한 듯이 유유히 걸어 나갔다.

38 : 같은 모델의 두 얼굴

　　　　　예수가 열 두 제자들과 함께 식사를 하는 모습을 그린 '최후의 만찬'은 세계적인 명화로 손꼽히고 있다.

그 그림을 그린 화가 미켈란젤로는 먼저 12명의 제자들의 모습을 그려 놓고, 마지막 작업으로 그 중앙에 스승인 예수의 모습을 그려 넣으려고 할 때 큰 고민에 빠지게 되었다. 그 까닭은 무한한 사랑과 온화한 모습을 가진 예수의 얼굴을 상상해서 그려야 하는데 그 모습이 좀처럼 떠오르지 않았기 때문이다.

그는 할 수 없이 거리를 쏘다니며 그러한 모델의 얼굴을 가진 사람을 찾아보려고 했으나 헛수고였다. 길거리에서 만난 사람들마다 모두가 욕심 많고 인정 없는 흉악한 얼굴뿐이기 때문에 그는 크게 실망을 했다.

심지어 어느 날은 술이 잔뜩 취해 비틀거리는 사람을 만나 심한 욕설과 고함소리까지 들었는데, 그 일그러진 얼굴이 마치 악마같이 무서워 그 사람을 피해 도망쳐 오느라고 진땀을 빼기도 했다.

미켈란젤로는 그 날부터 그림붓을 들기만 하면 그 주정뱅이의 악마같이 일그러진 얼굴이 떠올라 마음이 몹시 괴로웠다.

"사랑이 가득한 예수의 얼굴을 닮은 사람을 어디 가면 만나나?"

매일같이 고심하던 그는 다시 거리로 나가 며칠동안 헤매었다.

그러던 어느 날 다행히 자기가 바라던 인물을 만나게 되어 미켈란젤로는 뛸 듯이 기뻤다.

그 사람은 평화스러운 얼굴에 항상 웃음까지 머금은 천사와 같은 모습이었으며, 모든 사람의 스승다운 위엄과 너그러움이 가득찬 얼굴이여서 더 이상 바랄 수 없는 만족스러운 모델이었다.

화가는 즉시 그 사람에게 그림의 내용을 설명해 주면서 예수님의 모델이 되어 줄 것을 부탁하고 그 날부터 그림 빈자리에 예수의 모습을 그리기 시작했다.

그리하여 여러 날 후에 드디어 그림을 완성해 놓고, 감사의 뜻을 전한 뒤에 모델이 되어 준 그 사람의 걸어 온 길을 허물없이 물어보았다.

그런데 뜻밖에도 그 모델은 얼마 전에 술이 취해가지고 욕설을 퍼부으며 악마같은 얼굴로 자기를 괴롭히던 그 사람이 아닌가?

"아니, 세상에 이럴 수가!"

화가는 너무나 놀라 이렇게까지 얼굴이 변하게 된 연유를 물어보았더니 그는 며칠전까지도 술과 방탕에 빠져 거리를 배회하던 주정뱅이었는데 어느 신부님의 설교를 듣고 지금은 새 삶을 찾았으며, 남을 위해 봉사하는 새로운 사람으로 출발했다는 것이었다.

사람은 마음 갖기에 따라 이렇게 악마의 추악한 모습이 되기도 하고, 아름다운 천사의 모습으로도 바뀔 수 있다는 것을 화가 미켈란젤로는 처음 알게 되어 많은 느낌을 받았다.

※ 얼굴은 '얼'을 담은 '굴(구멍)'이다. 그러므로 얼굴을 보면 사람을 알 수 있다.

어느 남자가 자기의 배우자가 될 여성을 찾아보려고 집을 나섰다.

결혼이란 일생에서 가장 중요한 일인데 자기의 친구들은 너무나 성급하게 서둘러 결혼하는 것을 보고

'나는 완벽한 여성을 만나기 전에는 절대로 결혼하지 않겠다.'

이렇게 결심을 하고 떠난 것이다. 친구들도 그의 뜻을 알고 모여와 배웅을 해 주면서

"자네의 소원대로 반드시 자네의 마음에 드는 완벽한 여성을 만나 행복한 결혼을 하게."

하고 빌어 주었다.

그러나 불행히도 그 남자는 온 세상을 돌아다니며 완벽한 배우자 찾기에 일생을 허비하다가 다 늙어서야 허탈한 마음으로 혼자 집에 돌아왔다.

그러자 옛날 친구들이 모여와

"자네, 왜 혼자 돌아왔나?"

"완벽한 여자가 이 세상에 한 명도 없던가?"

"완벽한 배우자를 찾느라고 자네의 청춘만 다 지나갔네 그려."

모두 제각기 한 마디씩 물으면서 위로해 주었다. 그러나 그는 아무 대답도 못하고 고개만 숙이고 있다가 힘없이 겨우 한 마디 했다.

"완벽한 여자를 한 명 만나기는 했었지."

"그래? 그래서 어찌 됐나?"

"왜 그 여자와 결혼을 안 했나?" 친구들은 또 몸이 달아 한 마디 씩 질문을 퍼부었다. 그러자 그는 침통한 표정으로 겨우 또 한마디 말했다.

"내가 바라던 정말 완벽한 여자를 우연히 한 명 만났었는데……"

그리고는 또 말을 끊고 고개를 떨구었다.

"그런데 어찌 됐다는 거야?"

"정말 답답하네. 어서 말하게. 왜 그 여자와 결혼을 안 했어?"

친구들이 또 다그쳐 물으니 그때야 비로소 그는 그 까닭을 말했다.

"내가 만난 그 여자는 정말 내가 찾고 있던 완벽한 여자였는데 말이야, 아 글쎄, 그 여자도 또한 완벽한 남자를 찾고 있더라구."

"뭐야? 완벽한 남자를 찾고 있어?"

"그래서 어떻게 했나?"

"그래서 결국 아무 일도 없이 헤어졌지 뭐."

"뭐라구? 그냥 헤어졌다구? 왜?"

"아, 그거야 말할 것도 없이 나는 그 여자가 찾는 완벽한 남자가 아니어서……"

결국 그 남자는 완벽한 여성을 찾기는 찾았지만 자기가 완벽한 남성이 못되어 그 여자와 결혼을 하지 못하고 그냥 헤어진 것이었다.

40 : 은혜 갚는 방법

　　　　마음씨 착한 신사 A씨가 길거리에서 가엾은 고아 소년을 발견하여 집으로 데려 왔다. 신사는 그 소년을 친 자식과 같이 사랑하고 학교에도 보내 주어 그 소년은 부러움 없이 행복하게 잘 자랐다.

그뿐 아니라 소년이 성장하여 청년이 되자 집도 사주고 자금도 주어 장사를 하면서 자립할 수 있도록 도와주었다.

청년은 너무도 고마워서 그 은혜를 꼭 갚겠다고 마음 먹고 열심히 일을 하여 몇 년이 지난 후에는 큰 가게도 사고 재산도 많이 모았다.

그런데 그와는 반대로 마음씨 착한 신사 A씨는 사업에 실패를 하여 하루 아침에 가난뱅이가 되고 말았다.

하는 수 없이 그 A씨는 자기가 키워서 성공시켜 준 청년에게 도움을 청하고 싶었지만 차마 부끄러워서 찾아가시 못하고 있었다. 그러나 청년은 이미 그 소문을 들어서 알고 있었기 때문에 마음속으로

'어떻게 하면 그 분의 자존심을 상하지 않도록 하면서 도와드릴 수 있을까?'

하고 연구하다가 한 가지 좋은 방법을 생각해 냈다.

'돈을 직접 보내드리는 것보다는 장사하는 방법으로 몰래 도와드리는 것이 좋을 것이다'

라고 생각하였다.

청년은 집에서 심부름하는 소년에게 일부러 거지처럼 남루한 옷을 입히

고 커다란 진주 하나를 주면서 신사에게 가서 배고픈 척하고 1달러에 팔고 오라고 하였다.

소년은 주인 청년이 시키는 대로 신사 A씨에게 가서

"아저씨, 저는 지금 배가 몹시 고픈데요. 돈이 한 푼도 없어요. 1달러라도 주시면 이 진주를 싸게 팔겠어요."

신사 A씨는 그것이 가짜 진주이겠지 생각하면서 그때 마침 주머니 속에 돈 1달러가 있어서 불쌍한 소년을 도와 줄 마음으로 그 진주를 무심코 받아 두었다.

그 후 며칠이 지났다. 청년은 하인 중 한 사람에게 좋은 옷을 입혀서 부자로 위장시키고 10만 달러의 큰 돈을 주면서 신사에게 가서 그 진주를 사오라고 했다. 주인이 시키는 대로 그 하인은 신사 A씨를 찾아가 말 했다.

"어르신께서 커다란 진주를 가지고 계시다는 소문을 듣고 왔는데 그것을 저에게 보여 주십시오. 진짜 진주라면 10만 달러 드리고 제가 사겠습니다."

신사는 깜짝 놀라며 그 진주를 사나이에게 보였다.

"응, 이건 정말 훌륭한 진주인걸요. 바로 제가 바라던 진짜 진주에요. 약속대로 10만 달러에 사겠습니다."

불과 며칠전에 거지 소년으로부터 겨우 1달러를 주고 받아두었던 진주가 이렇게 값비싼 진짜 진주라니!

하루아침에 10만 달러나 되는 거금을 손에 쥐게 된 A씨는 그것으로 다시 사업을 시작할 수 있게 되었다.

물론 자기가 키워 준 청년의 은혜 갚음인 줄은 전혀 모르고 있다.

41 : 우장춘 박사

　　우장춘 박사는 서울에서 태어났지만 일본으로 건너가 공부하여 1919년에는 도쿄대학 농학과를 졸업했다.

그는 일본에서 1935년에 꽃잎이 하나 밖에 없는 베추니아꽃을 꽃잎이 겹으로 된 베추니아꽃(W베추니아꽃), 게다가 그 꽃잎의 색깔도 여러 가지의 색깔이 한 꽃송이 안에 섞여 있도록한 육종합성에 성공하여 다윈의 진화론을 수정하였고, 다음 해에 동경 제국대학에서 농학박사 학위를 받았다.

조국의 광복과 더불어 1950년에 국가에서 초청하여 한국 농업 연구소 소장으로 취임한 후 중앙 원예기술원장, 국립중앙원예기술원 초대 원장, 학술원 추천회원, 고등고시 기술과위원, 일본 유전학회 및 작물 학회회원 등 중요한 자리를 맡으면서 꾸준히 연구하셨다.

그는 씨 없는 수박 등 채소 종자의 육종에 크게 성공하였고, 논에 벼를 한 번 심어 두 번 수확을 하는 1식 2수작의 농사 방법도 개발하여 대한민국 문화포장까지도 받았다.

종자 개량에 일생을 바친 우장춘 박사는 한국이 낳은 위대한 인물로서 그가 쌓은 공로로 우리나라의 농업이 크게 발달되었다.

"나는 고요한 호수에 돌을 던졌다. 그 잔잔한 물결은 머지않아 크나큰 물결이 되어 밀어닥칠 것이다."

이 말은 1950년 그가 광복 후에 처음으로 고국을 방문하여 진주농대 강당에서 강연할 때 학생들과 일반 청중에게 제일 먼저 한 말이었다.

그의 말대로 지금 우리나라에서는 수확이 많고 밥맛이 좋은 쌀농사, 크고 맛이 좋은 과일 등은 물론이고, 가지에서는 토마토가 열리고 뿌리에서는 감자가 열리는 식물 등 우장춘 박사의 업적을 이어받은 여러 연구원들이 숨은 노력을 계속하고 있다.

외국산 장미 한 송이에 1달러씩의 로열티를 요구하고 있는 치열한 국제사회에서 이겨 나가려면 공업분야에서 뿐만 아니라 우리 나라도 꽃이나 채소, 과일, 곡물에 이르기까지 좋은 종자를 개량하여 그 씨앗과 농산물을 많이 수출해야 한다. 그러기 위해서도 제2의 우장춘 박사가 계속 나와야 할 것이다.

42 : 거위를 살리려고

구슬을 갈아 만드는 집에 동냥을 하는 탁발승 한 사람이 방문했다.

스님은 붉은 천으로 만든 가사를 입고 있었기 때문에 가사의 빛이 구슬에 비쳐 구슬이 더욱 붉게 보였다. 주인이 잠시 자리를 비운 사이에 그 집 거위가 와서 붉게 빛나는 구슬을 고깃덩어리로 잘못 알고 삼켜버리는 것을 스님이 보았다.

잠시 후에 나타난 주인은 자기가 갈던 구슬이 보이지 않자 스님이 훔친 것으로 짐작하고 구슬을 내놓으라고 소리쳤다. 그러나 스님은

"나는 구슬을 훔치지 않았소"

이렇게 한 마디 말할 뿐 태연한 자세였다. 화가 난 주인은 스님을 밧줄로 꽁꽁 묶기까지 했으나 스님은 여전히 입을 다물고만 있었다.

더욱 화가 난 주인은 몽둥이로 때려 스님의 몸에서 피가 흐르기 시작했다. 그래도 스님은 아무 말도 안 하는데, 이 때 다시 나타난 거위가 사람의 피를 보더니 달려들어 땅바닥에 흐르는 피를 부리로 찍어먹기 시작했다. 이것을 본 주인은 더욱 성이 나서 몽둥이로 거위를 무참히 때려 죽이고 말았다.

그것을 본 스님은 자기 몸도 매를 맞아 몹시 아픈 것을 참으면서 가까스로 말을 했다.

"불쌍하게도 거위가 그만 죽어버렸군요"

"아, 거위가 죽고 사는 게 무슨 문제야? 어서 구슬이나 내 놓아 이놈아!"

하고 주인은 또다시 으르렁 거리며 퉁명스럽게 대꾸했다.

"만약 거위가 죽었다면 내가 할 말이 있어서 그럽니다"

"아니, 거위가 죽었다면 할 말이 있다니, 그게 무슨 소리야?"

주인이 버럭 소리를 지르자 스님은

"구슬은 거위가 삼켰습니다."

하고 말했다. 어이가 없는 주인은 그 자리에서 칼로 즉시 거위 배를 갈라 보니 정말 구슬이 그 거위 뱃속에서 나왔다. 주인은 몹시 당황해 하며

"스님은 왜 진작 말씀 하시지 않았습니까?"

했다. 그러자 스님은

"거위는 아침마다 똥을 쌉니다. 내일 아침까지만 기다리면 구슬은 다시 찾을 수 있을 터인데, 만약에 거위가 삼켰다고 내가 미리 말하면 주인은 틀림없이 거위를 곧 죽이지 않았겠습니까?"

이 말에 주인은 얼굴을 붉히며 스님을 묶었던 밧줄을 풀고 그 앞에 무릎을 꿇어 용서를 빌었다.

스님은 아픈 몸을 겨우 일으키면서

"하찮은 짐의 목숨이라도 아끼는 것이 부처님의 가르침이라오"

하며 아무 일도 없었다는 듯이 태연하게 길을 떠났다.

43 ： 조국을 애인으로

　　1937년 도산 안창호 선생이 독립운동의 일로 일본 경찰에게 붙잡혀 검사의 심문을 받을 때였다. 일본 검사가

"이제 민족 운동을 그만둘 생각은 없는가?"

라고 묻자 그는 태연하게 대답했다.

"나는 죽어도 그만둘 수는 없다. 나는 밥을 먹는 것도 민족을 위해서요, 잠을 자는 것도 민족을 위해서다. 나는 숨이 붙어있는 날까지 이렇게 민족운동을 계속 할 것이다."

이렇게 당당하게 자기 주장을 내세웠다.

당시 통감 정치를 펴고 있던 일본의 이토히로부미는 안창호를 눈의 가시처럼 여겨 그를 회유하려고 갖은 꾀를 다 썼다.

"일본과 한국은 같은 황인종이니까 일본에 협력해야지, 그렇지 않으면 두 나라는 모두 러시아나 미국인 등 백인종에게 빼앗기고 말 것이오."

라고 말하자, 도산은 일본인의 그 침략근성을 꼬집어 점잖게 대꾸했다.

"당신 말에 나도 동감이오. 일본과 한국, 중국은 머리와 목과 몸통 같으니까 서로 도와야 살아갈 수 있는데, 이웃끼리 서로 빼앗고, 억압만 하니 매우 유감이오."

이렇게 말하자 일본 통감은 더 할 말을 잃고 말았다.

안창호선생이 중국 남경에서 독립운동을 하고 있을 때 선생을 열렬히 사모하던 한 여섯 혁명동지가 어느 날 밤 그의 침실로 숨어들어온 일이 있었다. 이 때 그는 위엄 있게, 그러나 인자하게 그 여자를 타일렀다.

"뭘 찾으려고 왔소? 책상 위에 양초와 성냥이 있으니 불을 켜고 찾아 보시오."

그 위엄 있고 인자한 한 마디에 그 여인은 마치 꿈에서 깨어난 듯 조용히 촛불을 켠 후 잠깐 서 있다가 말없이 그 방을 나갔다.

안창호선생은 나중에 그 여인에게 따뜻이 말해 주었다.

"그대가 이성을 사랑하는 그 열정을 조국에 바치시기 바랍니다. 나는 그대가 조국을 애인으로 삼고 남편으로 섬겨 주길 바라오."

이 말에 그 여인은 그의 앞에 두 무릎을 꿇고 조국의 아내가 될 것을 굳게 맹세하였다.

선생님은 흥사단을 조직하고, 평생을 민족교육진흥과 조국광복에 바쳤다.

44 : 우정으로 산 그림

'저녁 종' 또는 '이삭줍기' 등의 유명한 그림을 많이 남긴 프랑스의 천재화가 밀레는 가난 때문에 젊은 시절에는 몹시 쪼들리고 있었다.

그의 이름이 아직 세상에 알려지기 전이어서 그의 그림이 잘 팔리지 않는데다가 밀레에게는 식구가 많았기 때문이었다.

어느 해 겨울, 추위는 다가왔는데 땔감도 없고 빵을 구울 밀가루도 없어 식구들은 허기를 참으면서 차디찬 냉방에서 등을 맞대고 서로의 체온으로 추위를 견디고 있었다.

바로 그 때 친구인 루소가 찾아왔다. 루소는 그 당시 신진 화가로 이미 이름을 날리고 있는 때였다. 갑자기 찾아온 루소가 밀레의 손을 덥썩 잡고 웃으면서 말했다.

"여보게, 밀레! 축하하네."

밀레는 무슨 영문인지를 몰라

"내가 축하받을 일이 뭐있나?"

하며 어리둥절하고 있었다.

"밀레, 자네 그림을 사겠다는 미국인이 나타났네"

"뭐라고? 그게 정말인가?"

"정말이고 말고, 자 이걸 보게나… 이 돈은 그 미국인이 나한테 맡긴 돈이라네, 사실은 오늘 그 미국인과 같이 올 예정 이였는데 급한 사업상의 일로 못 오고 그림의 선택까지도 나한테 다 맡겼다네."

루소는 봉투 속에서 3백 프랑이나 되는 많은 돈을 꺼내어 밀레에게 주었다. 그 순간 가난에 찌들었던 밀레의 얼굴에는 생기가 돌았다.

"루소, 참으로 고맙네. 이제 우리 식구는 자네 덕분으로 살게 되었네. 자 그럼 어서 자네 마음에 드는 그림을 고르게"

"자네 그림은 다 훌륭한데 고르고 말고 할게 뭐 있나? 손에 짚이는 대로 이 '접목하는 농부' 이것으로 정할까?"

"좋고 말고. 오히려 내가 너무 비싸게 받는 것같네."

"아냐 아냐, 이 그림이면 그 값어치는 충분히 있네. 미국인도 틀림없이 이 그림을 보면 크게 만족할 거야. 참으로 훌륭한 자네 그림 솜씨네"

하며 루소는 칭찬을 아끼지 않았다.

밀레는 기쁨을 감추지 못하며, 그 그림에다 싸인을 하고 정성껏 포장을 해서 루소의 손에 들려 주었다.

그림값으로 받은 돈으로 밀가루도 사오고 땔감도 사와, 밀레 가족은 오래 간만에 화기 찬 겨울을 지내게 되었다.

그런데 사실은, 그 그림을 산 사람은 미국인이 아니라 루소 자신이었다. 친구의 가난을 차마 못본 체 할 수 없어서 도와주고 싶었지만 밀레의 자존심을 상하지 않게하기 위해서 이와같은 연극을 꾸민 것이었다. 그 이후에도 루소와 밀레의 우정은 영원히 훈훈하게 이어져 갔다.

45 : 친절이 재산

      소낙비가 쏟아지는 어느 날 오후 조그마한 가구점 앞에서 다리를 절룩거리는 할머니 한 분이 비를 맞고 추녀 밑까지 와서 상점 안을 기웃거리고 있었다.

보아하니 가구를 사려고 하는 분 같지도 않았다. 그러나 가구점안에 있던 젊은 점원은 얼른 뛰어 나와

"할머니, 다리도 불편하신데 밖에서 서성거리지 마시고 상점 안으로 들어가세요"

하면서 할머니를 안으로 모시려고 했다. 그러나 할머니는

"아닐세 젊은이, 나는 물건을 살 사람이 아니고, 내 자동차 운전수가 올 때까지 추녀밑에서 기다리면 돼요."

하면서 들어가지 않으려고 했다. 그러나 그 젊은 점원은 기어이 할머니를 안으로 모시고 들어와 안락의자에 편안히 앉으시게 하고 따뜻한 물 한 컵을 갖다 드렸다.

그리고는 혹시 할머니를 찾는 자동차가 그냥 지나쳐 가지는 않을까 하고 몇 번이고 밖을 내다보았다.

그러던 중 할머니는 안락의자에 비스듬히 누운 채로 스르르 잠이 들었다. 점원은 얼른 모포 한 장을 가지고 와 가만히 덮어드렸다.

얼마 후 승용차 한 대가 상점 앞에 와 서서 운전기사가 여기저기 둘러보는 것을 점원이 발견하고 급히 나가 기사를 상점 안으로 불렀다. 기사는

할머니가 편안히 잠이 드신 것을 보고 빙그레 웃으면서 다시 승용차 쪽으로 가 차의 의자를 수평으로 눕혀놓고 들어와 양 팔로 할머니를 안아 차 의자에 눕혀 모시고 천천히 출발하였다.

점원은 어느 손님에게나 하듯이 그 가구점 명함 한 장을 기사에게 주고 승용차 문을 소리없이 닫아 주는 등 차가 떠날 때까지 친절히 도와주고 들어왔다.

그 상점 옆의 다른 상점 점원들은 그 광경을 보고

"저런 노인 할머니에게 아무리 친절을 베풀어 보았자 가구를 사갈 사람도 아닌데, 저토록 친절을 다 하나?"

하면서 그 점원을 비웃었다.

며칠 후 그 작은 가구점에는 깜짝 놀랄만한 편지 한 장이 날아왔다. 그 편지는 바로 미국의 강철왕이라고 불리는 대 재벌가 카네기로부터 온 편지였다. 봉투를 뜯어보니 거기에는 어마어마한 내용이 적혀 있었다.

"며칠 전 비오는 날 우리 늙으신 어머니에게 베풀어 준 친절에 진심으로 감사합니다. 우리 어머니의 요청으로 이번에 새로 크게 지은 우리 저택에 들여놓을 가구 일체와 우리 회사 사무실 안에 새로 갈아 넣을 집기 전부를 당신 상점에 주문요청하오니 빨리와서 주문서를 받아가시오."

이름도 없던 조그마한 이 가구상점은 친절 하나 때문에 별안간 큰 가구회사로 발전하게 되었다.

※ 친절은 언제 어디서나 밑천 없이 베풀 수 있는 재산이다.

46 ░ 꽃동네 사랑동네

"저녁 식사를 드셨습니까?"

"아직 먹기 전입니다만⋯⋯."

이런 대답을 들으면 최귀동 할아버지는 지체없이 다른 집으로 발걸음을 옮긴다.

최귀동 할아버지는 거지 할아버지다. 거지이긴 하지만 다른 거지들과는 다르다. 다른 거지들을 먹여 살리는 '거지의 애비'다.

충청북도 음성군 무극다리 밑에서는 앞을 못 보는 맹인, 앉은뱅이, 알콜 중독자, 다리병신 등 여러 가지 장애자 18명의 식구가 움막안에서 아침 저녁 끼니마다 귀동이 할배가 얻어오는 동냥밥을 기다리다가 나눠 먹으며 살아왔다.

1976년 9월 어느 날, 이 작은 마을에 있는 성당에 신부님이 새로 부임해 왔다. 그는 그 날 마을 구경을 나왔다가 다리 밑의 움막 하나를 발견하고 큰 충격을 받았다. 거지 할배 혼자서 여러 불구자 거지들을 먹여 살리고 있는 것을 보았기 때문이다.

신부님은 즉시 그날부터 주머니 돈을 다 털어 시멘트를 사서 시멘트블록을 찍기 시작했다. 머지 않아 찬 바람이 불어올 것이고, 그러면 그 많은 거지들이 움막만으로는 겨울 추위를 견디기 어려울 것이니, 엉성하나마 블록집을 지어 주기로 결심한 것이다.

여러 곳으로 다니며 이들을 도와 달라고 호소도 하고 애원도 한 결과 여기저기서 뜨거운 사랑의 손길이 모이기 시작하였다.

이것이 '꽃동네'의 시작이며 지금은 1500명이 넘는 장애자들이 모여 웃으면서 즐겁게 살아가는 따뜻한 사랑의 마을이 되었고, 매달 1천원 씩을 자진해서 내주는 회원만도 20만명이 넘어 그 돈이 2억원이나 된다.

인생을 포기했던 그들이 이제는 희망을 안고 살아간다.

'얻어 먹을 수 있는 힘만 있어도 그것은 주님의 은총입니다.'

꽃동네 입구의 큰 바위에 새겨져 있는 이 글을 아침 저녁 지나가며 읽는 그들은, 사랑과 희망이 얼마나 귀중한 것인가를 누구보다도 잘 알고 있다.

먹을 것을 동냥하다가 병들면 아무도 모르게 길가에 쓰러져 죽어 가던 그들이 최귀동 할아버지와 신부님의 눈물겨운 희생과 사랑을 시작으로 생긴 꽃동네에서 새로운 삶의 용기와 부활의 기쁨을 안고 살고 있다.

※ 미움은 다툼을 일으키고, 사랑은 모든 허물을 가리우니라. – 마태복음 9~13

47 : 충실한 보초

　　　　　"정지! 누구냐?"

어두컴컴한 초소 앞에서 보초가 소리쳤다.

"나다."

"나가 누구냐?"

"나폴레옹이다. 너희들이 근무를 잘 하나 살펴보려고 순시 나왔다. 나를 어서 통과시켜라."

그러나 보초는 그 말에는 대꾸도 하지 않고 오히려 고함을 친다.

"움직이면 쏜다"

"보초! 나는 나폴레옹 장군이란 말이다. 어서 그 총을 내려!"

"그런 소리 말고 어서 뒤로 돌아가십시오. 아무리 총지휘관이라해도 저의 직속상관의 명령없이는 통과시킬 수 없습니다."

"정말 안되겠나?"

"총사령관인 나만은 괜찮지 않겠나?"

"안됩니다. 나는 그런 명령을 받은 적이 없습니다."

"그렇다면 할 수 없군……"

결국 나폴레옹은 그냥 자기 막사로 되돌아가고 말았다.

다음 날, 날이 밝자마자 나폴레옹은 고집 불통이던 어제밤의 그 보초를 불렀다. 노크하고 들어 온 보초는

"장군님의 부름을 받고 왔습니다."

하고 큰 소리로 신고하면서 경례를 했다.

"응, 좋아. 자네 간밤에 나를 통과시켜 주지 않은데 대해서 어떻게 생각하나?"

나폴레옹은 위엄있게 보초에게 물었다.

"우리 프랑스를 위해 싸우는 한 군인으로서 맡은 바 임무를 완수 했다고 생각합니다. 그러나 간밤에 장군님을 통과시키지 않은 것에 대한 벌은 따로 받겠습니다"

보초는 조금도 주저하는 내색없이 씩씩하게 대답했다.

나폴레옹은 고집스럽고 용기있는 그 병사의 태도가 마음에 들어 빙그레 웃었다.

"하하하… 좋아! 자네야말로 훌륭한 군인일세. 이제는 나가 보게"

나폴레옹은 그 병사를 내 보내고 즉시 부관을 불러 그 병사를 육군소위로 승진시킬 것을 명령하였다.

그런데 뜻밖에도 부관은 그 명령에 반대를 했다.

"장군님! 그건 절대로 안됩니다."

"어째서?"

"보초를 충실히 서는 것은 군인의 당연한 임무입니다."

"허허, 그렇던가? 나폴레옹은 또 한번 마음 속으로 기쁘게 생각하면서 웃었다. 부하 장병들이 모두 이렇게 자기 임무에 충실한 것에 만족하였다.

48 : 왕 이전에 아내

영국의 빅토리아 여왕은 1840년 21세 때 어머니의 오빠 뻘인 독일의 작센 공의 차남인 알바트 공과 결혼했다. 동갑내기인 두 부부는 오늘날에도 영국인들의 입에 오르내릴 정도로 정열적인 연애결혼으로 맺어졌고, 영국 국왕 중 64년간이라는 가장 긴 동안 왕의 자리를 지켰다.

그런데 빅토리아 여왕은 상당히 고집이 강해서 결혼하자마자 두 사람은 이따금식 충돌을 했다.

언젠가 사소한 일로 부부싸움을 하다가 화가 난 남편 알바트 공은 자기 방문을 안에서 잠가 버렸다. 얼마후에 여왕은 남편 방의 문을 노크했다.

"누구요?"

"여왕입니나."

"……………"

또 반응이 없다. 이렇게 몇 번이나 똑같은 문답이 반복되었다. 그러다가 여왕은 다시 노크했다.

"누구요?"

"당신의 아내입니다."

그때서야 비로소 문이 열렸다.

결국 알버트 공은 자기 아내인 빅토리아 여왕에게 마음 속으로 한 가지 요구하는 것이 있었다. 그것은 영국의 왕이기 전에 한 남자의 아내가 되어 달라는 요구였던 것이다. 그래서 '여왕'이 노크할 때는 안 열어주던 문을 '아내'가 노크할 때에는 즉시 열어 주었던 것이다.

여왕은 그때서야 비로소 남편의 이러한 마음을 알았으며, 그때부터 알버트 공에 대해서는 아내로서의 역할을 충실히 정성을 다 하기로 했던 것이다.

알버트 공은 교양도 있었고 다재다능했다. 그의 의견이 아내인 빅토리아 여왕을 통해서 많은 업적을 남겼다. 영국 최초의 만국박람회도 알버트가 생각해 낸 것으로서 영국에 막대한 이익을 가져왔을 뿐만 아니라, 영국의 국력을 세계에 알리는 기회가 되었던 것이다.

이러한 영국의 번성기를 '빅토리아 시대'라고 부르게까지 된 것은 여왕과 알버트가 한 마음이 되어 정치 외교에 이르기까지 모든면에서 언제나 상담을 했기 때문이었으며, 그 비결은 여왕이 여왕이기 전에 아내의 자리를 잘 지키고 그 책임을 다 했기 때문이었다.

※ '아내'는 '안해'즉, 집안에 태양 이라는 뜻이다.

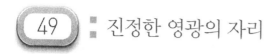

49 : 진정한 영광의 자리

'남태평양' 등의 유명한 작품을 많이 써서 세계적인 문학가가 된 제임스 미치너는 옛날 초등학생 시절에 자기에게 글짓기 방법을 친절히 지도해 주셨던 담임선생님이 정년퇴임을 하신다는 소식을 듣고 그 시각에 맞춰 그 은사님을 찾아 뵙겠다고 약속을 했다.

그런데 그는 공교롭게도 같은 날 같은 시각에 존슨 대통령이 베푸는 백악관 만찬회에 꼭 참석해 달라는 아주 영광스러운 초청장을 또 받았다.

그러나 제임스 미치너는 곧 존슨 대통령에게 다음과 같은 편지를 부쳤다.

"대통령 각하, 각하의 초청에 깊이 감사하오며 큰 영광으로 생각합니다. 그러나 저는 같은 시각에 소년시절에 저에게 글 쓰는 방법을 가르쳐 주신 은사님을 모시기로 하였으므로 각하의 초청에 가지 모사오니 양해해 주시기 바랍니다. 저를 이렇게 백악관 만찬회의 초정까지 받을 수 있는 사람으로 만들어 주신 옛 스승의 은혜를 저는 절대로 잊을 수가 없습니다. 그리고 호화찬란한 백악관 만찬회장보다는 시골 학교의 간소하고 초라한 사은회 장소에 참석하는 것이 저에게는 더없는 보람과 큰 기쁨이 되겠으며, 또 위대하신 대통령 각하를 뵙는 영광보다는 노쇠하신 저의 옛 은사님을 뵙는 것이 더 큰 영광의 시간이 되겠기에 각하의 초청에 응하지 못합니다. 대단히 죄송합니다."

이렇게 써서 우편으로 부친 그는 다음날 아침에 상쾌한 마음으로 길을 일찍 떠났다.

오늘의 영광이 있도록 기초를 닦아주신 초등학교 은사님을 뵙고 진심으로 감사의 인사를 드리게 될 시각에 늦지 않기 위해서였고, 은사에 대한 존경심이 가슴에 벅차올라 벌걸음이 잠시도 머뭇거리지 않았다.

이 세상에서 아무리 위대한 사람도 은혜를 입지 않은 사람은 한 사람도 없다. 그 중에서도 나를 낳고 키워주신 부모님과 나를 가르쳐 주신 스승의 은혜는 비교할 데 없이 크나큰 것이었기에 제임스 미치너는 이렇게 자기에게 돌아올 영광과 이해타산을 초월하고 사람으로서의 의리를 지키는 진정한 영광의 자리를 선택하여 옛 스승을 찾아가는 것이었다.

※ 내가 베픈 은혜는 모래에 새기고, 내가 입은 은혜는 바위에 새겨라.

50 : 영부인의 어려운 처신

　　조지 와싱톤이 영국의 식민지에서 벗어나기 위한 독립 전쟁을 승리로 이끌고 미국의 초대대통령으로 당선된 것이 1789년의 일이었다.

그 때 그의 부인인 58세의 마샤는 무척 당황했었다. 왜냐하면 대통령의 영부인으로서 어떻게 처신을 해야 좋을지 몰라서였다.

더구나, 초대 대통령의 부인이므로 앞서의 영부인 선례가 전혀 없이 오로지 마샤 자신이 처음으로 관례를 만들 수 밖에 없었기 때문이었다.

예를 들면 남편이 대통령으로 취임 후, 처음으로 갖는 리셉션에 내놓을 차와 과자는 어떤 것으로 대접하고, 명랑하게 그들과 이야기를 나누려면 어떻게 해야 좋을는지 모두가 생소하여 걱정이었다.

다만 가능한 한 소박하고 간소하면서 민주적인 분위기를 만들려고 노력했을 뿐이었다.

그런데도 나중에 들리는 소문은 '품위가 없었다' 는 비판이었다.

그래서 그 다음에는 그가 다소 점잖을 뺐다. 그랬더니 이번에는

"여왕의 흉내를 내고 있다"

는 비평을 또 받았다.

만사가 그 모양이라 마샤는 상당히 피곤하였다. 그로서는 참으로 대통령의 가정을 지키는 일이 이만저만 어려운 일이 아니었다.

그러나 남편의 체면을 손상시키지 않기 위해 백방으로 애를 썼다.

마샤는 원래 몸치장을 하지 않는 담백한 성격이었지만 대통령의 봉급이라고 해서 대단한 것이 아니었기 때문에 살림을 꾸리며 초라한 옷을 입고 지하실 청소까지 둘러 보아야만 했다. 그에게 '정치 문제 등에는 결코 입을 열지 않았다' 는 소문이 있었지만 남편의 일에 전혀 무관심했던 것은 아니었다.

와싱톤과 부통령 아담즈는 각각 자존심이 강한 탓도 있어서 때로는 아옹다옹 다투는 일도 있었지만 마샤는 부통령 부인이면서 자기의 친구이기도 한 부통령 부인과 언제나 협력하여 남편들을 화해시키려고 노력했다.

이리하여 마샤는 점차 사람들의 애정과 존경을 받게 되었으며, 대통령 관저를 방문하는 사람들마다 평온하고 유쾌한 접대에 감격하기 시작했다.

남편 와싱톤이 초등교육만을 받았음에도 불구하고 미국 초대대통령으로 추대되어 미합중국의 기초를 확립하고, 내정을 정비한 공으로 2대 대통령에 재선까지 하여 미국 역사를 빛나게 한 이면에는 그의 부인인 마샤의 이러한 겸손과 검소한 태도를 지킨 대통령 부인으로서 모범적인 처신과 내조가 있었기 때문이었다.

51 : 구멍가게 딸이 수상

조그마한 식료품 가게의 딸이 대영제국의 여자 수상이
되었다. 그가 바로 유럽에서 최초로 여자 수상이 된 영국의 마가렛 대처
수상이다.

"여자도 이제부터는 넓은 시야를 가져야 한다"

그는 어렸을 때부터 아버지가 입버릇처럼 하시는 말씀을 들으면서 자랐
고, 열 살 때부터는 그 아버지가 지지하는 보수당 후보자의 선거사무실에
따라다니며 연설을 들은 것이 정치적 식견과 능력의 토대가 된 것이다.

그는 결혼 후 한 가정의 주부이면서 두 자녀의 어머니였고, 한 남자의 아
내 역할을 하면서 나라의 살림을 맡아 훌륭하게 이끌어 갔다.

'영국 여왕이 내각수상을 임명하면서 여성의 손에 키스하기는 역사상 처
음 있는 일이 아닌가?'

하고 영국 국민들은 그에게 더욱 친밀하게 여기면서 그의 정책에 적극 협
조해 주었다.

그는 모든 여성들에게 항상 이런 말을 자주 했다.

"여성 해방운동을 소리 높여 외치는 사람을 나는 싫어합니다. 문제는 남
녀의 구별이 아니라 능력의 차이입니다."

이렇게 당당히 말하는 대처 수상은

"한 가정을 꾸며 나가는 것이 결코 쉬운 일이 아닌 것을 체험한 여성이라
면 한 국가의 살림이 또한 쉽지 않으리라는 것 쯤은 누구나 짐작할 수 있

을 것입니다."

라고 말하기도 했다.

그러면서 그는 놀라운 정치적 수완을 유감없이 보여주기 시작했다.

조각을 짤 때나 각료회의를 진행할 때 마치 한 편의 영화같이 거침없이 전개시켜 나갔던 것이다.

외교적 수완도 능하여 강대국 영수와 유대를 강화하면서 국내 실업자를 줄이고, 물가안정을 기했다.

그녀의 일생은 어려서부터 '검소' 라는 두 글자로 요약할 수 있다.

일요일에는 뜨개질까지도 삼가야 한다는 엄격한 종교가정에서 자라난 그는 검소한 차림새와 근로를 존중하는 인생관이 몸에 배어 있었다. 그의 남편도 그를 칭찬하는 말로 이렇게 말했다.

"아무리 정치 일정에 바쁘더라도 매기(애칭)는 아침 6시에 일어나 가족들의 식사 준비를 하지요."

일요일에는 두 자녀를 위해 수상의 위치를 완전히 떠나 가정의 평범한 주부가 되는 그는 영국의 모든 국민의 존경을 받고 있었다.

구멍가게의 딸이 대영제국의 수상까지 되어 여러 각료들을 이끌고 훌륭한 정치를 하였으므로 세계의 모든 여성들에게 희망과 꿈을 안겨 주었다.

※ 명예를 얻는 비결은 정도(正道)를 걷는 데 있다. -프란시스베이컨

52 : 메모습관으로 성공

한자 문구에 '총명이 불여둔필(聰明이 不如鈍筆)'이라는 말이 있다.

그 뜻은 아무리 머리가 총명한 사람도 서투를 솜씨로나마 기록하는 사람만은 못하다는 뜻이다. 이것은 사람에게는 '망각'이라는 병폐가 있어서 시간이 지나면 누구나 기억이 사라지기 때문이다.

역사적으로 유명한 정치나 음악가 발명가들은 모두 메모를 잘하는 '기록광'이었다.

링컨은 모자 속에 항상 종이와 연필을 넣고 다니면서 떠오른 좋은 생각이나 남한테 들은 유익한 말을 즉시 기록하는 습관을 가졌다. 그래서 그의 모자를 이동하는 사무실이라고 불렀다. 그 덕분에 정규 학교엔 다녀 본 적도 없는 그가 세계 역사상 가장 훌륭한 정치가가 되었다.

슈베르트는 어느 때는 식당의 식단표에, 어느 때는 입고 있는 자기 옷에 그때그때 떠오른 악상을 즉시 기록하는 습관을 가진 덕분에 일생을 통하여 그렇게 아름다운 곡을 많이 작곡할 수 있었던 것이다.

발명에서도 기록은 아주 중요한 역할을 한다.

'깎지 않는 연필'을 발명한 대만의 홍려도 가난한 대장장이 아버지를 도우면서 발명에도 관심을 가지고 항상 아이디어가 떠오를 때마다 기록하거나 그림으로 그려 두었다가 그것을 발명으로 연결시켜 가고 있었다.

그는 이따금 평소에 적어 두었던 그 많은 기록과 그림들을 관련 지어 다시 기록해 가는데, 그러자니 가장 번거로운 일 중의 하나가 연필깎는 일이었고, 그 시간조차도 아까웠다.

그러던 어느 날

'이거 참으로 불편하군, 연필을 깎지 않고 계속 쓸 수 있는 방법은 없을까?'

문득 여기에 생각이 이르자 그는 모든 연구를 중단하고 즉시 '깎지 않는 연필' 발명에 매달려 마침내 '샤프 펜슬'을 발명한 것이다.

이 깎지 않는 연필이 삽시간에 세계 각국의 특허를 얻어 수출이 되면서 그는 매년 50만 달러의 돈을 벌어들인 것이다.

국제수상발명가협회 회장인 우리 나라 윤만희씨도 기록하는 습관으로 성공한 한국의 에디슨이며, 그는 지금도 항상 후배들에게

"기록하는 습관을 가져라"

하고 강조한다.

53 : 괴로운 인생 모습

넓은 벌판길을 나그네 한 사람이 지친 발걸음으로 걷고 있었다.

그런데 갑자기 어디서 나타난 무서운 코끼리 한 마리가 사람을 잡아 먹으려고 쫓아오고 있었다.

'죽느냐 사느냐!'

생사를 눈앞에 두고 나그네는 정신없이 달아나다 보니 언덕 밑에 커다란 우물이 하나 있는데, 다행히 등나무 덩굴이 그 우물 속으로 축 늘어져 있었다. 나그네는 급한김에 등나무 덩굴을 붙들고 우물속의 중턱까지 내려갔다.

"아! 이제는 살았다. 코끼리가 이 우물 속 까지는 못 들어오겠지"

하고 한 숨 돌리고 우물 밑을 내려다보니 이게 또 웬일인가! 우물밑의 샘에는 독룡이 입을 딱 벌리고 자기를 쳐다보고 있지 않은가!

깜짝놀란 그는 내려가다 말고 우물 중턱을 둘러보았더니 거기에는 또 사방의 돌 틈에서 네 마리의 큰 뱀이 자기를 향해 혀를 날름 거리고 있었다.

등골이 오싹해진 나그네는 어쩔 수 없이 등나무 덩굴 하나를 생명 줄로 삼고 매달려 있는데, 두 팔은 점점 아파서 빠질 것만 같았다.

그런데 설상가상으로 문득 위를 쳐다보니 그 등나무 덩굴마저 흰 쥐와 검은 쥐 두 마리가 이빨로 등나무 덩굴을 잘금잘금 쏠고 있는 것이 아닌가!

"이제는 꼼짝없이 죽었구나!"

하고 낙심하고 있는데, 그 때 마침 등나무 위에 있는 벌집 속에서 달콤한 꿀물이 한 방울 두 방울 씩 떨어지는 것을 보았다. 입을 딱 벌렸더니 바로 입 속으로 달콤한 꿀이 떨어져 들어오는데 그 꿀 맛이 어찌나 맛이 있는지, 나그네는 지금의 위태로운 상황도 잊어버리고 꿀 한 방울이라도 놓칠세라 열심히 그것만을 받아 먹기에 정신 없었다.

이 이야기는 온갖 괴로움과 두려움 속에서 살다가 늙고 병들어 죽고마는 생로병사(生老病死)의 인생 모습을 묘사한 부처님의 비유로서, 나그네는 모든 중생들의 고독한 모습을 말하는 것이고, 쫓아오는 코끼리는 예고도 없이 홀연히 목숨을 앗아가는 살귀(殺鬼)이며, 우물은 이 험한 세상이고, 독룡은 지옥을 나타낸 것이다.

네 마리의 뱀은 흙과 물과 불과 바람을 뜻하며, 등나무는 유일한 생명줄이고, 흰 쥐와 검은 쥐는 일월(日月)이 교차하는 낮과 밤이며, 벌집속의 꿀은 사람들을 유혹하는 다섯 가지 욕심으로서 재물과 색(色)과 음식과 잠(수면)과 명예욕을 말한다.

결국, 우리 인생이란 고난과 번뇌의 길을 걷다가 무(無)로 끝나는 나그네 같이 허무한 것인데도, 그것을 모르고 달콤한 오욕에만 눈이 멀어 가는 어리석음을 비웃는 말씀이었던 것이다.

54 : 광부 아들의 훈장

영국의 요크셔 지방의 광산에서 갱도가 무너진 사건이
있었다.

"여보게나, 모두들 어디 있어? 크게 다치지 않았나?"

갱도 바닥에 넘어졌던 프랑크 반장은 겨우 정신을 차려가지고 흙먼지와
어둠 속에서 소리쳤다.

"반장님, 도와주세요. 몸을 움직일 수가 없어요."

"반장님, 나좀 살려주세요."

여기저기에서 반장을 찾는 비명이 들려왔다.

"알았어, 모두들 조금만 더 참고 있어."

프랑크 반장은 소리 나는 방향을 찾아 간신히 기어가 보니 항상 술고래에
싸움만 잘하면서 너구나 평소에 프랑크에게 반항만 하던 프레드릭이 쓰
러진 갱목에 눌려있는 모습이 보이는 것이 아닌가!

프랑크는 자신의 아픔도 잊고 갱목을 치우고 등을 돌려

"자, 프레드릭, 내 등을 꽉 잡고 기운을 내"

하며 프레드릭을 업고 안전한 곳으로 한 발 내디디려는 바로 그 때

"아버지, 아버지 어디 계셔요? 나 몹시 아파요"

함께 작업하던 아들 레오나드의 목소리가 가냘프게 들려왔다. 프랭크의
발은 그 소리를 듣고 놀래어 멈추었다. 그러나 그는 곧

"레오나드야, 잠시만 더 기다려라. 프레드릭을 먼저 옮겨주고 곧 갈게"

하고 소리쳤다. 이 때 또 아들의 목소리가 들려왔다.

"아버지, 다른 분을 먼저 구하세요. 저는 괜찮아요."

"레오나드야, 정신차려, 조금만 더 기다려."

프랑크는 아들에게 다시 말 하고, 갱 밖을 향해서는 더욱 큰 소리로 외쳤다.

"아직 모두 살아 있으니 어서 빨리 구해 주시오!"

이렇게 몇 번이고 되풀이하는 그의 목소리가 갱 밖으로 전해졌다.

그 소리를 듣고 달려 온 사람들의 구원의 손길이 이어져 많은 광부들은 생명을 건질 수가 있었다.

그러나 그 때 프랑크의 오직 하나 뿐인 소중한 아들인 레오나드만은 불쌍하게도 이미 이 세상 사람이 아니었다. 아버지가 먼저 손을 썼더라면 살릴 수 있었던 것을!

광산의 일이 매우 힘든 일이었지만 아버지가 작업반 반장인 것을 마음 속으로 무척 자랑스럽게 여겨오던 레오나드는 오늘도 아버지와 같은 갱도 안에서 일하다가 이렇게 낙반사고가 일어난 것이다.

자기 몸이 아픈 것을 참고 오히려 아버지가 다른 반원을 구해 주시는 것을 기쁘게 생각하면서 레오나드는 비참하게 죽어간 것이다.

이 소문이 신문을 통해 전국에 알려지고 나라에서 훈장이 내려왔다. 아버지 프랑크는 아들의 묘비에 그 훈장을 걸어주면서 한없이 울었다.

55 : 자동차왕 포드

　　　1863년, 미국 미시간주 '다본' 에서 태어난 헨리 포드는
학교 성적은 그다지 좋지 않았으나 기계를 만지는 것을 무척 좋아 했었다.
포드가 12살 때 어머니가 병환으로 생명이 위태롭게 되자 디트로이트시
까지 의사를 부르러 가지 않으면 안 되었다. 그는 마차를 빨리 몰아 의사
를 모시고 왔지만, 그 때 어머니는 이미 돌아가신 뒤였었다.

그 때 포드는 손등으로 눈물을 훔치면서

"어머니는 나에게 '너는 기계만지는 것을 좋아하니까 기계에 관한 기능을
살려가지고 남을 위하는 사람이 되어야 한다' 고 늘 격려해 주셨는데, 만
약에 오늘 마차보다도 더 빨리 달릴 수 있는 탈것이 있었더라면 우리 어
머니의 목숨을 구했을지도 모른다. 나는 어머니 말씀대로 마차보다 더 빨
리 달릴 수 있는 기계를 꼭 만들어 사람들에게 도움을 주고야 말겠다."

이렇게 결심을 했다. 이 결심이 그로 하여금 세계의 '자동차 왕' 으로 만들
게 한 것이다. 그의 머릿속에는 항상

'마차보다 빨리 달릴 수 있는 기계'

이것 뿐이었다. 그리하여 '남을 위해 사는 사람이 되라' 는 어머니의 그 교
훈을 실천하기에 진력한 결과 마침내 1893년에 최초의 포드자동차를 완
성하고, 1903년에는 포드자동차 회사까지 설립하게 되었다.

그런데 그가 자동차왕으로 성공하여 세계적인 부자가 되었을 때

"포드는 돈을 모으는 것만 생각하고 자기 몸이 학의 몸처럼 야위어 가는

모르는가봐"

"아무리 돈이 금고 속에 많아도 자기 뱃속이 비어 있으면 뭘 해"

"그 사람 지금 빼빼 말라 죽어간대"이렇게 거리의 사람들 사이는 혹독한 험담이 나돌 정도로 그는 이 몹시 야위어 보였다.

그러나 포드는 태평스럽게 모자도 안 쓰고 겨울에는 외투도 입지 않은 채 열심히 일만 하고 있었다.

적당한 운동, 허기나 면할정도의 적은 음식, 신선한 공기와 햇볕, 이 세 가지를 건강의 비결로 여기고 그는 이것을 일생동안 지켜왔다.

"야윈 것은 건강한 것과 별개의 문제다. 과식 때문에 비만해가지고 병원에서 수술을 받는 녀석들은 틀림없이 게으르고 먹기만 할거야"

자기에게 험담이 들려오면 그는 이렇게 대꾸하고 웃어넘겨 버렸다.

그의 집 난로 옆에는 이런 구절이 새겨져 있었다고 하며 지금까지도 명언으로 널리 알려진 말이다.

'추울 때 장작을 패면 몸이 두 배로 따뜻해진다'

56 ▪ 우리 조상의 지혜

1) 예로부터 우리 조상들은 장독대 주위에 봉숭아를 많이 심었다.

그것은 봉숭아꽃이 예뻐서? 아니면 어린이들 손톱에 봉숭아 꽃물을 들여주려고? 물론 그러한 이유도 있었지만 그보다도 더 큰 이유가 있었다. 그것은 집안으로 뱀이 들어오지 못하게 하기 위해서 였다.

우리 조상들은 뱀이 봉숭아를 싫어한다는 사실을 일찍부터 알고 있었기 때문이었다.

2) 우리 조상들은 뱀에게 쫓겨 도망가던 개구리가 근처에 있는 담뱃밭 속으로 들어가면, 쫓아가던 뱀은 그만 다른 곳으로 가버리는 것을 발견하고 뱀이 담배냄새를 싫어한다는 것도 알았다.

즉, 뱀을 산 채로 잡아서 그 머리 쪽에 담뱃잎을 가까이 대어보거나 담배의 진(니코틴)을 막대 끝에 묻혀 가까이 대면 쏜살같이 도망치는 것을 보았다.

그래서 산에 갈 때 양말 속에 담배가루를 넣거나 신발에 담뱃진을 바르기도 하였다.

3) 고려 시대의 기술적 진보는 무엇보다도 금속활자의 발명이다.

목판인쇄에서 목활자에 의한 활판으로 발전시킨 것은 11세기의 중국인이었지만 그 목활자를 도입 응용하다가, 보다 견고하고 온전한 인쇄를 가능하게 한 금속활자로 발전시킨 것은 바로 고려인이었으며, 이것이 서양보다 무려 200년이나 앞섰다는 것에 우리는 긍지를 가져야 한다.

그러나 그 때의 금속활자는 청동으로 만들어진 것으로서 초기의 기술이었으므로 극히 조잡했던 것이다.

그래서 12~13세기에 발명한 금속활자는 그 뒤 거의 사용되지 않다가 이조 초기에 이르러 과학 발전에 힘입어 1403년(태종 3년)에 청동활자의 주조와 활판 인쇄기술의 완성을 보게 된 것이다.

이것은 태종의 문화 창달에 대한 신념이 세종에 의해 계승됨으로써 이루어진 인쇄술에 의한 문화적 대혁명이었다고 할 수 있다.

57 : 새옹지마(塞翁之馬)

　　　　북쪽 국경 가까이에 사는 새옹이라는 사람이 기르던 말
이 어느 날 갑자기 도망쳐 오랑캐 나라로 넘어 갔다.

"아끼던 말이 없어져서 얼마나 속상하겠나"

동네 사람들이 모여와 새옹을 위로해 주었다. 그러나 새옹은

"말이 도망친 것이 오히려 복이 되는지 누가 아나요?"

하고 태평스럽게 지내고 있었다.

그럭저럭 몇 달이 지난 뒤였다. 어느 날 뜻밖에도 전 날 도망갔던 말이 오
랑캐의 좋은 말 한 필을 데리고 돌아왔다. 한 마리 말을 잃었다가 오히려
두 마리의 말이 된 것이다.

"자네는 말이 두 필이나 되었으니 참 잘 되었네"

동네 사람들이 모여와 이렇게 또 축하해 주었다. 그러나 이 때 새옹은

"이 기쁨이 오히려 화가 되는지 누가 아나요?"

하면서 조금도 기뻐하는 내색이 없었다.

그런데 어느 날 말타기를 좋아하던 새옹의 아들이 오랑캐 말을 타고 달리
다가 그만 말에서 떨어져 다리를 다치고 말았다.

"하나뿐인 아들이 저렇게 크게 다쳤으니 자네는 참 운이 없는 사람이야"

동네 사람들이 또 몰려와서 이렇게 새옹을 위로해 주었다

그러자, 새옹은

"이것이 오히려 복이 되는지 누가 아나요?"

라고 말하며 태평스러운 표정이었다.

그 후 1년이 지난 때였다. 오랑캐들이 국경을 넘어 침략을 해 왔다. 그러자, 나라에서는 젊은 장정들을 일제히 군인으로 뽑아 전쟁터로 내보내게 되었다.

그러나 새옹의 아들은 발을 다친 불구자였기 때문에 군인으로 차출되는 것에서 제외되었다.

오랑캐와의 전쟁은 아주 치열해서 열 명 중 아홉 명은 전사를 당하는 비참한 싸움이 되었다. 그래서 집집마다 자식이 없어 손이 끊어지는 형편이었다.

그러나 새옹의 아들만은 전쟁을 모르고 살다가 장가를 들고 아기까지 낳아 집안의 대를 이어갈 수 있게 되었다.

그러자 전쟁터에서 아들을 잃은 동네 사람들이 모여와

"여보게, 자네는 그 말 한 마리 때문에 근심을 했다가 또 기쁜 일과 슬픈 일이 몇 번 반복하더니 결국은 귀여운 손자까지 보게 되었네 그려."

하고 부러워하며 축하해 주었다.

이 이야기를 두고 '새옹지마(塞翁之馬)'라고 하며, 기쁜 일과 슬픈일이 언제나 반복되는 것이 우리 인간이 사는 세상의 일이니, 좋은 일이 있다고 너무 좋아하지도 말 것이며, 슬픈 일이 있다고 해서 너무 낙심하지 말라는 교훈의 말로서 지금도 많이 사용되고 있다.

※ 복(福)과 화(禍)는 꼬아 놓은 새끼줄과 같은 것이다. -속담

58 : 행복한 사람 찾기

어느 마을에 불행한 사람이 있었다. 그 사람은 재산도 많았고, 마음씨 고운 아내와 자식도 있었으며, 권세도 남부럽지 않게 쥐고 있었다.

그런데도 무엇 때문인지 세상 일이 심드렁하고 항상 마음이 우울했다. 그래서 그는 매우 불행한 사람이었다.

그런데 어느 날 그는 유명한 도사(道士)의 소문을 들었다. 그 도사는 이 세상의 이치를 다 알고 있어서 어떠한 어려운 문제라도 다 해결해 준다는 소문이었다.

불행한 사람은 그 도사를 찾아갔다. 그리고 자기의 불행함을 자세히 말하고 해결해 줄 것을 하소연 했다.

그랬더니 도사는 이렇게 말했다.

"당신은 이 세상에서 가장 행복한 사람을 찾아가서 그 사람의 속옷을 한 벌 얻어 입으면 당신도 행복한 사람이 될 것이오."

이 말을 들은 불행한 사람은 곧 길을 떠났다. 여러 나라 여러 지방의 마을을 두루 다니면서

"가장 행복한 사람이 어디에서 살고 있습니까?" 하고 물어서 소개를 받아 행복한 사람이라고 소문난 사람을 수없이 많이 찾아 다녔으나 웬일인지 그 사람들마다 펄쩍 뛰면서

"천만에요, 나는 결코 행복한 사람이 아닙니다. 다른 사람을 찾아가 보세

요."

하고 상대해 주려고 하지도 않았다.

산더미 같이 재물을 많이 가진 사람도, 천하를 손아귀에 쥔 권세있는 임금도, 꽃같은 예쁜 아내를 가진 사람도, 효자 효녀를 많이 둔 부모도 모두 다 자기는 정말 행복한 사람이 아니라고 하면서

"나 보다는 아무개 그 사람이……"

하고 다른 사람에게 미루기만 했다. 이렇게 몇 년 동안 돌아다녔지만 모두 헛수고 였다.

그러다가 어느 점잖은 분이 소개해 주는 정말 행복한 사람을 찾게 되었는데, 그 사람은 여러 사람이 이구동성으로 '행복한 사람' 이라고 소개해 주니까 틀림없이 행복한 사람일 것이라고 생각하면서 찾아갔다.

그 사람은 바로 숲 속에서 나무 밑에 홀로 앉아 도를 닦고 있는 수도자였다. 불행한 사람은 그 수도자를 보고 자기가 온 까닭을 말하고

"당신의 속옷을 벗어서 내게 주십시오. 그 옷은 나에게 행복을 줄것입니다."

이렇게 하소연했다. 그랬더니 가장 행복하다고 소문 난 그 수도자는 껄껄 웃으면서 자기가 입은 누더기 옷을 들추어 보였다. 그런데 이게 웬일인가! 그 누더기옷 속에는 놀랍게도 속옷도 안 입은 맨살뿐이었다.

행복한 사람을 찾던 사람은 자기 고향으로 돌아오면서 곰곰이 생각해 보았다.

'결국, 가장 행복한 사람이란 재산도 권세도 아니고, 행복한 마음을 가진 사람이 가장 행복한 사람이구나'

59 : 아내의 인격 존중

누라반디라는 조그마한 섬나라가 남태평양에 있었다.

이 나라에는 남자가 결혼을 할 때, 신부가 될 여자의 값을 매겨 암소 몇 마리를 주고 데려오는 풍습이 있었다.

이 섬에 조니 링고라는 청년이 있었는데, 그는 그 마을에서 가장 부자이며, 미남인데다가 힘이 세고 용맹스럽다는 평판을 듣고 있어서 모든 처녀들과 딸을 가진 부모들이 부러워하고 있었다.

그런데 무슨 까닭인지 그는 별로 예쁘지도 않고 영리하지도 않은 사리타라는 처녀를 암소 여덟 마리나 주고 결혼을 했다.

"조니 링고는 정신이 이상해진 게 아닌가? 암소 여덟 마리나 주고 저런 변변치 않은 신부감을 고르다니……"

하고 사람들은 조롱을 했다. 그도 그럴것이 암소 서너 마리로노 반반하고 영리한 처녀를 얼마든지 고를 수 있는데다가 암소를 여덟 마리라는 값은 전례없는 비싼 값이며, 또 사리타라는 처녀는 누구도 거들떠 보지 않던 여자였기 때문이다. 그래서 사람들은 조니 링고의 결혼을 허세라고 빈정거렸다.

그러나 시간이 흐를수록 사람들은 자기들의 생각이 잘못이었다는 것을 깨닫게 되었다.

별로 예쁘지도 않던 그 색시는 날이 갈수록 미인으로 변모해 갔으며, 몸가짐이 우아하고 품위있는 귀부인이 되어가고 있기 때문이다.

"아니 자네 부인이 어떻게 저렇게 훌륭한 색시로 변모해 가나?"

사람들은 사리타가 마치 딴 여자처럼 눈부시게 변모해 가는 까닭이 궁금해서 이렇게 물었다. 그 때 조니 링고는 이렇게 자세한 설명을 했다.

"여러분은 신부값을 싸게 받고 시집 온 여자의 심중을 한 번이라도 헤아려 본적이 있습니까? 암소 한 마리 값에 시집 온 여자가 암소 다섯 마리에 시집 온 여자 앞에서 어떻게 얼굴을 들겠습니까? 암소 여덟 마리 값에 시집 온 내 아내에게는 결코 그런 수치와 자학심정이 없습니다. 나는 사리타를 진심으로 사랑했습니다. 그의 외모보다는 그의 마음씨가 암소 여덟 마리 값어치가 충분히 있다고 믿었기 때문입니다. 나는 사람들이 별로 거들떠보지 않는 사리타가 절대로 의기소침하지 않고 일생동안 활기있게 살아 갈 수 있도록 해주고 싶어서 그와 결혼했으며, 지금도 그가 행복한 결혼생활에 만족할 수 있도록 최선을 다 해주고 있습니다."

사람들은 비로소 여자의 인격 존중에 대해서 크게 깨달았고, 외모만 따지던 자기들의 잘못을 반성했다.

※ 아내는 눈으로 선택하지 말고, 귀로 선택하라. 미인이란 보는 대상이지 결혼대상은 아니기 때문이다. ―폴러

60 : 거지와 반성

　　이스라엘에서 거지 두 사람이 어느 마을의 이 집 저 집을 돌아다니며 동냥을 하였다. 그래도 여러 집을 다니다 보니 그렇게 받은 날 보리가 작은 자루로 두 자루나 되었다. 두 사람의 거지는 그 보리를 야일이라는 랍비에게 맡겨두고 부자들이 많이 산다는 도시로 떠나갔다. 그 후 몇 달이 지나갔다. 정직하고 현명한 랍비는

'저 보리를 그대로 창고에 넣어두면 쥐가 다 먹을지도 몰라. 그렇게 되면 그 가난한 두 사람이 돌아왔을 때 몹시 실망할 것이다.'

이렇게 생각하고 밭을 갈아 그 보리 두 자루를 다 뿌렸다.

비가 내리더니 보리가 잘 자라서 몇 달 지난 후 추수를 하니까 보리의 양이 씨앗을 뿌릴 때보다도 몇 갑절로 훨씬 많아졌다.

랍비는 안심하고 두 사나이가 돌아오기를 기다렸으나 그 해가 다 가도록 돌아오지 않았다. 새 봄이 되자 랍비는 또 씨를 뿌렸다.

그러나 그 해가 다 가도록 두 사나이는 역시 돌아오지 않았다. 랍비는 그 다음 해에도 또 보리씨를 심고 추수했다. 이렇게 거듭하기를 일곱 번이나 하니까 보리가 창고에 가득 차도록 많아졌다.

그런데 어느 날 7년 전에 떠났던 두 거지가 우연히 이 마을을 또 지나가게 되었다. 두 사람은 여전히 놀면서 얻어먹는 행세였다.

"아참! 그전에 여기 랍비에게 맡겨 둔 보리 두 자루가 있었지."

"그래! 이제야 생각이 나는구면. 어쩌면 아직 있을지도 몰라"

하고 두 사람은 랍비를 찾아가 말했다.

"죄송합니다만 7년 전에 당신께 맡겨 둔 보리를 기억하십니까? 아직도 그 것이 있으면 돌려 줄 수 없을까요?"

"물론이지요. 하지만 보리를 운반하려면 마차가 여러 대 필요할 것 입니다."

하며 그들을 곡간으로 안내하였다.

"당신들이 맡긴 보리로 농사를 지었더니 이렇게 많이 불어났소."

두 사람은 창고에 가득 찬 보리를 보고 깜짝 놀라 입을 벌렸다.

게다가 랍비는 7년 동안 농사지은 품삯도 안 받고 그 보리를 다주었다. 두 사나이는 비로소 일을 안하고 돌아다닌 잘못을 반성했다.

"정말 감사합니다. 저희들의 잘못을 용서하십시오."

하며 그 보리로 밭을 사 정착하면서 부지런히 일하는 농부가 되었다.

─────

※ 망령(妄靈)으로 얻은 재물은 줄고, 손으로 얻은 재물은 늘어간다.

세계 4대 성인 중의 한 사람이며, 유명한 철학자인 소크라테스의 아내는 행패가 대단히 심해서 악처로 이름이 높았다.

어느 날 그녀는 의자에 앉아 책만 읽고 있던 소크라테스에게 심한 욕설을 한참동안 퍼부었다. 그런데도 소크라테스는 아무런 대꾸도 하지 않고 여전히 책만 열심히 읽고 있었다. 더욱 화가 난 그녀는 밖으로 나가더니 물이 가득 찬 물통을 들고 들어와

"이 못난 영감태기야! 물벼락이나 맞아라."

하면서 소크라테스 머리 위에다 물을 쏟아 부었다. 그제야 소크라테스는 성난 기색도 없이 웃으면서

"허허, 천둥이 요란하더니 소낙비가 쏟아지는군."

하며 역시 태연한 자세로 책을 읽었다.

이러한 소크라테스에게 한 번은 제자들이 모여와

"선생님, 남자는 꼭 결혼을 해야 합니까?"

하고 질문을 했다. 이때 소크라테스는 주저하지 않고 대답했다.

"결혼을 하게나. 좋은 아내를 얻으면 행복할 것이고, 나쁜 아내를 얻으면 철학자가 될테니까……"

악처를 맞아 같이 사는 철학자다운 대답이었다.

그 당시 사람들은 이 위대한 학자가 하필이면 저런 악처에게 시달리며 고

133

생할 필요가 어디 있느냐고 수군거렸다.

마침내 어떤 사람이 소크라테스를 찾아와서

"선생님은 왜 하필 그 같은 악한 여자를 부인으로 데리고 사십니까?"

하고 물었다. 그러자 소크라테스는

"훌륭한 수부는 바다에서 사나운 파도와 싸워보아야하는 것이고, 또 훌륭한 기수는 성질이 가장 사나운 말을 택하는 법이라오. 사나운 말을 잘 달래가며 탈 수 있는 사람이라면 다른 어떤 말이라도 다 잘 탈 수 있기 때문이오. 나 역시 성질 나쁜 아내를 잘 달랠 수만 있다면 다른 어떤 사람이라도 훌륭하게 상대할 수가 있을 것이 아니겠소."

이렇게 대답하면서 빙그레 웃었다.

———

※ 바다로 나갈 때는 한 번 기도하고, 전쟁터에 나갈 때는 두 번 기도하며, 결혼식장에 들어갈 때는 세 번 기도하라. —서양 격언

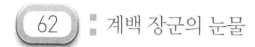

62 : 계백 장군의 눈물

　　　　신라군 5만 명과 싸우려고 나가는 계백 장군의 백제군은 겨우 5천 명 밖에 되지 않았다. 일당백(一當百)으로 신라군과 용감히 싸워 다행히 몇 번은 이긴다 해도 당나라와 연합한 신라군을 끝까지 이길 수 없다는 것을 계백장군은 너무나 잘 알고 있었다.

"이번 싸움이 마지막 싸움이오. 나라에 목숨을 내 놓은 이 몸이니 나는 적과 끝까지 싸우다가 전쟁터에서 죽을 뿐이오."

갑옷을 입으며 부인에게 말하는 계백의 얼굴빛은 사뭇 비장하였다.

투구를 마저 쓰면서 그는 어린 자식들에게 엄숙히 말했다.

"나라가 망하면 가정도 무너지고, 가족은 노비로 끌려가 온갖 수모를 당하다가 죽을 것이니 차라리 내 손에 의해 깨끗이 죽어서 나라의 운명과 함께 하는 것이 군인의 가족다운 일이다."

하며 칼을 뽑아 자기 손으로 자식들과 부인의 목을 차례로 벤 다음 비호같이 말 위에 올라 질풍같이 황산벌을 향해 달려갔다.

5천 명의 백제군은 장군의 이러한 모습을 보고 모두 다 함께 죽을 결심을 하여 그 사기는 마치 하늘을 찌를 듯하였다.

마침내 불꽃 튀는 싸움터에서 신라군은 이러한 백제군과 맹렬히 싸웠지만 번번이 패하여 수 없이 많이 죽고 포로로 붙잡히기도 하였다.

백제군에게 붙잡힌 신라군 중에는 나이 어린 관창(官昌)이라는 소년도 있었다. 관창을 본 계백장군은

"저 소년병은 나이가 너무 어리다. 그냥 살려보내 주어라"

하고 명하여 차라리 죽여달라고 소리치는 소년을 말에 태워 적 진지로 살려보냈다.

그러나 관창은 살아 돌아 온 것이 부끄럽다고 하며 다시 되돌아 백제군을 치다가 또 포로로 붙잡혔다. 계백은 할 수 없이 그의 목을 베게하고 그 목을 안장에 매달아 신라군 진지로 보내면서

"어린 자식의 죽음을 보는 그 부모 마음이 얼마나 아플까?"

하고 눈물을 흘렸다.

자기 손으로 가족을 모두 죽이고 싸움터에 나온 그였지만 적군의 어린 소년에게 보인 눈물은 모든 어버이의 마음을 헤아리는 뼈아픈 눈물이었다.

———

※ 부모는 돌아가시면 땅에 묻지만, 자식은 죽으면 부모 가슴에 묻는다.

63 : 금항아리 유언

부지런한 농부 한 사람이 늙어서 죽음을 맞이하게 되었다. 그에게는 아들이 여럿 있지만 모두가 게을러서 지금까지는 부지런한 아버지의 덕으로 남부럽지 않게 먹고 입고 잘 살아왔다.

그러나 아버지가 죽으면 필시 헐벗고 굶주릴 것이 분명했다.

병석에 누운 농부는 그것이 걱정이 되어 아들들을 자기 앞으로 모이게 했다. 그리고 긴요한 유언이라고 하면서 작은 목소리로

"애들아! 내가 너희들에게 비밀 한 가지 이야기 할테니 이것을 절대로 남에게 발설해서는 안된다."

하고 누가 엿듣는 사람이 없는가를 살피는 기색을 보였다. 아들들은 긴장한 태도로 아버지 앞으로 다가 앉으면서 귀를 기울였다.

"사실은 내가 너희들을 위해서 남몰래 금항아리 하나를 우리 밭에 묻어 두었다. 내가 죽은 뒤에 절대로 남에게 이야기하지 말고 그것을 캐내어 똑같이 나누어 갖도록 해라. 너희들이 평생 먹고 사는데 부족함이 없을 것이다."

이렇게 말하고는 숨을 거두었다. 아들들은 아버지 장례를 치르자마자 밭에 나가 열심히 땅을 일구었다.

영문을 모르는 동리 사람들은

"자네들은 아버지를 닮아서 무척 부지런하네 그려."

하고 칭찬하며 기특하게 여겼다.

아들들은 겨울이 왔는데도 쉬지 않고 금항아리 보물의 부푼 꿈을 안고 몇 달을 계속해서 밭을 샅샅이 파 뒤졌는데도 끝내 금항아리는 발견하지 못했다.

큰 기대가 수포로 돌아가자 탈진한 아들들은 돌아가신 아버지를 원망하기 시작했다.

그러나 아버지가 남겨 놓은 식량도 거의 다 먹어가니 이제는 어떻게 하든 스스로 생계를 마련하지 않을 수 없게 되었다.

겨울이 다 가고 봄이 왔다. 형제들은 의논한 끝에 기왕에 일구어 놓은 밭에 씨나 뿌려보자고 하여 넓은 밭에 여러 가지 씨앗을 아무렇게나 뿌렸다.

그런데 이게 웬일인가? 금항아리를 찾기 위해 밭을 골고루 일구어 놓았기 때문에 뿌려놓은 씨앗이 아버지가 농사지을 때보다 더 잘 자라 대풍작이 되었다. 아들들은 그때야 비로소 아버지 유언의 진의를 깨달았다.

"아버지의 금항아리 말씀은 농사의 풍작을 말씀하신 거로구나."

그 후, 형제들은 해마다 금항아리를 찾던 열성으로 땅을 부지런히 일구어 농사를 잘 지었으며, 평생을 부족함이 없이 잘 살면서 금항아리 유언을 영원히 잊지 않았다.

※ 사람의 도리를 다 한 후에 하늘이 주는 운명을 기다리라.

64 :: 핏줄기 판결 재판

1) 솔로몬의 아기 재판

이스라엘의 솔로몬왕은 두 여인이 한 아기를 데리고 와서 서로 자기애라고 다투는 것을 재판하게 되었다.

그들은 이웃집에 살면서 우연히 같은 날 아기를 낳았는데, 한 여인이 잘 못해서 자기애를 눌러 죽이고는 다른 여인이 낳은 아기를 훔쳐갔다는 것이다.

서로 자기가 낳은 아기라고 우기는 두 여인의 다툼은 좀처럼 끝날 것 같지 않아서 솔로몬왕은 이렇게 명령을 했다.

"두 부인의 주장이 다 옳은 것 같아서 나는 재판을 못하겠소. 그러니 아기의 양팔을 하나 씩 잡고 당기기 시작했다. 그러나 한 여인은 아기의 울음소리를 듣고 그만 즉시 아기의 팔을 놓으면서 말했다.

"아기에게 이렇게 고통을 주느니보다는 차라리 내가 아기를 양보 하겠습니다"

그러자 솔로몬왕은 다음과 같이 명쾌한 판결을 내렸다.

"그대가 진짜 아기의 어머니요. 애는 그대가 갖고, 애가 울어도 끝까지 아기의 팔을 잡아당긴 여자는 진짜 어머니가 아니면서 거짓말 한 것이 분명하오. 그러니 오히려 벌을 받아 마땅하오."

2) 랍비의 재판

어느 남자가 친구로부터 다음과 같은 말을 들었다.

"자네의 두 아들 중 하나는 자네의 진짜 아들이 아니고, 죽은 자네 부인이 다른 남자와 관계를 맺어 낳은 아들이라네"

이 말을 들은 남자는 그 날부터 고심을 하다가 그것이 원인이 되어 끝내 병이 들어 죽으면서 다음과 같은 유서를 써서 친구에게 맡겼다.

'내 핏줄을 타고난 진짜 아들에게만 나의 재산을 물려 주시오'

이 유서는 재판을 잘 하기로 소문 난 현명한 랍비에게 넘어갔다.

그 랍비는 유서를 쓴 남자의 핏줄이 아닌 아들과 진짜 아들을 가려내야만 했다.

랍비는 두 아들을 데리고 아버지 무덤으로 가서 명령을 했다.

"자네들은 지금부터 아버지 무덤에 침을 뱉고, 발로 힘껏 걷어차게나."

그랬더니 한 아들은 랍비가 시키는 대로 무덤에 침을 뱉고 발로 힘껏 찼지만 또 다른 아들은 눈물을 흘리면서 랍비에게 말했다.

"저는 차라리 아버지의 유산은 못 받을지언정 도저히 그런짓은 못합니다."

그 때 랍비는 그 아들이 진짜 아들이라고 판결을 내리고, 아버지의 재산을 이어 받도록 판결하였다.

65 : 며느리의 반성

어느 마을의 젊은 부부가 홀로 되신 어머니를 모시고 살 았다.

그 어머니는 며느리 구박이 심하고 며느리가 하는 일마다 트집을 잡았다.

"이걸 시어미 먹으라고 갖다 놓은 밥상이냐?"

하며 밥상을 발로 걷어차면서 반찬투정까지 하니까 참다못한 며느리는 드디어 독한 마음을 먹게 되었다.

의원을 찾아가 시어머니가 차차로 남모르게 돌아가시게 하는 약을 지어 달라고 했다. 며느리의 딱한 사정을 다 들은 의원은 고개를 끄떡이고 약 을 지어주면서

"이 약은 한 번에 먹으면 아무 효과가 없고 1년 동안 나누어서 매일같이 찰떡에 조금씩 섞어드려야 효과가 있는 약이오"

라고 단단히 주의를 시켜 주었다.

이튿날부터 며느리는 그 약을 섞은 하얀 찹쌀떡을 하루도 거르지 않고 시 어머니께 드렸다. 처음에는

"내가 어린애처럼 이 따위 떡 한 개 씩 얻어먹고 너한테 속아넘어갈 줄 아 느냐? 어림도 없다."

하고 빈정대며 받아먹기만 하던 시어머니가 며칠 지나는 사이에 떡맛이 들어 매일같이 떡 먹을 시간을 은근히 기다리게 되었다.

한편, 며느리는 1년만 참고 고생하면 자기 소원대로 된다는 의원의 말을

믿고 시어머니의 어떠한 구박도 다 참으면서 규칙적으로 매일같이 찰떡에 약을 남몰래 타서 시어머니께 드렸다.

그런데 웬일인지 시어머니의 몸은 점점 더 건강해지고, 구박도 어느 사이에 없어지면서 오히려 이웃집에 가서는 며느리 칭찬을 하기까지 되었다.

날이 갈수록 시어머니는 며느리가 기특하게 여겨지게 되었고, 며느리는 자기 칭찬을 해주시는 시어머니가 좋아지게 되어 이제는 아주 사이좋은 고부간이라고 온 동네에 소문이 났다.

드디어 1년이 가까워졌다.

마음이 착해진 며느리는 자기가 저지른 일이 후회가 되고 걱정이 되어 다시 의원을 찾아가 눈물을 흘리면서 호소했다.

"우리 시어머니는 절대로 돌아가시면 안돼요. 제발 해독제를 지어주세요"

하고 사정을 했다. 그러자 의원은 껄껄 웃으면서 말했다.

"아무 걱정 말고 돌아가시오. 그 때 그 약은 독약이 아니고 밀가루였소."

하면서 다시 한 번 크게 웃었다.

며느리는 안도의 한숨을 쉬면서 한 때 나쁜 마음을 먹었던 것이 후회되고 부끄러웠다. 그리고 고부간에 화합이 될 것이라고 믿고 '밀가루처방'을 해 주신 의원님께 진심으로 감사드리지 않을 수 없었다.

―――――

※ 오두막집에서도 살 수 있는 것은 사랑뿐이다.

66 : 디즈니랜드의 탄생

　　무명의 젊은 화가 한 사람이 여러 신문사를 찾아다니면서 호소했다.

"내 그림을 당신네 신문에 삽화로 실어 주시오"

그러나 번번이 그는 거절당했다.

"하나님, 저는 저의 그림 솜씨가 인정받게 될 날이 반드시 올 것이라고 믿습니다. 저에게 용기를 잃지 않게 주옵소서"

하고 열심히 기도하면서 실망하지 않고 계속해서 그림을 그렸다.

그러던 중, 어느 교회로부터 정기적으로 출판하는 간행물에 그림 그리는 일을 맡게 되었다. 그래서 그 스케치 작업을 하기 위해 허름한 어느 창고 하나를 빌렸다. 그 창고는 매우 더러울뿐 아니라 많은 쥐들이 우글거렸다.

그러나 그 창고에서 그의 인생이 크게 달라지게 될 줄은 그 화가 자신도 예상하지 못했다.

그것은 창고 안에서 우글거리는 쥐, 아무데나 오줌똥을 싸 냄새를 풍기고 밤이면 여기저기서 부스럭거려 잠도 못자게 하는 쥐들 가운데 한 마리가 그에게 영감을 주어 '미키 마우스' 라는 만화의 주인공을 창조하게 해 주었기 때문이다.

누구나 귀찮게만 여기는 쥐가 젊은 만화가의 손에 의해 귀엽고 재미있는 친구가 되어 모든 사람들에게 웃음과 재치와 꿈을 안겨주게 된 것이다.

그날부터 그가 그린 새롭고 독특한 그림 '미키 마우스'는 온 세계로 날개 돋친 듯이 팔려나가 삽시간에 엄청나게 많은 돈이 그의 앞으로 굴러온 것이다.

그뿐 아니라. 그 많은 돈으로 마침내 오늘날 저 유명한 디즈니랜드를 세우기에 이르렀던 것이다.

이 무명의 화가가 바로 월트 디즈니이다. 그는 꿈 하나로 디즈니공화국을 만들었으며, 그가 디즈니랜드를 만든 것도 어린이들에게 무한한 꿈과 이상을 심어주기 위한 것이었다.

1955년 7월에 처음으로 개장한 디즈니랜드는 메일 스트리트, 미래의 나라, 동화의 나라, 그랜드캐년 등으로 구성되어 있다.

지금 세계 여러 나라 여러 곳에 건립되어 어린이들은 물론이고 어른들도 즐거움을 만끽할 수 있는 극락 세계가 되고 있는 디즈니랜드는, 이렇게 단 한 사람의 무명 화가의 꿈과 강한 집념으로 시작 된 것이다. 그것은 단지 지저분한 창고 안에서 쥐를 소재로하여 시작된 것이다.

※ 구하라 받을 것이요, 두드리라 문이 열릴 것이다. -마태복음 7:7

67 ：링컨의 사다리

"사람들은 자기가 행복해지려고 노력한 만큼 행복해진다."

이 말은 오늘날까지도 미국 사람들이 예수 그리스도 다음으로 존경하는 인물로 손꼽히는 링컨 대통령이 말한 유명한 말이다.

링컨은 어렸을 때부터 통나무 집에서 가난하게 자라면서도 책 읽기를 무척 좋아했다.

어느 날 이웃 동네 어른에게서 빌려와 몇 번이고 반복해서 읽던 책이 그만 토막나무 지붕 사이로 흘러내린 비 때문에 젖어버렸다.

링컨은 즉시 책 주인을 찾아가서

"아저씨, 빌려주신 책이 빗물에 젖었으니 참으로 죄송합니다. 그 보상으로 오늘부터 1주일동안 아저씨댁의 일을 해드리겠으니 무슨 일이라도 저에게 시켜주세요."

하고 사과했다. 책 주인은 어린 소년 링컨의 그 진지하고 겸손한 태도에 감탄하여

"너의 그 착한 마음이 오히려 내게 큰 기쁨을 주었으니, 그것으로 충분하다. 그리고 그 책도 너에게 아주 주겠다."

하며, 책과 함께 칭찬을 아끼지 않았다.

온갖 고생 속에서도 정직하고 성실하게 자란 링컨은 젊었을 때 조그마한 상점을 경영하기도 했고, 선거에서 여러 번 낙선하기도 했다. 그때마다 링컨은 즉흥적인 유머와 재치로 어려움을 극복했다.

링컨이 더글러스라는 사람과 함께 상원의원 선거에 출마했을 때의 일이다. 합동연설을 할 때 더글러스가 먼저 연단에 올라가

"유권자 여러분, 링컨씨는 과거에 식료품 가게를 경영한 일이 있는데, 그때 식료품 가게에서는 절대로 술을 팔지 못하게 법으로 금했는데도 불구하고, 링컨씨는 법을 어기고 술을 팔았습니다. 이런 사람이 상원의원이 되겠다고 하니 말이나 됩니까?"

하고 링컨을 비난했다. 그 다음에 링컨이 등단하였다.

"친애하는 유권자 여러분, 지금 더글러스씨의 말은 하나도 거짓없는 사실입니다. 그런데 그때 우리 가게로 술을 가장 많이 사러 오신 분이 바로 더글러스씨라는 것도 거짓없는 사실입니다."

이 명쾌한 응수에 장내는 우뢰같은 박수와 함께 웃음바다가 되었다. 그리고 선거 결과는 물론 링컨이 절대 다수로 당선되었다.

그는 항상 미국 초대 대통령인 조지 워싱턴처럼 훌륭한 대통령이 되겠다는 것이 꿈이었다. 그래서 그는 전쟁터에서도 '워싱턴 전기'를 가슴에 품고 잠시 쉬는 동안에도 열심히 읽었다.

그가 세상을 떠난 후 어느 만화가는 링컨을 추모하는 한 장의 그림을 그렸는데, 그 그림에는 산이 있고, 그 산 밑에 작고 낡은 통나무 오두막집 한 채가 있으며, 그 위로는 사다리, 그리고 그 사다리 끝에는 백악관이 그려져 있었다.

가난과 고난을 딛고 올라가서 대통령까지 된 링컨의 일생을 그대로 잘 나타낸 그림이었다.

그리고 그림 밑에는 다음과 같은 글이 쓰여져 있다.

"이 사다리는 아직도 이 자리에 놓여 있습니다."

※ 사람은 나이 40이 되면 자기 얼굴에 책임을 져야 한다. -링컨

68 : 기로(棄老)악법 폐지

옛날 어느 나라에 노인은 일도 하지 못하면서 먹기만 한다는 이유로 노인을 산에다 버리도록 한 기로악법이 있었다.

그러나 그 나라 대신 중의 한 사람은 자기의 늙으신 아버지를 차마 산에 버리지 못하고 집 옆에 굴을 파서 감추어 모셔 두고 극진하게 효도를 하고 있었다.

어느 날, 나라에 큰 걱정이 생겼다. 힘이 센 이웃 나라로부터 수수께끼 다섯 문제를 보내면서 다 풀면 보호해 주지만 풀지 못하면 쳐들어와 전멸시키겠다는 으름장이 전달해 온 것이다. 그 다섯 문제는

첫째, 두 마리의 뱀 중에서 암놈과 수놈을 가려내는 방법을 대라.

둘째, 큰 코끼리의 몸무게는 어떻게 재는가?

셋째, 네모진 향나무 판자는 어느 쪽이 뿌리 쪽인가?

넷째, 같은 크기의 두 마리의 암말은 어느 것이 어미 말 일까?

다섯째, 한 바가지의 물이 바닷물보다 많다는 것은 무슨 뜻인가?

이러한 문제였다.

왕은 신하들과 여러 시간 의논했지만 이 문제를 푸는 사람은 아무도 없어서 나라 안에 포고하여 이 문제를 푸는 자에게는 큰 상을 주겠다고 했으나 역시 아무도 나오는 사람이 없었다.

그런데 이 때에 굴 속에 늙은 아버지를 숨겨 둔 대신은 그 아버지께 이러

한 나라의 위급한 사정을 이야기했다. 그러자

"그것은 그다지 어려운 문제가 아니다."

하면서 아버지는 하나하나 해답을 자세히 가르쳐 주셨다.

"첫째, 뱀을 삼베 천 위에 놓을 때 움직이는 놈이 수놈이다.

둘째, 코끼리를 배에 태워 물 속으로 들어간 부분에 표시했다가 코끼리대신 돌을 그만큼 실어 그 돌 무게를 모두 달아서 합친다.

셋째, 판자를 물에 띄워 보면 뿌리 쪽이 조금 더 가라앉는다.

넷째, 말에게 풀을 주어 보면 어미말은 반드시 새끼말에게 풀을 양보해 밀어준다.

다섯째, 맑은 물을 한 바가지 떠서 병자나 목마른 사람에게 주면 그 공덕이 영구히 남아 큰 바다보다 더 많아지는 것이다."

이러한 해답을 늙은 아버지한테서 들은 대신은 즉시 임금에게 고하였다.

임금은 다 듣고나서

"오! 과연 그럴듯한 해답이군. 그런데 경은 누구한테서 그러한 좋은 지혜를 얻었는가?"

하고 물었다. 대신은 그것이 굴 속에 숨겨 둔 아버지의 지혜라는 것을 말했다.

왕은 크게 기뻐하면서 상을 많이 내릴 뿐 아니라 그 때부터 즉시 노인을 버리는 기로악법을 폐지하고 늙은 부모에게 효도를 다 하도록 백성들에게 명하였다.

※ 로마가 망한 이유는 우유로 목욕을 한 사치와, 노인의 지혜를 무시한 두 가지 때문이었다.

69 ⋮ 지적(知的)재산 경쟁

미국으로 이민 간 A씨는 이민 간 그날부터 불면증이 생겨 밤에 잠을 잘 수가 없었다.

아는 친구의 소개를 받아 어느 병원에 전화를 걸어 물어 보았다.

의사는 먼저 A씨의 주소와 이름을 물어 본 다음

"당신은 저녁에 위스키 두 잔만 마시고 자면 잠이 잘 올 것이오"

의사의 대답은 단지 이 한 마디 뿐이었다.

A씨는 의사 말대로 그날부터 자기전에 위스키 두 잔을 마시니 잠이 잘 와서 편안히 잘 수가 있었다.

그런데 며칠이 지난 후였다. 뜻하지 않은 청구서 한 장이 병원으로부터 왔다.

'일금 10달러를 ○○일까지 보내라' 는 청구서에 은행 계좌번호까지 적혀 있었다.

A씨는 하도 어이가 없어서 어느 변호사에게 전화를 걸어 물어 보았다.

"나는 의사의 진찰도 치료약도 받은 일 없이 전화로만 잠을 잘 잘 수 있는 방법을 물어본 것 뿐인데, 그걸 가지고 10달러나 요구하다니 이건 너무 심하지 않습니까?"

하고 하소연을 했다. 그랬더니 변호사는 이렇게 말해 주었다.

"당신은 그 의사로부터 잠을 잘 잘 수 있는 지혜를 받았으니까 당연히 요구하는 돈을 주어야 합니다."

A씨는 이 말을 듣고 할 수 없이 10달러를 송금해 주었다.

그런데 2,3일이 지난 후 청구서 한 장이 또 날아왔다. 서둘러서 봉투를 뜯어보니 이번에는 변호사가 10달러를 요구하는 청구서였다.

화가 머리끝까지 난 A씨는 자기 친구에게 전화를 걸어

"세상에 이렇게 이악하고 매정스러운 나라에서 어떻게 사나?"

하고 푸념을 했다. 그 친구는

"그것은 그 의사와 변호사의 소중한 '지적재산'이라네. 그 사람들은 그 지혜를 닦기 위해 많은 투자도 했고 남다른 노력을 했기 때문에 그 정당한 보수를 요구하는 것이니까 자네는 마땅히 지불해야하네"

하고 일러 주었다. 그러자 A씨는 곧바로 그 친구에게 대들었다.

"그렇다면, 자네는 지금 나한테 그걸 가르쳐 준 값으로 얼마를 또 요구할 것인가?"

"나는 자네에게 만은 특별히 무료봉사 해야겠네. 하하하"

두 사람은 한바탕 웃으며 선진국에서의 치열한 지적재산권 싸움의 실상을 새삼스럽게 실감했다.

※ 정신적 자본의 발전이 물질적 자본의 원동력이다.

70 : 조만식 선생의 교훈

　　　　　독립운동가이시며 훌륭한 민족교육자의 한 분으로서 영원히 역사에 남을 조만식 선생의 검소한 생활은 일반 사람들이 감히 흉내 내기가 힘 들 정도였다.

선생님은 두루마기를 만드는 부인에게 이렇게 말했다.

"그 두루마기에 옷고름을 달지말고 단추를 달아주오"

"아니, 두루마기에 단추를 달면 보기흉해서 어떻게 입고 다니시려구요?"

"보기흉한 것이 문제가 아니라, 그 길다란 옷고름 하나 만드는데에 옷감이 얼마나 더 많이 들겠소. 단추를 달면 옷감도 절약되고, 쉽게 입고 벗을 수 있으며, 시간도 많이 절약되니 그야말로 일거양득이 아니겠소?"

이렇게 고집을 부려 옷고름 대신에 단추를 단 옷을 항상 입으셨다.

그 뿐 아니라 모자도 대를 이어가면서 오래 쓸 수 있도록 말총으로 튼튼히 손수 만들어서 쓰셨다.

오산학교 교장 시절, 졸업식이나 입학식을 거행할 때도 선생님은 예복을 입지 않고 평복을 입고 나오니까 남강 이승훈 선생조차도 선생의 초라한 모습을 내빈에게 보이기가 거북해서

"평상시에는 괜찮지만 졸업식 때만은 제발 예복을 입으십시오"

하고 권했더니

"나는 교장 노릇을 못하면 못했지, 사치스러운 그 따위 예복은 입지 못 하겠소"

이렇게 선생의 그 고집스러운 검약정신은 아무도 꺾을 수가 없었다.

한 번은 또 이런 일이 있었다.

중학교를 막 졸업한 아들이 평소에 신고 싶었던 가죽구두 한 켤레를 사가지고 왔다.

선생님은 아들에게 구두를 가져오라 하시더니 가위로 새 구두를 싹둑싹둑 자르면서 아들을 엄중히 꾸짖었다.

"공부를 하기 위한 책을 샀다면 아까울 것이 하나도 없다. 그러나 우리 신분에 맞지않는 가죽구두 같은 사치는 절대로 용서할 수 없다"

선생님은 또한 민족의 단결을 항상 강조하셨다.

"고향을 묻지 마라"

라고 하신 말씀은 민족단결을 강조하신 것이며, 같은 민족이면서도

'전라도 사람이니, 평안도 사람이니, 혹은 경상도 사람이니'

하고 고향을 따져 묻는 데에서 인간의 차별과 민족분열이 생긴다고 극구 반대하셨던 것이다.

※ 뭉치면 살고, 흩어지면 죽는다. –이승만 대통령

71 : 희망과 절망의 길

1) 아프리카 대륙의 최남단은 바다로 뾰족하게 나간 반도다.

이곳은 언제나 폭풍이 강하고 파도가 워낙 심해서 배를 타고 대서양으로부터 인도양으로 무사히 넘어간 사람이 옛날에는 아무도 없었다.

심지어 포루투갈의 유명한 항해사 디아스도 1488년에 인도로 가는 배를 타고 그 곳을 지나다가 폭풍을 만나 죽은 후로는 그 곳을 '폭풍봉' 또는 '악마봉' 이라고 부르기까지 하였다.

그런데 그로부터 9년 후인 1497년에는 역시 포루투갈의 항해사인 바스코 다가마가 희망과 용기와 자신을 가지고 폭풍과 싸우면서 이 곳을 지나 동으로 가는 데에 성공했다. 그 때부터 포루투갈 국왕인 조앙 2세가 이 곳을 '희망봉' 이라고 이름을 고쳐부르게 하였다.

그 희망봉 너머에는 잔잔한 인도양과 아름다운 인도가 있었다.

2) 러시아의 철도청 한 사람은 냉동차 안에서 일을 하다가 동료 직원이 실수하여 냉동차 밖에서 문을 걸어잠그는 바람에 그 속에서 겨우 7시간만에 죽고 말았다.

그런데 사실은 그 냉동차가 그 때 마침 고장이 나 있는 상태여서 냉장이 전혀 되지 않는 차였다고 한다. 그런데도 왜 겨우 7시간만에 그는 죽었을까? 그것은

"아~, 나는 냉동고 안에 갇힌 몸이 되었으니 이제는 꼼짝없이 얼어 죽었구나."

하고 처음부터 절망에 빠져 있었기 때문에 냉동이 되지도 않는 그 속에서 그렇게 빨리 죽고만 것이다.

이렇게 처음부터 절망과 비관적인 사람은 정신 상태부터 나약해져서 삶의 의욕을 일찍 포기하기 때문에 목숨까지도 쉽게 잃게 되고야 만다.

3) 그러나 삼풍백화점 붕괴사건 때처럼 무려 1주일이 넘는 170시간만에 살아 나온 몇 사람도 있다. 나를 그토록 사랑하고 기다리는 우리 가족을 절대로 슬프게 해서는 안된다."

하며 희망을 잃지않고 용기를 낸 사람들이었다.

4) 2차대전 때 아우슈비츠수용소에서 살아나온 유태인 심리학자 프랑켈은 온갖 학대와 고통 속에서도

"지금 내가 겪고 있는 고통보다도 더 심한 정신적 고통에 시달리고 있는 내 아내를 위해서라도 나는 이대로 여기서 죽을 수는 없다. 나는 반드시 살아나가야 한다."

하고 절망을 희망으로 바꾸어 참고 견디다가 기어이 살아 돌아왔다.

※ 희망은 삶의 길이요, 절망은 죽음의 길이다.

72 : 도둑의 반성

한 사람의 도둑이 어느 집에 몰래 들어가 마루 밑에 숨어 있었다. 그 집 부인이 밖에 나갔다가 무엇인가를 가지고 들어와 부엌에 들어가서 칼자루로 콩콩 찧더니 물을 붓고 끓였다. 잠시 후 부인은 그것을 사발에 담아가지고 방으로 들어갔다.

"여보, 일어나서 이 미음이라도 좀 마셔요"

라고 말 했다. 그러자 남편은

"뭐요, 미음을 마시라고? 우리 집에는 쌀이라고는 한 톨도 없을 터인데 어디서 쌀이 나서 미음을 쑤었다는 말이오?"

하고 물었다.

"당신이 닷새 동안이나 아무것도 못 자시고 누어 계신 것을 보다 못해 내가 들에 나가서 논바닥에 떨어진 벼이삭을 하나 주어 다가 그것을 칼자루로 빻아 미음을 쑤었으니 어서 자셔요."

이 말을 들은 남편은 기진맥진한 상태이면서도 남아 있는 힘을 다 해 크게 화를 냈다.

"여보 부인, 당신의 정성은 고맙소. 그렇지만 논바닥에 떨어진 벼이삭도 남의 것이 아니겠소? 더구나 이 벼이삭 하나 농사 짓느라고 그 농부는 얼마나 애쓰고 힘이 들었겠소. 그러한 벼이삭을 함부로 가져다가 미음을 쑤다니 그게 도둑이나 하는 짓이 아니겠소. 나는 굶어 죽어도 절대로 그런 것은 안 먹어요. 어서 이 미음을 그 논에 갖다가 쏟고 와요."

하고 도로 자리에 누웠다.

"당신이 그렇게 평생을 바르고 곧게 살려는 정신은 나도 잘 알아요. 그러나 이미 이렇게 미음을 쑨 것을 그 논에 갖다 버린다고 해서 다시 벼이삭이 되는 것도 아닌데요?"

"미음이 벼이삭으로 다시 변하지는 않겠지만 이 미음을 그 논에 쏟으면 거름이라도 되어 그 논의 내년 농사가 더 잘 되지 않겠소? 어서 가서 쏟아 주고 와요."

마루밑에 숨어 부부가 하는 말을 다 엿들은 도둑은

"논바닥에 떨어진 벼이삭 하나도 남의 것이라고 하며 미음도 안먹는 저 사람에 비하면 남의 물건을 제 것 가져가듯이 도둑질만 해 온 나는 얼마나 나쁜 사람인가?"

하며 크게 뉘우치고 그날부터 다시는 도둑질을 하지 않고 착한 마음으로 열심히 일하며 정직하게 살았다.

※ 범인은 증거 때문에 자백하는 경우보다 양심 때문에 자백하는 경우가 더 많다.

유럽에 있는 조그마한 폴란드 나라는 이웃 강대국에 둘러싸여 항상 약소국가의 고통을 겪으면서 지켜왔다. 그래서 그 나라 젊은이들은 유달리 애국심이 강하고 조국을 위해 죽음도 두려워하지 않는 용기가 있다.

1827년, 음악가 쇼팽은 독일 유학을 마치고, 자기의 조국인 폴란드로 돌아가는 도중이었다.

여러 사람과 함께 마차에 몸을 싣고 가는데 공교롭게도 같이 타고 가는 사람들이 폴란드에 대해 입방아를 찧으며, 쇼팽에게 들으라는 듯이 비웃고 멸시하는 것이었다.

"좀팽이 나라 폴란드도 나라라고 할 수 있나?"

"약소국가에서 예술이 밥 먹여 주나?"

하고 빈정거렸다. 쇼팽은 가슴에 치미는 분노를 억지로 참았다.

마차가 어느 마을 식당 앞에 머물고 모두들 식당 안으로 들어가 식사를 주문해 놓고 기다리는 참이었다.

쇼팽은 아직도 가슴에 가득 찬 분노로 주먹을 쥔 채 식당 안을 두리번거렸다. 마침 넓은 식당 한 쪽에 피아노가 놓여있는 것을 발견한 그는 지체없이 피아노 앞으로 가서 뚜껑을 열었다. 잠시 눈을 감고 기도하던 그는 이윽고 건반을 두드리기 시작했다.

섬세하고 교묘한 선율이 햇빛을 받아 반짝이며 흘러가는 시냇물 같이 찬

란하게 이어가다가 어느덧 쇼팽의 가슴 속에 용솟음치는 애국심이 폭발하기 시작했다. 때로는 강렬하고 때로는 잔잔한 물결을 타듯 피아노 곡은 신비의 세계로 들어가 끓어오르는 정열과 자기조국을 비웃는 자들에 대한 분노…… 이렇게 쇼팽은 뜨겁고 격분한 감정을 남김없이 활활 건반 위에 불태워가고 있었다.

마차에 같이 타고 오면서 폴란드를 조롱하던 사람들은 모두 넋을 잃고 감탄하며 숨도 못 쉬고 듣고 있었다.

집에 돌아온 쇼팽이 즉시 악보에 적어 놓은 이 곡이 바로 '애국의 즉흥곡' 폴로네이즈 Eb단조 「혁명」이라는 명곡이다. 자기 조국에 대한 참을 수 없는 모욕을 당하고 끓어오르는 애국심을 폭발시켜 즉흥적으로 표현했던 이 곡은 그 후 온 세계로 전해지면서 많은 연주가들의 사랑을 받는 곡이 되었다.

"총으로만 조국을 지킬 수 있는 것은 아니다."

"너는 어디를 가나 폴란드 사람이라는 긍지를 잊어서는 안된다"

이렇게 쇼팽에게 어릴 때부터 입버릇처럼 가르쳐 주신 아버지 말씀에 대한 보답이기도 하였다.

※ 음악에는 국경이 없지만 음악가에게는 조국이 있다.

74 : 신비한 모나리자

"아! 참으로 놀랍다"

"어쩌면 저렇게 신비한 미소를 띄우고 있을까?"

프랑스 파리 시내의 루브르박물관에 있는 그림 '모나리자' 앞에는 언제나 수많은 관람객이 모여 넋을 잃고 그 자리에서 떠날 줄을 모르고 있다.

'모나리자' 란 영어로 '나의 엘리자베트' 라는 뜻이라 하며, 다빈치가 고향인 피렌체에 있을 때 그 고장 부호의 부탁을 받고 그의 부인 엘리자베트의 초상화를 그린 것이라고 한다.

판자에다 유화로 그린 이 그림의 실제 크기는 불과 세로 77cm, 가로 55cm 밖에 안되는 소품인데도 불구하고, 어째서 이 그림이 400여년의 세월이 흐른 지금에 와서도 세상 사람들의 무한한 감탄과 시선을 모으고 있을 것일까? 그것은 한 마디로 화가의 온갖 정성을 다 쏟은 결과라고 밖에는 말할 수 없다.

이 그림은 이탈리아에서 태어난 레오나르도 다빈치가 1503년에서 6년까지 무려 4년 동안 걸려서 그렸는데도 불구하고 그는

"아직도 미완성 작품이다"

라고 말했다니 그는 작품 하나에도 얼마나 많은 정성을 기울였는가를 알 수 있다.

더구나 그 때 모델의 나이는 24세에서 27세가 되도록 오랜 시간동안 한

결같이 변함없는 표정을 갖는 것도 도저히 불가능한 일이었을 것이다. 그래서 다빈치는 화실에다 음악가나 광대, 의사까지 불러놓고 그녀의 기분을 맞추느라고 무던히 애를 썼다고 한다.

그런데 특히 오늘날에도 많은 미술 전문가들이 문제로 삼는 점은 그녀의 표정 중에서도 입술을 갸름하게 물고 미소짓는 특이한 모습이라고 한다. 어떻게 해서 엘리자베트가 그런 미소를 띠었느냐고 하는 데에 갖가지 해석이 따르고 있다.

일설에 의하면 그 당시 엘리자베트는 자식을 잃었기 때문에 그런 슬픔이 자기도 모르게 미소에 뒤섞였다고 하는데, 무엇보다도 화가인 당사자 다빈치가 그러한 표정을 자의로 자아내게 했다는 설이 가장 유력하다.

여하튼 모나리자의 그 신비한 미소는 날이 갈수록 더욱더 오묘한 매력을 풍기면서 많은 수수께끼를 던지고 있으니, 여기에서 다시 음미해 보는 말 한 마디가 있다.

※ 인생은 짧고, 예술은 길다.

75 : 이별 교향곡

작곡가 하이든이 어느 교향악단의 지휘자로 있을 때의 일이다. 그 악단의 단장인 에스티히찌 후작이 웬일인지 대수롭지 않은 일로 악단을 해체시킨다는 소문이 돌았다.

"교향악단을 해체시킨다고 하는데 그게 사실인가?"

"참으로 애석한 일이다."

하이든은 이러한 소문을 듣고 급히 교향곡 한 편을 작곡했다. 그것이 바로 '이별교향곡'이다.

그 교향곡의 짜임새는 특이하여 슬픈 곡이 연주되어 가는 도중에 연주자들이 차례차례 한 사람씩 무대에서 사라져 나가는 아주 색다른 형식이다.

이윽고 교향악단이 해체되는 날이 돌아왔다. 어제까지 기쁜 일과 슬픈 일을 다 함께 겪어 오던 단원들이 모두 뿔뿔이 헤어져 가야 하는 서글픈 운명의 시간이었다.

하이든은 단장인 에스티히찌 후작 앞에 교향악단 전원을 앉히고 마지막 인사를 겸한 고별연주회를 가졌는데 이 때 연주할 곡을 새로 작곡한 '이별교향곡'으로 정했다.

처량하고 슬픈 곡이 연주되어 가는 도중 단원들은 악보에 있는대로 자기가 맡은 부분을 다 연주하고는 보면대의 불을 끄고 일어나 차례차례 조용히 무대에서 사라져 나갔다.

지휘자인 하이든 역시 곡이 끝날 무렵 지휘자가 필요없는 단계에서 지휘

봉을 보면대에 걸쳐 놓고는 조용히 사라졌다.

최후에 남은 콘트라베이스 연주자 한 사람만이 마지막으로 이별의 슬픈 감정을 가냘픈 선율에 실어 단장의 마음을 흠뻑 적셔주고는 그도 조용히 사라지고 무대 위 조명도 다 꺼지고 마는 참으로 애처로운 정경이었다.

끝까지 침통한 마음으로 감상하던 단장은 슬픈 감정이 가슴에 가득 차 기어이 마음을 다시 돌리고 말았다.

"하이든씨, 교향악단을 해체하지 마시오"

'이별교향곡'에 의한 슬픈 정경에 충격을 받아 악단의 해체를 하지 않기로 하고 단원들을 다시 모았다. 참으로 다행한 일이었다.

그러자, 하이든은 또 한 편의 교향곡을 재빨리 서둘러서 작곡했다. 그것은 먼저 번의 곡과는 정반대로 처음에는 한 소리만으로 시작해서 차례차례 한 사람씩 더 나타나 자기 자리에 앉아 기쁨을 나타내는 화려한 곡으로 연주에 합류하다가 드디어 전원이 다 등장하는 오케스트라가 되었을 때 무대 전체가 환한 조명으로 바뀌면서 환희의 우렁찬 합주가 되는 형태의 재미있는 곡으로 되어 있는 것이다.

말하자면 이 곡은 슬픈 '이별교향곡'에 이어서 기쁨의 '만남교향곡'이 된 셈이었다.

76 : 바이올린의 슬픈 탄생

프랑소아 1세의 탄신 축하연이 성대하게 벌어진 궁전에는 여러명의 아가씨들이 각종 악기를 연주하고 있었다. 참석한 왕족이나 귀빈들은 모두 그 아름다운 선율에 매료되었는데, 그 중에서도 비올라를 연주하는 처녀는 가장 탁월한 재능을 보여 그 자리에 참석한 세계적인 화가 레오나르도 다빈치도 크게 감동하였다,

그는 축하연이 끝난 후 그 아가씨를 가까이 불렀다.

"아가씨의 악기 연주하는 모습을 내가 그림 그릴터이니 우리집에 와 주어요."

하고 부탁했으나 아가씨는 오빠의 병을 간호해야 하므로 갈 수 없다는 대답이었다. 그리고 오빠가 병이 생긴 까닭을 이야기했다.

아가씨의 오빠는 이탈리아에서 이름난 악기 제조인 이었지만 파리에 가면 자신이 만든 악기가 더 높이 평가받을 수 있을 것이라고 생각되어 파리로 이사해 왔다고 한다. 그러나 파리에서는 형편없는 악기가 판을 치는 바람에 오빠가 만든 좋은 악기는 인정을 받지 못했다.

실의에 빠진 오빠는 가난까지 겹쳐 마침내 병석에 누어 신음하고 있다는 것이었다.

"그거 참 불행하게 되었소. 그런데 이 악기는 누가 만들었소."

"네, 이 악기도 오빠가 만든 비올라라는 악기입니다."

다빈치는 다시 한 번 놀랐으며, 그 남매를 도와주어야겠다고 마음먹고, 파리 교외의 빈민가로 찾아갔다.

처녀의 오빠는 무척 기뻐하면서 새로 또 만들 악기의 설계도를 보이고 그 악기에 '바이올린' 이라는 새로운 이름까지 지었다고 자랑했다.

"그 악기를 내가 사겠으니 어서 만드시오."

하고 다빈치는 격려해 주면서 선금까지 두둑하게 주고 돌아갔다.

오빠는 밤낮을 가리지 않고 새로운 악기 바이올린 제작에 주야로 몰두했다.

이윽고 약속된 날 다빈치가 다시 남매의 집을 방문했을 때 그 새로운 악기는 이미 완성되어 있었지만 오빠는 너무 작업에 무리를 한 탓으로 중태에 빠져 있었다.

다빈치는 아가씨에게 그 바이올린으로 '칸초네타 다프리마베라' 라는 곡을 연주해 보라고 했다. 이윽고 사람의 심금을 울려주는 멜로디가 흘러 나왔다. 도저히 상상할 수도 없었던 아름다운 음색이 절묘한 선율을 타고 흘러 나왔다. 호기심에 가득찼던 다빈치는 그만 넋을 잃고 감상하면서 눈을 감은 채 신비경에 빠져 있었다.

그런데 이때 마지막 소절이 연주되던 중 바이올린의 제1현이 날카로운 소리와 함께 '탁' 하고 끊어지고 말았다. 다빈치는 깜짝 놀라며 눈을 뜨고 돌아보니 병석에 있던 그의 오빠는 자기가 처음으로 만든 '바이올린' 의 제1현이 끊어지는 소리와 함께 그의 목숨도 끊어지는 비참한 순간이었다.

백제의 서울 공주에 가난하면서도 몹시 게으른 한 젊은 이가 살고 있었다.

어느 날 그의 집에 늙은 스님이 와서 시주를 구했다.

"지나가는 소승입니다. 아침을 굶어서 배가 고프니 밥이 남았으면 조금만 주십시오."

"흥, 어림도 없는 소리! 지금 남은 밥은 내가 점심 때 먹을 거야. 거렁뱅이 중한테 줄 밥이 어디있어."

이 말을 듣고 스님은 돌아가면서 무언가 중얼중얼 주문을 외웠다. 그러자 젊은이는 갑자기 배를 움켜쥐고 아프다고 땅바닥에서 뒹굴었다.

이 때 마침 이 곳을 지나가던 의원이 젊은이에게 침을 놓아주고 약을 먹여 병을 깨끗이 고쳐 주었다.

그런데 이때 젊은이는 의원들은 돈이 많다는 것을 알고 의원에게 생떼를 부리기 시작했다.

"너 이놈, 내가 아파서 누워있는 사이에 우리 집 선반에 얹어 놓았던 내 돈 만냥을 훔쳤지? 당장 내 놓지 않으면 고을 원님한테 끌고 갈 테다."

하면서 자기 목숨을 구해준 은인을 오히려 도둑으로 몰아가지고 원님에 게 끌고 갔다. 그는 원님에게

"저는 구두쇠라고 남의 손가락질을 받으면서 배고픈 것도 참아가며 돈 만 냥을 저축했습니다. 그것을 알고 저 의원이 와서 저에게 보약이라고 하면

서 잠자는 약을 지어 주었습니다. 제가 잠든 이에 선반 위에 돈 만냥을 몽땅 훔쳐 갔습니다."

하며 아주 그럴듯하게 엉뚱한 거짓말을 하였다.

이에 대해 의원도

"아닙니다. 원님, 이 젊은이가 배가 아프다고 하기에 침을 놓아주고 약을 먹여 주어 병을 고쳐주었을 뿐인데 돈을 훔쳤다고 이렇게 생떼를 부립니다."

이렇게 주장하였으나 우매하기 짝이 없었던 원님은 젊은이의 말이 옳다고 잘못 판결을 내려 의원은 억울하게도 자기 재산 만냥을 빼앗기고 말았다.

게으름뱅이는 하루아침에 부자가 되어 기와집을 짓고 많은 하인을 거느리면서 호화로운 생활로 거들먹거리기 시작했다.

그러던 어느 날, 그의 집에는 자기를 배 아프게 했던 스님이 다시 나타났다. 스님을 본 젊은이는

"오냐, 너 이놈 살 만났다. 네가 나를 죽이려고 했지."

하면서 몽둥이로 스님을 치려고 했다. 그러자 갑자기 게으름뱅이 젊은이는 그 자리에서 꼼짝도 할 수 없이 굳어버린 바위로 변했다.

사람들은 이 바위를 도적같은 나쁜 마음을 가진 사람이 돌로 변했다 하여 '도적바위' 라고 이름을 붙였다.

―――――――

※ 남의 눈에서 눈물을 흘리게 하는 사람은 자기 눈에서는 피눈물을 흘리게 된다. ―속담

"백성들에게는 효도할 것을 강조하면서 내 아버님께는 한 번도 효도를 제대로 할 수가 없구나……"
하며 탄식하는 정조왕은 왕세손이었던 11살 때 할아버지 영조가 28세인 아버지(사도세자)를 뒤주에 가두어 못을 박고 큰 돌을 얹게한 후 손수 붓을 들어 세자를 폐하고 서인(西人)으로 만들면서 8일만에 굶어 죽게 한 일을 목격했었다.

그래서 정조왕은 즉위 된 후에도 당시의 일을 뇌리에 떠올릴 때마다 부친의 영혼이 너무도 원통하시어 구천에서 맴도는 것만 같이 여겨졌다.

동인(東人)와 서인(西人)으로 나뉘어 당파 싸움만 하던 간신들과 간사스런 영조 후궁의 엄청난 모함으로 비참하게 돌아가신 아버지를 생각하는 정조는 나라와 조정에 해로움만 끼치는 당파 싸움을 기필코 없애려고 탕평책을 쓰는 한편 아버지의 무덤을 수원의 화산(花山)으로 옮겨 융릉으로 승격시키고 스스로 자주 참배하는 등 아버지의 넋을 위로하기 위한 일을 많이 하였다.

어느 날, 보경스님으로부터 '부모은중경'의 설법을 듣게 되었다.
"불교에서는 부모님의 은혜를 10가지로 나누지요. 그 첫째는 나를 잉태하여 보호해 주시는 은혜요, 둘째는 고통을 참고 나를 낳아 주신 은혜며……"

이러한 소중한 부처님의 설법을 다 들은 정조는 부친을 위해 절을 세울 것을 결심하고 묘를 옮기는 동시에 그 융릉 바로 옆에 절을 세웠다.

절이 완공되는 날 한 마리의 용이 여의주(如意珠)를 입에 물고 승천하는 꿈을 꾼 정조는 절의 낙성식에 참여하여 절 이름을 용주사(龍珠寺)라고 정하였다고 한다.

어느 초여름에 능을 또 참배하던 정조는 능 앞의 소나무에 수많은 송충이가 솔잎을 갉아먹어 나무들이 병들어 가고 있는 것을 보았다.

"허허, 이럴 수가 있나! 내가 다스리는 이 땅에 사는 송충이로서 어찌 임금의 아버님 묘 앞에 있는 소나무잎을 갉아먹는단 말이냐? 비명에 가신 것도 가슴 아픈데 너희들까지 이렇게 괴롭혀서야 되겠느냐"

하면서 그 송충이 한 마리를 잡아오라고 하시더니 그 더러운 송충이를 입에 넣고 이빨로 깨물어 죽였다.

전해오는 말에 의하면 이런 일이 있은 후로는 그 일대의 송충이들이 감쪽같이 사라졌다고 한다.

아버지를 사모하는 효심이 너무나 지극했던 정조 임금에 대한 아름다운 이야기다.

79 : 훌륭한 흑인

　　미국에서 사는 흑인 중 인류의 발전과 행복을 위해 훌륭한 일을 한 사람이 많이 있었지만 그 중에서도 마틴루터 킹과 조지 와싱턴부커, 그리고 조지 카버 3사람은 큰 업적을 남겨 오늘날까지도 백인들까지 숭배하는 인물들이다.

그 가운데 '땅콩 박사'라고 불리는 조지 카버는 그의 인생 자체가 매우 특별하였다.

그는 땅콩 하나로 약 300가지의 상품을 고안해 내는 등 식생활 개선을 위한 놀라운 일을 많이 한 인물이다.

그 공로가 인정되어 어느 날 국회의 초청을 받아 여러 의원들 앞에 서게 되었다.

"당신은 어떻게 땅콩을 가지고 그렇게 여러 가지 상품을 만들 수가 있었소?"

하고 의원들이 질문을 했다. 저는 어느날 하나님께 '땅콩으로 무엇을 만들 수 있는지를 가르쳐 주십시오'

하고 기도를 하였습니다. 그랬더니 하나님은

'너도 두뇌가 있으니 스스로 찾아 보라' 하는 말씀 뿐이었습니다. 그래서 저는

"남한테 의지하지 않고 모든 일을 오로지 내 힘으로만 해결하려고 노력했을 뿐입니다."

그는 이렇게 대답했다.

그는 자기의 부모가 누구인지도 모르고 언제 어디서 태어난지도 몰라 제 나이도 똑똑히 모르는 천애의 흑인 고아였지만, 자신의 그러한 처지를 한 번도 비관하거나 누구를 원망하지도 않고 온갖 역경을 꿋꿋하게 이겨나가면서 살아 온 인간 승리의 주인공이었다.

그리하여 모든 흑인들 사회에서 존경을 받을 뿐 아니라 루즈벨트 대통령도 그를 가리켜

"하나님의 진리를 탐구하는 겸손한 과학자이며, 흑인뿐만 아니라 백인들의 해방을 위하여 일생을 바친 거룩한 인물이었다."

고 칭찬하였으며, 또한 루즈벨트는 그에게 명예스러운 공로표창과 메달을 주면서

"내가 카버 박사와 친분을 가질 수 있었던 것은 내가 누린 특권중에서 가장 큰 특권이었다."

라고 말했다.

아직도 흑인을 경시하는 미국 사회에서 인종을 초월한 그의 헌신적인 노력을 극찬하는 말이었다.

※ 너의 천분(天分)을 살려라. 그것이 인생의 대원칙이다. —안병욱

80 : 장애를 이긴 사람들

1) 음악을 하는 사람이 귀머거리가 된다는 것은 더할 수 없는 비참한 일이다. 베토벤은 30세가 넘어서부터 갑자기 귀가 멀어져서 잘 들리지 않게 되자 너무나 절망한 나머지 한 때는 자살을 하려고 까지 했었다.

그러나 그 장애를 극복하고 작곡에 열중하여 '합창교향곡' 등 불후의 명작을 많이 남겼다.

그가 영국 런던에 가서 자기가 작곡한 '합창교향곡' 을 지휘했을 때의 일이다. 그 곡에 완전히 매혹 당한 청중들은 연주가 끝나가 모두 기립박수를 치면서 재창을 요구했다. 그러나 귀머거리가 된 베토벤은 자기 뒤에서 청중들이 그토록 열광하는 소리를 듣지 못해 모르고 있었다. 그 때 지휘대 앞에 앉았던 악사가 일어나 베토벤의 몸을 뒤로 돌려주어 청중의 열광하는 모습을 보게 하였다. 그리하여 그 곡을 다시 한번 지휘해 청중들의 환호에 보답했다.

베토벤은 이렇게 장애를 넘어 고난과 절망을 딛고 일어나 음악의 성인, 즉 '악성' 이라는 칭호까지 받게 된 것이다.

2) "소경이 되는 것은 비참한 일이 아니다. 다만 소경을 견디지 못하는 것이 가장 비참한 일이다"

이것은 눈이 먼 상태에서 입으로 불러 가족이 받아쓰게 하여 지은 '실락

원' 이라는 세계적인 명작 소설의 작가 존 밀턴이 한 말이다.

자기 눈이 먼 불우한 처지를 비관하지 않고 오히려 남의 불우한 처지를 위로하고 격려하면서 사랑을 쏟는 참다운 인간다운 마음이 그와 같은 세계적인 명작을 낳게 한 것이다.

3) 골드 시미스는 어린 시절에 아주 명청한 아이로 소문이 났었다. 난치병에 걸려 늘 고통의 나날을 보냈지만 훗날 영국의 뛰어난 시인, 소설가, 극작가가 되었다. 다음은 그가 남긴 말이다.

"나의 최대 영광은 단 한 번도 실패하지 않음에 있지 않고, 실패 했을 때마다 일어섬에 있었다"

4) 눈이 먼 헬렌켈러 여사의 간절한 소원은 다음 세 가지였다.

"하나님의 은총으로 3일간만 내 눈을 뜨게 해 주신다면,

첫째 날은 내게 사랑을 주신 모든 분을 찾아다니며 감사하고,

둘째 날은 이 세상의 불행한 사람 모두를 찾아가 위로해 주고.

셋째 날은 이 세상 아름다운 꽃을 다 찾아다니며 마음껏 감상하고 싶다."

그는 이렇게 말하였다.

※ 자기를 이기는 사람이 가장 강한 사람이다.

81 : 사람을 만드는 책

'사람은 책을 만들고, 책은 사람을 만든다'
'독서하는 것처럼 값지고 영속적인 쾌락은 없다'
'책을 멀리하는 사람을 결코 가까이 하지마라'
이것은 독서의 가치와 독서의 유익한 점을 강조하는 명언들이다.

독일의 철학자 칸트는 자기가 태어난 마을을 몹시 사랑하여 평생동안 그 마을 밖으로 나간 적이 없다는 이야기로도 유명하지만 매일 아침 정해진 시각에 마을을 산책하여 시민들이 그의 모습을 보고 시계바늘을 맞추었다는 이야기로도 유명한 사람이었다.

그런데 루소가 지은 「에밀」을 읽을 때 그는 그 책에 너무나 감동 한 나머지 오랫동안 엄격히 지켜오던 그 아침 산책 시간마저 지키지 못해 시민들을 당황하게 했었다고 한다.

그러면 그토록 그를 감동시킨 「에밀」이라는 책은 과연 어떤 책인가?

「에밀」은 '교육에 대하여'라는 부제가 붙은 바와 같이 '에밀'이라는 아이의 성장을 따라가는 형식으로 전개되는 교육론이다. 그러면서도 단순한 교육이론에 그치지 않고 '자연으로 돌아가라'는 인간미 넘치는 메시지가 풍성한 사상철학서이기도 하다.

루소는 이 책에서 세상의 모든 어머니들에게 이렇게 말하였다.

"여성은 자연으로부터 유방을 수여받았다. 그러므로 자신의 아이는 스스로 양육하고 키워야 한다."

칸트는 그 책 속에서 '자연으로 돌아가라'는 말에 깊은 공감을 느꼈던 것이다. 그리하여 그는 그 전까지의 이론 중심 철학에서 인간중심의 실천철학으로 방향을 바꾸었던 것이다.

이와 같이 사람의 손에 의해서 만든 책이 또한 사람을 바꾸고, 사람을 만드는 큰 기능을 가졌다. 그래서 독서는 악서를 읽지말고 반드시 양서를 읽어야 한다는 조건이 붙는다.

링컨도 「와싱턴전기」에 의해 올바른 정치가의 소양을 키웠고, 파브르 역시 독서에 의해 유명한 곤충학자가 된 것이다. 그 밖에 예로부터 홀륭한 사람은 거의 다 책에 의하여 탄생한 것이다.

"하루라도 책을 읽지 않으면 입에 가시가 돋는다"

라고 안중근 의사도 말씀하셨다.

———

※ 지혜의 그릇은 종이로 만든 책뿐이다.

82 : 참새에게서 배운 귀족

사냥을 무척 좋아하던 귀족 출신의 투루게네프는 어느 날 자기의 사냥개를 데리고 정원을 거닐고 있었다. 그 때 앞서 가던 개가 갑자기 길바닥의 무엇을 발견했는지 그 자리에 우뚝 서더니 조심스럽게 한 발자국씩 다가가고 있었다.

귀족은 하도 이상스러워서 개의 앞을 살펴보았다. 거기에는 둥지에서 떨어진 참새 새끼 한 마리가 발버둥치고 있었다. 아직 솜털이 보송보송한 어린 새끼였다. 이윽고 사냥개는 그 새끼 참새 앞에 까지 이르렀다.

이때였다. 갑자기 어디에서 어미 참새 한 마리가 날아 와 개의 코끝을 향해 빠른 속도로 돌진해 왔다. 사냥개의 코를 쪼은 것이다. 개는 놀래 뒤로 주춤하고 물러섰다. 그러자 어미 참새는 어리둥절 하고 있는 개를 향해 두 번째의 공격을 감행했다.

그래도 개가 그 자리에서 버티고 있으니까 어미 참새는 전력을 다 한 세 번째의 공격을 했다. 그야말로 새끼를 구해내려는 모성애에서의 필사적인 투쟁이었다.

그러나 세 번째의 공격도 무위로 끝나버리고 힘에 지친 어미 참새는 그만 잔디 위에 머리를 처박고 기절해버리고 말았다.

평소 사냥터에서 그토록 사납고 용감하던 사냥개도 어미 참새의 날카로운 공격에 압도당한 듯, 겁먹은 표정으로 슬금슬금 꼬리를 감추고 돌아서고 말았다.

먼발치에서 이 놀라운 광경을 보고 귀족은 큰 감동을 받았다.

'어미 참새는 아마도 사냥개를 감당키 어려운 상대라고 생각했을 것이다. 그러나 자식의 위기를 그대로 보고만 있을 수가 없었던 것이 아닌가? 죽음을 무릅쓰고 투쟁해 온 행동은 자식을 사랑하는 어미의 당연한 싸움이 아니겠는가.'

이렇게 약자에게도 강한 모성애가 있음을 목격한 그는 사랑과 생명의 소중함을 피부로 느꼈다. 그리고 그날부터 그토록 좋아하던 사냥을 하지 않았다.

그는 그날 다음과 같은 글을 일기장에 기록하였다.

"나는 그 어미 참새의 용기를 통해서 무한한 사랑의 위력을 배웠다. 사랑은 무엇보다도……아니 죽음의 공포보다도 강하다는 것을…… 그리고 그와 같은 사랑에 의하여 모든 생명체의 삶이 유지 되며 발전된다는 것을 알았다."

※ 여성의 정신력은 모성애(母性愛)에서 최고로 표현된다. −서양 격언

영국이 낳은 유명한 화가 터너는 19세기를 전후에서 활약한 사람이며, 화성(畵聖)이라고까지 칭송을 받았다.

그가 어느 날 '저녁놀' 이라는 한 폭의 그림을 지금 막 완성시키려는 참이었다.

마침 그 장소에는 천문학계의 권위자인 한 사람의 노박사가 와있었다. 노박사는 터너가 그리고 있는 저녁놀에 크게 관심을 갖은 듯이 그 장소에서 떠나지 않고 계속 지켜보고 있었다.

한참만에 그림이 완성되었을 때 노박사는 터너의 그림을 감상하더니 이윽고 터너의 얼굴을 돌아보며

"정말 아름답고 멋진 저녁놀이오. 나는 지금까지 이렇게 아름다운 저녁놀을 본 적이 없소. 하지만 터너군, 나는 천문학자로서 단언하지만 이런 저녁놀은 실제로는 있을 수 없소."

라고 그 그림을 비판하였다.

그러자 터너는 조용히 웃으면서

"분명히 그 말씀이 맞습니다. 이런 노을을 저도 아직 보지도 못했습니다. 그러나 박사님, 박사님도 언제나 이런 저녁놀을 보고 싶다고 생각하시지 않습니까?"

하고 대답하는 것이었다.

터너의 그 웃음 속에서 실제로는 있을 수 없는 미의 세계를 표현해 내는

예술가의 만족을 처음 발견한 노박사는 비로소 학문과 예술의 차이를 깨닫게 되었다.

노박사는 젊은 화가에게서 처음으로 느껴보는 부끄러움을 솔직하게 말로 표현하지 않을 수 없었다.

"젊은이, 나는 예술의 참 뜻을 너무나 모르고 있었소. 실제로는 있을 수 없지만 인간이 보고싶어하는 아름다운 세계……"

노학자는 청년화가 말의 의미를 다시 한 번 음미해 보고서 말을 이었다.

"나는 오늘 젊은이에게서 학문이 따라가지 못할 예술의 경지가 따로 있다는 것을 처음으로 알게 되었으니 참으로 고마웠소."

'자연의 미'와는 또 다른 '예술의 미!' 이것을 추구하는 것이 모든 예술가들의 꿈이며 이상인 것을 과학자 노박사는 비로소 알고 누구나 자기만의 만족에서 벗어나야 할 겸손을 배웠다.

이렇게 노학자를 감동시킨 터너의 예리한 자연 묘사는 당시의 예술 평가자로서 명성을 날린 러스킨에 의해 더욱 높이 평가되었고, 특히 그의 태양광선의 아름다운 표현 방법은 훗날 인상파 탄생에 커다란 원동력이 되어 미술 역사에 한 페이지를 장식하게 되었다.

※ 불치하문(不恥下問) 아랫사람한테 묻는 것을 부끄럽게 여기지마라. -공자

84 : 목숨과 바꾼 시구(詩句)

불도를 닦는 수도자가 산속에서 혼자 열심히 고행을 하고 있었다.

어느 날 제석천이 그 수도자를 시험해 보려고 무서운 모습의 나찰로 변신하여 부처님의 말씀인 시 한 구절을 읊어 주었다.

"이 세상 모든 것은 덧없어라, 이것이 생사의 법이니라"

수도자는 그 시 한 구절을 듣고 깜짝놀라 사방을 둘러 보았으나 무서운 나찰 밖에는 아무도 없었다. 그래서 나찰에게 말했다.

"그 시는 부처님 말씀에 틀림없는데, 나머지를 마저 들려주오"

그랬더니 무서운 나찰은 시뻘건 혀를 날름거리면서

"나는 지금 배가 고프다. 우선 사람의 살과 피를 먹어야만 되겠다."

이렇게 말한다. 수도자는 몹시 놀랐다. 그러나 그 시의 나머지 구절을 듣지않고는 견딜 수가 없었다. 그래서 나찰에게 또 말했다.

"나는 기꺼이 당신의 제자가 되겠소"

그러나 나찰은 또 한번 시뻘건 혀를 내밀로 휘두르며

"제자고 뭐고 다 필요없다. 어서 목숨을 내놓아라"

하고 재촉하였다. 수도자는 잠시 생각하더니

"그 시를 마저 읊어주면 내 목숨을 그대에게 주겠소"

하였다.

"너의 말을 어떻게 믿나? 시 한 구절과 하나밖에 없는 목숨을 바꾼다니······"

그러나 수도자는 다시 한번 자기의 진심을 말했다.

"어떤 사람이 질그릇을 주고 보배를 얻는다면 누가 질그릇을 기꺼이 주지 않겠소. 나를 믿고 어서 그 시를 마저 읊어주시오."

"알았다. 네 말을 믿고 읊어준다. 나머지는 이것이다. '생사가 모두 없어지면 바로 편안한 즐거움을 얻느니라' 이것이다. 자! 이제는 어서 네 목숨을 내 놓아라"

하고 나찰은 수도자에게 재촉하였다.

수도자는 그 시를 마저 다 듣고 뜻을 음미해 보니 너무나 황홀해졌다. 그는 그 시를 바위에 재빨리 새겨놓고, 나찰에게 몸을 던져주기 위해 나무 위로 올라갔다. 그 때 나무신이 수도자에게 물었다.

"방금 바위에 새긴 그 시에는 얼마만한 값어치가 있는 것이기에 당신의 목숨과 바꾸려고 합니까?"

"이 시는 부처님께서 말씀하신 것으로 모든 중생을 이롭게 하는 공덕이 있는 아주 소중한 말씀이라오"

이렇게 말하고 나무 위에서 나찰이 있는 쪽을 향해 몸을 던졌다.

그러나 그 순간 나찰은 제석천의 본래 모습으로 변해가지고 떨어지는 수도자를 안전하게 받아놓고 어디론가 사라졌다.

─────────

※ 사사불공이면 처처불생이라(事事佛供 處處佛生) 모든 일을 불공드리듯이 정성을 다 하면 어느 곳에서나 부처가 탄생한다.

85 : 루즈벨트의 극기정신

　　　　　미국 대통령에 네 번이나 당선되었던 루즈벨트는 '강철 대통령' 이라고 부를 만큼 몸이 강철같이 튼튼하였다.

그러나 그도 어린 시절에는 '약골 테오' 라는 별명이 붙여질 만큼 병약하기 짝이 없었다. 테오는 그의 어릴 때의 이름이었다.

출생하면서부터 천식을 앓고 죽을 고비를 몇 번이나 넘긴 테오는 침대에 가만히 누워 있기에도 힘이 들었다. 게다가 소아마비까지 걸려서 보행이 불편하였다.

그의 아버지는 그러한 테오에게 링컨 대통령의 전기를 읽어주면서 쉬지 않고 꾸준히 운동하기를 권했다.

그러나 그것은 결코 쉬운 일이 아니다. 아버지의 말씀대로 1년, 2년, 3년…… 계속해서 하루도 쉬지 않고 체조를 계속하는 데에는 자기가 자기를 이기는 극기정신이 필요했다.

그러한 극기정신의 효과 때문일까. 횟수가 지남에 따라 홀쭉하고 창백했던 테오의 몸은 살도 찌고 얼굴에 혈기가 돌면서 건강해지기 시작했다. 놀라운 집념과 인내가 필요한 극기정신의 결과였다.

"나도 건강해질 수 있다. 그리고 링컨 대통령처럼 훌륭한 사람이 될 수 있다."

이렇게 자기 건강에 대해 자신을 가지면서 하루도 빠짐없이 알맞은 운동을 열심히 하여 18세가 되었을 때는 몸도 마음도 쇳덩이처럼 단단한 대학생이 될 수 있었다.

"테오야, 너는 어머니에게 큰 효도를 했다. 네가 어렸을 때 병약한 너 때문에 어머니가 얼마나 마음속으로 울었는지 아니?"

아버지는 테오의 딱 벌어진 어깨를 다독거리면서 이렇게 말했다.

튼튼한 몸을 갖는 것이 모두에게 가장 큰 효도가 된다는 뜻이었다.

'훌륭한 사람이 되려면 건강한 신체부터 가져야 한다'

이것이 테오가 일생동안 간직했던 신념이며, 그것을 지켜 온 극기 정신이 마침내 그를 1932년부터 1944년 사이에 네 번씩이나 대통령자리에 오르게 하였고, 뉴딜정책 등으로 경제공황을 극복하기도 하였으며, 제2차 세계대전이 일어나자 영국의 처칠 수상과 긴밀한 연락을 취하면서 연합군의 승리로 이끌어 간 비결이었다.

그는 또한 카이로회담 등 강대국 수뇌들과의 회의에서 한국의 독립을 보장해 주는 등 약소국들의 해방을 위한 노력도 많이 하여 일본으로부터 우리 나라가 독립할 수 있는 국제적 약속을 해 주기도 하였다.

루즈벨트는 또한 침대에 누워서 하는 말도 세계를 깜짝깜짝 놀라게 하는 대웅변가였다고 하니 건강한 정신은 건강한 신체에서 나온다는 사실을 그는 입증한 것이다.

'5분간의 연설을 위해서는 50분간의 연구가 있어야 한다'

이 말도 그가 남긴 유명한 말로서 연설을 할 때에는 사전에 많은 준비가 필요함을 강조한 말이다.

※ 건강을 지키는 것은 자기와 사회에 대한 의무다. -B.프랭클린

86 : 진정한 효도의 길은?

옛날 인도지방의 한 작은 나라가 있었다.

그 나라의 마음씨 착한 장수왕은 이웃나라의 포악하고 욕심이 많은 왕의 침략을 받아 나라를 빼앗기게 되었다.

그 때 장수왕은 아들 장생에게 이렇게 유언을 했다.

"너는 절대로 원한을 원한으로 갚지마라. 원한을 품고 그 재앙을 후세에 남기는 것은 결코 효자가 아니다"

이렇게 아버지는 간곡히 부탁하고 스스로 목숨을 끊었다.

하지만 아들 장생은 울분을 억누를 길이 없었다.

"나는 반드시 아버지의 원수를 갚고야 말겠다."

이렇게 다짐하였다. 그리하여 그는 자기 신분을 완전히 감추고 자기나라를 빼앗은 포악한 왕의 시종으로 들어가는 데에 성공하였다.

어느 날 그는 왕과 함께 사냥을 나갔다가 길을 잃고 숲속을 헤매었다. 굶주림과 피곤함에 지친 왕은 칼을 풀어 장생에게 맡겨 놓고 깊은 잠에 빠졌다.

장생에게는 마침내 아버지의 원수를 갚을 절호의 기회가 온 것이다. 오늘의 기회를 찾기 위해 그 동안 몇 년을 참고 기다렸던가?

그는 칼을 뽑아 왕의 목을 막 치려는 참이었다. 이때 문득 아버지의 마지막 말씀이 귓전에 울렸다.

'원한을 원한으로 갚은 것은 효자가 아니다.'

라고 하신 아버지의 유언이었다.

그는 빼었던 칼을 도로 칼집에 넣었다. 그러나 이때를 놓쳐서는 안된다고 생각해 또 칼을 빼었다가는 도로 집어넣었다. 이렇게 하기를 대여섯번, 그리고는 곰곰이 생각을 했다.

'이 왕을 죽여 아버지의 원수를 갚는 것이 효도냐, 아니면 원한을 원한으로 갚지말라는 아버지의 유언을 지키는 것이 참된 효도냐?'

고민을 하다가 마침내 장생은 아버지의 마지막 유언을 따르기로 결심했다.

그래서 왕이 잠에서 깨어났을 때 장생은 왕 앞에 엎드려 고백하였다.

"저는 아버지의 원수를 갚으려고 노려오던 자입니다. 대왕이 잠드신 사이에 몇 번이고 칼을 뽑았다가 그때마다 '원한은 원한으로 갚지말라' 고 하신 아버지의 유언이 떠올라 칼을 거두었습니다. 용서하여 주십시오."

이 말을 들은 왕은 깜짝 놀라면서 크게 뉘우쳤다.

"응! 그랬었구나. 그토록 훌륭하신 너의 아버지를 돌아가시게 한 내가 오히려 크게 잘못했구나. 그러니 용서를 빌어야 할 사람은 네가 아니라 오히려 나였구나."

하며 장생에게 그 나라를 도로 돌려주고 왕은 본래의 자기 나라로 돌아갔다.

장생은 아버지의 유언을 지킴으로써 오히려 잃었던 나라를 도로 찾게 된 것이다.

87 ⠿ 통쾌한 처녀 아이디어

예쁘고 마음씨 착한 딸을 가진 김씨는 고리대금업자인 박씨에게 빚을 많이 졌는데, 워낙 가난해서 빚을 갚지 못하고 고민에 빠져 있었다.

욕심 많고 마음씨 나쁜 박씨는 김씨가 돈을 못 갚는 것을 빙자해서 그의 예쁜 딸을 자기에게 주면 돈을 안 받겠다는 제안을 해왔다.

그러나 김씨는 한 마디로 그 제안을 거절했다.

그러자 박씨가 한 가지 꾀를 내어 내기를 걸어왔다.

"내가 이 자갈밭에서 똑같이 생긴 검은 돌과 흰 돌을 한 개씩 주어 이 주머니 안에 넣어 처녀에게 줄테니 처녀가 주머니 속에 손을 넣고 돌 한 개를 집어 깨낼 때 만약 흰 돌을 꺼내면 빚 대신 딸을 내가 데려가기로 하지"

하며 김씨와 딸이 보는 앞에서 주머니 속에 검은 돌과 흰 돌 한 개씩 땅에서 주어 넣어 처녀에게 주었다.

그 때 김씨는 딸이 흰 돌을 꺼내면 다행이지만 검은 돌을 꺼내면 어쩌나 하고 그 제안도 한 마디로 거절했다.

그러나 웬일인지 딸은 오히려 태연한 표정으로 그 내기에 순순히 응하는 것이었다. 그것은 처녀의 머릿속에 놀라운 지혜가 하나 있었기 때문이었다.

처녀는 자기가 다행히 흰 돌을 꺼내면 좋겠지만, 만약 검은 돌을 집더라도 그 순간에 모면할 방도를 생각하고 있었던 것이다.

"아버지, 염려마세요. 저의 운명은 제가 결정할게요."

하면서 처녀는 태연하게 돌이 들어있는 주머니를 박씨로부터 받았다. 그리고 손을 넣어 둘 중 하나를 꺼내는 긴장된 순간이었다.

그러나 불행히도 처녀 손바닥에 잡힌 돌은 검은 돌이었다. 처녀는 그 돌을 박씨에게 보이기전에 재빨리 주머니 주둥이에 손이 걸린 척 하고 자갈밭에 떨어뜨렸다.

"저런! 이걸 어쩌지? 땅에 떨어진 돌이 어느 돌인지 알 수가 없네. 아, 그렇지만 주머니 속에 남아 있는 돌을 보면 알 수 있겠지요? 주머니 속에 남의 돌의 반대 되는 색깔일테니까요……"

하면서 주머니 속을 들여다 보는 척 한다. 거기에 있는 돌은 당연히 흰 돌이겠지만 거짓으로

"아, 여기 남은 돌이 검은 돌이니까 흰 돌을 넣어야 되겠네요"

하면서 새로 흰 돌 하나를 주어 넣었다. 주머니 속에는 두 개가 다 흰 돌이니까 어느 것을 집어도 흰 돌이니, 빚도 탕감하게 되고 박씨에게 시집도 안 가게 된다.

김씨의 딸은 태연히 그 내기를 끝내고 마음씨 나쁜 박씨의 잔꾀를 통쾌하게 물리쳐버린 것이다.

88 : 늙은 우주비행사

77세의 할아버지 우주비행사!

이것은 상상 속의 이야기가 아니라 온 세계인이 지켜보는 가운데서 사실로 있었던 이야기다.

1998년 10월 29일 오후 2시, 미국의 우주 왕복선 디스커버리호에 탑승한 77세 최고령의 우주인 존 글렌 상원의원은 한국전쟁 때 전투비행사로 참전하여 압록강까지 수십 번이나 출격을 했었고, 또, 1962년에는 미국인으로서 최초로 우주궤도 비행에 성공하여 구소련이 인공위성을 먼저 발사한 사건 때문에 상처받았었던 미국인들의 자존심을 회복시켜 준 장본인이다.

극심한 신체적 변화가 있을 우주비행에서 늙은 사람도 얼마나 적응할 수 있는가를 검사하는 최초의 실험 대상으로 스스로 자원을 한 존 글렌이다. 어쩌면 노화된 인간의 신체가 무중력 상태를 감당하지 못하여 우주선 안에서 생명을 잃을지도 모르는 일인데 그것에 용감히 도전하는 그의 희생정신에 감동한 미국 국민들 전체는 감시와 격려의 박수를 보냈으며, 국회에서는 항공우주국(NASA)의 한 시설의 이름까지도 '존 글렌센터'라는 이름으로 바꾸기로 결의까지 하였다.

존 글렌이 탑승한 우주선은 약 9일동안 우주에 머물러 지구 주위를 돌면서 과학과 의학실험만을 하는 마지막 우주왕복선으로서 '무중력과 노화'에 관련한 실험 외에도 골다공증, 불면증 등 30여 가지의 의학실험을 비롯해 모두 83종류나 되는 각종 과학실험을 하였다.

그래서 그의 얼굴과 가슴과 잔등에는 21개나 되는 전극을 부착하였고, 심장의 박동과 맥박, 체온의 변화는 물론이요, 우주에서 근육단백질이 파괴되는 현상과 뼈의 강도 변화 등이 정확하게 측정되었다.

미국인들의 끊임없는 개척 정신과 인류의 행복을 위해서 위험에 도전하는 글렌 할아버지같은 희생정신은 참으로 거룩하고 존경스러운 일이었다.

오늘날 모든 면에 있어 세계에서 가장 앞서 가는 미국의 저력이 어디에서 나오는 것인가를 짐잘할 수 있게 해주고 있다.

※ 사람이 늙은 것은 세월이 흘러서가 아니라, 이상(理想)을 잃기 때문에 늙는 것이다.

89 : 실러를 도운 사감

세익스피어가 쓴 책을 빼놓지 않고 모조리 다 읽은 실러는 독일이 낳은 유명한 문학가가 되었다. 그가 학생시절에 특히 「오셀로」를 읽은 후로는 더욱 세익스피어를 존경하면서 그 책을 꼭 갖고 싶었지만 그 당시만 해도 그것을 구하기란 그리 쉬운 일이 아니었다.

실러는 어느 날 그 책을 갖고 있는 기숙사 친구에게 말했다.

"너는 기숙사에서 주는 식사가 언제나 양이 적지 않니?"

"적구말구, 그래서 나는 언제나 배가 고프다."

"그러면, 좋은 수가 있다. 네가 가진 「오셀로」 책을 내게 주면 음식이 나올 때마다 너에게 내 음식을 더 나누어 줄게, 그러면 서로 좋지 않겠니?"

친구는 실러의 제안을 듣고 한참 생각하다가 대답하였다.

"그래 좋아! 그거 아주 좋은 생각이다."

이렇게 해서 실러는 더욱 배가 고프게 되었지만 그 대신 「오셀로」를 손에 쥐고 밤마다 그 것을 읽기에 여념이 없었다. 배가 고픈 것도 잊고 그는 열심히 「오셀로」를 읽었다.

그런데 어느 날 그 책 「오셀로」가 온데 간데 없이 사라지고 말았다. 기숙사 여기저기를 찾아보았지만 책은 보이지 않아 실러의 실망은 이만저만이 아니었다.

"실러군, 자네의 책은 내가 압수해 버렸네."

별안간 뒤에서 기숙사 사감이 내려다보며 못마땅해 얼굴로 말했다.

"아니, 사감 선생님이요?"

"그래, 기숙사 안에서는 어떤 문학서적도 못 읽는다는 것 알지?"

실러는 그날부터 상심하여 잠을 이루지 못했다. 사감선생이 한없이 원망스럽기도 하고, 기숙사 규칙이 지나치게 엄격한 것이 무엇보다도 불만스러웠다.

그러던 중 어느 날 사감선생이 실러를 자기 방으로 불렀다.

"실러군, 이 책을 받게." 사감이 주는 책을 실러는 표지만 보고

"이 책은 「심리학 연구」라는 책이 아닙니까? 고맙습니다만 저는 지금 이런 책을 읽을 마음이 전혀 없습니다."

"그래? 정말 안 받겠나? 우선 표지나 한번 넘겨보게나."

실러는 사감의 말에 따라 책을 받아가지고 표지를 넘겨보았다. 그때 그는 깜짝 놀라면서 눈이 둥그레졌다.

"아니! 선생님, 이건 「오셀로」가 아닙니까?"

"그렇다네. 자네에게만 특별히 혜택을 주는 것이네. 자네가 낙심하고 있는 모습이 하도 측은해서 표지만 그렇게 바꾸었으니까 다른 사람에게 들키지 말고 조심해서 읽게."

"선생님. 정말 감사합니다."

실러는 이러한 사감의 따뜻한 배려와 격려에 힘을 얻어 더욱 열심히 책을 읽고 연구하여 마침내 세계적인 문학가가 되었다.

***

※ 귀신은 경문(經文)에 막히고, 사람은 인정(人情)막힌다. – 속담

90 : 카네기의 우정

카네기가 소년시절에 면방직 공장에서 직공으로 일하고 있을 때의 일이다.

공장에서 같이 일하다가 성실하지 못하다고 쫓겨나간 보비라는 소년이 어느 날 카네기가 집에 없는 틈을 노려 카네기의 어머니를 속여 저금통장을 훔쳐갔다.

공장에서 돌아온 카네기는 그것을 알고 곧 보비의 집으로 갔다.

보비의 집은 낡아빠진 조그마한 오두막집이었다.

초라한 옷차림의 보비 어머니는 눈까지 멀어서 앞을 보지 못하는 소경이었다.

"보비는 지금 집에 없는데 어쩌지? 그 녀석이 아버지가 돌아가신 후 행실이 더 나빠져서 걱정이다."

하면서 보비의 어머니는 어느새 눈물까지 흘리고 있었다. 그리고, 보비가 공장에서 쫓겨난 것을 그 어머니는 아직 모르시는 것 같았다.

카네기는 보비의 어머니에게 깊은 동정을 느꼈다. 그래서 어떻게 해서라도 보비를 바른 길로 인도해 가기로 결심했다.

그 때 마침 집에 돌아오던 보비는 카네기를 보자 도망을 쳤다.

"기다려! 보비야, 난 너를 책망하려고 온게 아냐."

도망가던 보비는 땅바닥에 털썩 주저앉으면서 빌었다.

"카네기야, 난 너 볼 면목이 없다."

"아냐, 그러지 말어. 그보다도 네 어머니께서 너를 많이 걱정하시더라. 내가 다시 공장장에게 부탁할 테니 이번에는 성실하게 일하지 않겠니?"

"응, 그렇게 할게. 정말 고맙다."

다음날 보비를 데리고 카네기는 공장장을 만났다.

"공장장님, 오늘부터 보비는 성실하게 일 할 것이니까 한번만 더 용서해 주세요"

그러나 공장장은 보비의 복직을 끝내 허락하지 않았다.

"공장장님, 그러면 저도 그만 두겠습니다. 친구를 배신할 수는 없습니다. 보비와 함께 일할 곳을 찾아 다른 곳으로 가겠습니다."

이러한 카네기의 성실하고 따뜻한 우정에 공장장은 마음이 움직여

"그렇다면 카네기의 말을 믿고 한번 만 더 보비의 복직을 허락한다. 그러니까 또 다시 불성실하면 그 때는 용서없다."

이렇게 말하면서 다시 보비도 일할 수 있게 해 주었다.

보비는 카네기의 우성에 마음 깊이 감사하면서 그날부터는 마치 딴 사람 같이 열심히 일을 하여 사장으로부터 모범공원에게 주는 표창까지 받기도 하였다.

※ 황금은 뜨거운 열 속에서 굳어지고, 우정(友情)은 역경 속에서 시험된다.

91 : 에디슨의 집념

에디슨은 결코 IQ가 높은 사람이 아니었다. 그의 강한 인내심과 놀라운 집념과 피나는 노력이 그를 세계적인 발명가로 만들었다.

에디슨이 축음기를 처음으로 발명할 때 'specia' 라는 말을 입력하면 자꾸만 'pecia' 라는 소리로 잘못 재생되어 나왔다. 그로부터 'specia' 라고 제대로 나오기까지에는 무려 7개월이라는 시간이 걸렸으며, 그 동안 매일 18시간 동안 오로지 그것에만 매달려 연구와 실험에 열중했다.

백열등의 필라멘트를 발명할 때도 그의 조수가

"선생님, 필라멘트를 방명하려고 벌써 90가지의 재료로 실험을 해 보았지만 모두 실패했습니다. 결국 필라멘트를 발명한다는 것은 불가능한 일인 것 같으니 중지하는 것이 좋지 않겠습니까?"

하고 물었다. 이때 에디슨은 다음과 같이 말했다.

"무슨 소리야! 자네는 그것을 왜 실패라고 생각하나? 우리들은 실패한 것이 아니고 안 되는 재료가 무엇인가를 90가지나 알아낸 성공적인 실험이었다네"

이렇게 실패를 실패로 보지 않고 성공으로 보는 생각과 끈기로 그때 그가 실험하다가 버린 쓰레기 더미가 2층 높이를 이룰 정도였으며, 그것의 연구를 시작한지 13개월 째 되는 어느 날 2,399번의 실패를 거쳐 2,400번 만에 드디어 전류에 타지 않고 빛을 내는 필라멘트를 만드는 데 성공한 것이다. 그러니까 조수가 불평한 후로도 무려 2,310번이나 더 실패를 거듭한 것이었으니 참으로 초인간적인 집념과 노력이라고 아니할 수 없다.

그래서 그는 그것을 회상하면서

"누구에게나 2,400번의 기회는 있는 것이다."라는 말까지 하였다.

그 마지막 실험에 성공할 때 그는 고심을 하다가 탄소를 입힌 면 섬유로 실험을 했는데 그것이 될 듯 될 듯 하면서도 잘 되지 않았다.

그는 마지막 순간을 위해 이틀간 밤잠도 자지 않고 노력한 끝에 마침내 한 가닥의 탄소실을 진공 상태의 전구 속에 밀어 넣는 데에 성공한 것이며, 그 성공이 드디어 오늘날 밤이 없는 세상으로 바꿔놓은 것이다. 그래서 그가 죽었을 때, 미국 국민들은 그가 발명한 전등을 전국에서 일제히 1분 동안 켜서 그의 거룩한 생애를 추모했던 것이다.

그가 남긴 명언 가운데서 가장 많이 유행하는 것은

'시계를 보지마라'

'발명은 99%의 노력과 1%의 영감으로 이루어진다'

'성공이란 결과로 측정할 것이 아니라, 그것에 소비한 노력에 의해 측정되어야 한다'

등이며, 이러한 말이 명언으로 된 증거는 그가 84세로 세상을 마칠때까지 사이에 전등, 축음기, 영사기 등 정식 발명특허를 받은 것만도 무려 1,093가지나 된다는 사실이다. 그리고 "나는 1,093가지의 발명특허를 얻는 사이에 평균 한 종목에 10권씩의 대학노트를 사용했다."라고 말한 것으로 보아 발명을 하기 위해서는 기록하는 습관이 또한 얼마나 중요한 일인가를 알 수 있다.

에디슨이 어렸을 때, 닭이 달걀을 품어서 병아리를 까는 것을 보고 창고 안에서 하루 종일 달걀을 품고 있었던 일, 친구를 고무풍선처럼 공중에 띄워 보겠다고 가스를 먹였던 일, 초등학교에 처음 입학하였을 때 1 + 1 = 2 라고 가르치는 선생에게 왜 꼭 2만 되느냐고 이의를 제기 하는 등 엉뚱한 질문을 자주해서 결국은 3개월 만에 학교를 그만두고 어머니가 사 주신 과학책과 꾸며주신 실험실에서 어린이 과학발명가의 꿈이 자라기 시작한 일 등 그에게서 일어난 일화는 수없이 많다.

인류에게 끼친 업적으로 모아 제2밀레니엄(서기 1000~2000년)의 1000년 사이에 태어난 세계 인물 중에서 가장 위대한 사람으로 그가 뽑힌 것도 당연한 일이다.

※ 인생 70년 중 잠자는 시간 3분의 1을 빼면 46년이며, 날수로 겨우 16,700일이고, 시간 수로 40만 시간뿐이다.

92 : 정말 큰 사람

　　　　　　한 신사가 말을 타고 뚜벅뚜벅 가다가 여러 병사들이 제
목을 운반하는 작업광경을 보았다.

상사 한 명은 구령만 붙이지만 목재가 워낙 커서 좀체로 잘 움직이지 않
았다. 신사는 상사에게 물었다.

"자네는 왜 같이 일하지 않는가?" "저는 졸병이 아니고 명령을 내리는 상
사입니다."

상사는 주저없이 대답하였다.

그러자, 신사는 말에서 내려 웃옷을 벗어 놓고는 병사들 틈에 끼어서 같
이 나무를 운반하기 시작했다.

땀을 흘리면서 한참동안 작업을 하여 목재를 목적지까지 전부 운반하였
다.

신사는 이마의 땀을 씻으면서 말에 올라탔다. 그리고 상사를 내려다보고
"앞으로 목재를 운반할 일이 또 있거든 총사령관을 부르게."

이렇게 말하고 유유히 그 자리에서 떠났다. 상사와 병사들은 그제서야 그
신사가 조지 워싱턴 장군임을 알았다.

많은 것을 가졌고 지위가 높아도 몸소 낮추어 남을 돕는 겸손한 사람, 그
사람이 정말 큰 사람이 아닐까?

93 : 불목하니 스승의 예언

"아무리 초라하게 보이는 사람이라도 결코 업신여기지
마라"

이것은 용주사에서 글을 배우던 이식 선생에게 유념스님이 노환으로 돌
아가시면서 남긴 마지막 유언이었다.

이식 선생이 유념 스승을 잃고 슬픔에 젖어 있던 어느 날이었다.

"네가 아직 깨닫는 바가 적은 모양이니 참으로 가련하구나."

라는 소리가 어디선가 들려왔다. 이식 선생은 깜짝 놀라 문틈으로 내다보
니 절에서 밥이나 짓고 땔나무나 해오는 불목하니였다. 그 순간 이식 선
생은 유념스님이 주신 마지막 말씀이 머리에 떠올랐다.

'그렇구나! 유념스님이 내게 주신 유언이 바로 이것이었구나.'

항상 초라하게만 보였던 불목하니를 그날부터 스승하고 삼고 열심히 공
부하기로 결심했다. 불목하니 노스승도 이식 선생의 간청을 받아들여 성
심으로 글을 가르쳐 주었기 때문에 몇 년 후에 이식 선생은 과거에 급제
할 수가 있었다.

그 때 노스승은 이식 선생에게

"앞으로 3년 후에 난리가 날 것이니 자네는 가족을 데리고 영천으로 가
게. 그리고 우리는 아무 날 아무 시에 묘향산에서 만날 수 있을 것이네"

이렇게 한 마디 남기고 어디론가 떠나가셨다.

그런데 정말 그 예언이 맞아 3년 후에 병자호란이 일어나자 이 말을 들은

인조대왕은 그 훌륭한 노스승을 찾을 것을 명령하였다.

그 때 벼슬이 이조판서에 오른 이식 선생은 묘향산에서 만나자는 그 날의 약속을 믿고 그 고을 원님이 보내 준 가마를 타고 갔다.

그러나 약속 장소에 노스승이 안보이자 돌아가신 줄로만 알고 있었는데 문득 자기 가마를 메고 있는 사람들 중의 노인 한 사람이 바로 그 노스승인 것을 발견하고 이판서는 급히 가마에서 내려 땅에 엎드리면서 머리를 조아리며 사과하였다. 그러나 노스승은

"내가 그대의 가마를 메게 된 것도 다 전생의 인연이니 결코 황송하게 여기지 말게나."

이렇게 한 마디 남기고는 어디론가 또 떠나가고 말았다.

■불법(佛法)에 출가하는 자는 네 가지에 의지하고 구족계(具足戒 = 불교에서 비구와 비구니가 지켜야 할 계율)를 받음으로써 비구가 되는데, 그 네 가지란

　① 누더기를 입고,

　② 걸식으로 살아가고,

　③ 나무 밑에서 거처하며,

　④ 남이 버린 것을 얻어 약으로 쓰는 것이다.

※ 아침에 도(道)를 얻으면 저녁에 죽어도 좋다. ―논어

※ 불복하니: 절에서 밥을 짓고 물을긷는 일을 맡아서 하는 사람.

94 ▍훌륭한 군신

　　암행어사 이관명은 숙종왕의 명을 받고 영남지방을 시
찰하고 돌아왔다.

"영남지방에는 민폐가 없던가?"

하고 왕은 물었다.

"통영이라는 고을에 섬 하나가 있는데 대궐의 어느 후궁의 땅으로 되어
있습니다. 아뢰옵기 황송하오나 그 후궁의 수탈이 너무 심하여 그 섬에서
사는 백성은 모두 굶주림에 시달리고 있습니다."

하고 이관명은 솔직하게 임금에게 고하고 또 이어서

"아뢰옵기 황송하오나 상감마마의 후궁이 섬을 가지고 있는 것은 옳지 못
한 일이라고 사료되옵니다."

이렇게 두려움 없이 아뢰었다.

여러 신하들 앞에서 크게 창피를 당한 숙종은 화가 머리끝까지 치밀어 언
성을 높여 가지고

"내가 일국의 임금으로서 조그마한 섬 하나를 후궁에게 준 것이 그토록
잘못이란 말이냐?"

하며 책상을 내리쳤다.

그러나 이관명은 조금도 당황하지 않고 더욱 정중하게 말했다.

"상감마마께서 그렇게 저의 바른 말을 탓하시면 소신은 벼슬을 버리고 물
러 가겠습니다."

하고 당당히 자기 뜻을 고하였다. 그랬더니 왕은 고개를 돌리면서

"그만 둘 테면 그만 두어라. 네 마음대로 해라."

하였다.

이관명은 허리를 굽혀 임금에게 하직 인사를 하고 나갔다.

그런데 왕은 뜻밖에도 그 자리에서 승지에게 명하여

"이관명에게 홍문제학을 제수한다"

하는 것이었다. 호통을 쳐 내보낸 이관명에게 오히려 벼슬을 높여 조정에게 문서관리를 하면서 임금의 자문에 응하는 벼슬을 주라하니 신하들은 모두 놀라지 않을 수 없었다. 그런데 왕은 곧 이어서 또 다시

"홍문제학 이관명에게 호조판서를 제수한다"

하며 인구와 식량 등을 관할하는 지금의 농림부장관에 속하는 높은 벼슬을 다시 주었다.

임금의 잘못을 솔직히 간하는 신하에게 벌을 주기는커녕 오히려 승진시키는 숙종 임금의 훌륭함에 신하들은 모두 감탄하였다.

훌륭한 신하에 훌륭한 임금…… 그 신하에 어울리는 그 임금이었다.

※ 현명한 임금 밑에서는 간신도 충신으로 변하지만, 어리석은 임금 밑에서는 충신도 간신으로 변한다.

흔히 예수와 석가모니, 소크라테스와 함께 공자는 세계 4대성인 중의 한 분으로 손꼽히고 있으며, 그 공자(孔子)에게 가르침을 받은 제자의 수는 무려 3000명이 넘었다고 한다.

어느 날 그 제자 중의 한 사람인 자하(子夏)가 공자에게 물었다.

"선생님의 제자 중에서 선생님이 항상 칭찬하시는 안회(顏回)는 어떤 사람입니까?"

공자는 서슴없이 대답했다.

"안회의 인덕은 나보다도 낫지."

"그러면, 자공(子貢)은 사람됨이 어떠하옵니까?"

"자공의 언변은 나보다 뛰어나지."

"그렇다면 자로(子路)는 어떠합니까?"

"자로의 용기는 내가 감히 따를 수 없지."

"자장의 사람됨은 어떻습니까?"

"자장의 점잖음도 나보다 뛰어나지."

공자는 이렇게 자하가 묻는 제자마다 자기보다 낫다고 칭찬을 했다.

그래서 자하는 이렇게 또 물었다.

"그렇다면 선생님, 그들이 선생님을 스승으로 모시는 까닭은 무엇입니까?"

그랬더니 공자는 이렇게 말했다.

"안회는 인덕은 있으나 정도(正道)에 맞는 처리 방도인 권도(權道)를 쓸 줄 모르고, 자공은 언변은 좋으나 침묵이 달변보다 효과가 있다는 것을 모르고, 자로는 남보다 용기는 있으나 참을 때를 알지 못하고, 자장은 점잖긴 하지만 점잖지 못한 사람들과 어울리지 못하는 까닭을 배워야 하네. 그런 이유가 있어서 그들이 나를 스승으로 삼고 있다네."

이 말씀을 듣고 자하는 다시 한 번 공자가 천하에 다시없는 성인(聖人)이신 것을 느꼈으며, 그분의 제자임을 자랑으로 여겨 열심히 그 같은 덕망을 배우려고 노력한 결과 자하도 공자의 10대 제자로 이름이 오를 만큼 훌륭한 제자가 되어 공자의 가르침을 후세에 전하는 데에 큰 공을 세웠다.

———

※ 푸른 색은 쪽에서 나왔지만 쪽보다도 더 푸르고, 얼음은 물로 만들었지만 물보다 더 차다.

96 : 원효대사의 해탈

　　　　　　　신라의 유명한 두 스님인 원효대사와 의상대사는 당나라로 불도의 진리를 더욱 깊이 깨우치기 위해서 유학의 길을 떠났다,

가는 도중 다항성이란 곳에 이르렀을 때 해가 저물고 갑자기 소나기가 쏟아졌다.

두 스님은 우선 비를 피하기 위해 움막으로 보이는 곳에 가서 처마 밑에 서 있었다. 그런데 비는 그치지 않고 계속 내리자 할 수 없이 캄캄한 그 움막 속으로 기어 들어갔다.

그 움막은 사람이 살지 않는 빈 곳이었으며, 거미줄이 얼굴에 수없이 걸리는 누추하고 으슥한 곳이었다.

불을 밝힐 수도 없어서 손으로 더듬어 가며 방인 듯한 곳을 찾았다.

"여기가 방으로 쓰던 곳인 듯 하니 아무데나 누워서 잠이나 자세"

"그렇게 하지, 이것도 불도를 닦는 길의 하나가 아니겠는가?"

하며 두 스님은 축축한 땅바닥에 그대로 누웠다. 배도 고프지만 워낙 몸이 지친 까닭으로 두 사람은 금방 깊은 잠에 빠져들어 버렸다.

얼마나 시간이 지났을까, 원효대사는 목이 몹시 말라 잠결에 팔을 뻗어 보았더니 머리맡에 있는 물그릇이 손에 잡혔다. 얼른 일어나 앉아 그것을 들고 맛있게 다 마시고는 또 쓰러져 잠을 잤다.

아침이 되자 먼저 잠에서 깬 의상대사는 원효대사를 흔들어 깨웠다. 깜짝 놀라 눈을 떠보니 비는 그치고 날이 환히 밝아졌는데 주위를 자세히 살펴

보니 그곳은 움막이 아니고 오래된 무덤 속이었다.

더구나 원효대사가 잠결에 그토록 맛있게 마신 물은 사람의 해골에 고여 있던 빗물이 아닌가? 그것을 본 순간 원효대사는 와락 구역질이 나 금방 토할 것만 같았다.

그러나 그 찰나 원효대사의 머리에 번개같이 스치고 지나가는 진리 한 가지를 깨달았다.

그리고 그는 의상에게 말했다.

"바로 이것이네. 해골에 담긴 빗물도 맛있게 마시는 것과 같이 이 세상의 모든 것은 오직 마음가짐 하나에 달려 있네(일체유심조 = 一切唯心造). 이 진리 밖에 또 무슨 진리가 있겠는가? 나는 이미 여기에서 진리를 깨달았으니 본국으로 돌아가겠네."

하며 유학의 길을 포기하고 거기서 의상대사와 헤어져 경주로 돌아왔다.

그리하여 원효는 신라에서 가장 훌륭한 스님이 되어 불교 전파에 많은 공을 세웠다.

※ 도(道)는 사람을 멀리하지 않는다. 다만 사람이 진리를 멀리 하려 한다. 산은 속(俗)을 떠나지 않는다. 다만 속이 산을 떠나려고 한다. ─최치원

97 : 옷으로 인격 평가?

　　　　　어느 마을에 부자가 살고 있었다. 그는 돈이 많을 뿐만 아니라, 자기가 그 마을에서 가장 인격이 높은 사람이라고 자랑하고 있었다. 그래서 그는 인근 마을의 유지나 학식이 높은 사람을 불러 음식을 대접하면서 대화하기를 좋아했다.

이 소문을 들은 어느 절의 덕망이 높은 스님이

"정말 그 사람이 인격이 높은 사람인지 내가 한 번 상대해 보자."

하며 일부러 누추한 옷을 입고 그 집을 찾아 갔다.

그 날은 마침 그 부자의 생일이어서 많은 손님들이 와 있었다.

스님은 대문을 지키는 하인에게 주인을 만나러 왔다고 했다. 하인은 안으로 들어가 주인에게

"웬 거지같은 옷차림의 스님 한 분이 찾아와서 주인님을 꼭 만나 뵙겠다고 합니다."

하자 주인은 얼굴을 찡그리며

"오늘같이 경사스러운 날에 거지가 오다니 얼른 쫓아보내라."

고 했다. 이렇게 대문 밖에서 쫓겨난 스님은 빠른 걸음으로 다시 절에 와서 깨끗한 옷과 가사와 장삼으로 갈아입고 다시 부자 집으로 갔다.

그런데 그때는 부자가 버선발로 뛰어오면서

"아이고 이렇게 저희 집까지 고매하신 스님께서 와 주시다니 몸 둘 바를 모르겠습니다."

하면서 스님을 상석에 모시고 좋은 음식을 대접하는 것이었다.

그런데, 웬일인지 스님은 음식을 하나도 입에 대지 않고 새로 갈아 입은 깨끗한 장삼옷 소매 안에 열심히 집어 넣고 있는 것이 아닌가? 주인은 깜짝 놀라면서

"아니 스님, 왜 음식을 드시지 않고, 옷 속에 넣으시는지요?"

하고 물었다. 스님은 음식을 계속 옷 속에 넣으면서 태연히 말했다.

"당신이 모시는 손님은 내가 아니라 이 깨끗한 옷이니까 옷에다가 음식을 먹여야 하지 않겠소?"

"아니, 스님 그게 무슨 말씀입니까?"

"아까 내가 남루한 옷을 입고 왔을 때는 문전에서 쫓아내더니 이렇게 깨끗한 옷을 갈아 입고 오니까 이토록 후하게 대접하는 것으로 보아 당신이 찾고 있다는 인격자란 옷으로 평가하는 것이었구먼."

이렇게 한 마디 남기고 나왔다.

주인은 그때서야 비로소 자기 잘못을 크게 뉘우쳤다.

※ 만상은 불여 심상(萬象은 不如心相) 외모가 아무리 잘 나도 마음 바른 것만 못하다.

"야, 영실이가 마루 밑에서 도둑글 배웠다. 기생아들 상놈이 글공부는 해서 뭘 해."

조선시대 초기에 한 고을 현감의 수발을 들어주는 기생(관기)의 아들로 태어난 장영실은 남달리 머리가 총명했지만 기생의 아들이라는 낮은 신분 때문에 서당에서 훈장의 가르침을 받으면서 글공부를 할 수 없었다.

그래서 서당의 마루 밑에 숨어 안에서 흘러나오는 훈장의 가르침을 들으며 천자문을 마음속으로 배우다가 서당 아이들한테 발각되어 이렇게 놀림을 받으며 온몸에 피투성이가 되도록 얻어맞았다.

"네가 어미를 잘못 만나서 너의 뛰어난 머리를 썩히는구나."

어머니는 매를 맞은 아들을 끌어안고 눈물을 흘리며 위로해 주셨다.

"어머니, 걱정하지 마세요, 저는 어떻게 해서든지 저 아이들보다 훌륭한 사람이 될거예요."

이렇게 오히려 어머니를 위로해 드렸다.

10살이 되자 장영실은 그 당시의 법에 따라 동래현 관가의 노비로 끌려갔다. 거기서 늙은 관노들의 잔심부름을 하면서 틈만 있으면 관가에서 버리는 폐품으로 여러 가지 재미있는 장난감을 만들었다.

어느 날 현감부인이 아끼는 장롱 자물쇠가 고장난 것을 아무도 못 고치는

데 영실이가 현감 앞에서 금방 고쳐 큰 상을 받았다.

15살 때 경상도 지방에는 큰 가뭄이 왔다. 이 때 영실이가 좋은 의견을 내어 백성들이 밤을 새워가며 만든 나무홈통으로 금정산 골짜기에 있는 물을 끌어왔기 때문에 가뭄을 면해 농사를 잘 지을 수가 있었다. 이것은 세계 최초의 나무홈통이었다.

그 소문이 마침내 한양의 대궐에까지 알려져 과학 발명에 특히 관심이 컸던 세종대왕은 영실을 대궐로 불러와 노예 신분을 면해주고 천체를 관측하고 농사에 필요한 기구들을 만들도록 했다.

영실은 어머니도 서울로 모시고 왔으며, 열심히 연구를 한 결과 드디어 세계 최초의 '간의' 와 '혼천의' 라는 천문시계를 발명하였고, 이어서 '자격루' 라는 물시계와 '앙부일귀' 라는 해시계도 발명하였다.

어느 날, 소나기가 쏟아질 때 부인이 물동이로 빗물을 받는 것을 보고 연구하여 다음 해 5월 19일에 측우기를 발명했는데 이 측우기는 이탈리아의 '가스텔리라' 가 발명한 측우기 보다 무려 197년이나 앞선 발명이었다.

그것을 본 세종대왕은 그날 영실에게 '정3품 무관 호상군' 이라는 벼슬까지 주면서 크게 칭찬하였다.

우리는 지금 이 날을 '발명의 날' 로 정하고 있다.

서당 마루 밑에서 도둑공부를 하던 장영실은 한국의 '에디슨' 이었다.

99 : 처칠과 플레밍의 인연

"사람 살려! 사람 살려!"

무더운 여름 날 영국의 어느 시골 호수에서 수영을 하고 있던 소년이 소리쳤다. 근처의 밭에서 일을 하던 시골 소년이 그 비명을 듣고 뛰어와 옷 입은 채로 물에 뛰어들어가 익사직전의 소년을 구해냈다.

물에 빠졌던 소년은 런던에서 온 처칠이었고, 그를 구해 준 시골 소년은 플레밍이었다.

두 소년은 그날부터 친한 친구가 되었으며, 그 후 서로 편지를 주고 받으며, 자기의 장래 희망도 말하여 알게 되었다.

"나는 훌륭한 정치가가 되고 싶다."

"나는 의사가 되고 싶지만 집이 가난해서 의학공부를 못한다."

도시에서 부자로 사는 처칠은 플레밍의 희망과 딱한 사정을 아버지께 이야기하여 자기 생명을 구해준 은인이기도 한 플레밍의 의과대학 학비를 끝까지 대주기로 했다.

이렇게 해서 대학까지 다니게 된 두 소년은 서로 경쟁이라도 하듯이 열심히 공부하여 처칠은 마침내 영국 역사상 가장 위대한 수상이 되었고, 플레밍은 의과대학을 마친 뒤에 계속해서 의약품 발명에 몰두하고 있었다.

그런데 이때 세계 2차 대전이 일어나 독일의 침략을 받은 영국의 운명은 바람 앞의 등잔불같이 위급하게 되었고, 게다가 그 전쟁을 총 지휘하던 처칠이 폐렴에 걸려 생명이 아주 위독하게 되었다.

영국 국민은 물론이고 온 세계 사람들이 모두 걱정만 하고 있는데, 바로 그때 놀랍게도 '페니실린' 이라는 약품으로 치료를 받은 결과 처칠은 병이 깨끗이 나아 마침내 전쟁을 연합국의 승리로 끝냈다.

"그 페니실린이라는 약이 도대체 어떤 약인데……?"

하면서 모두 놀라고 궁금해 하였다. 더구나 그 약은 구저분한 푸른곰팡이로 만든 약이라고 해서 사람들은 더욱 놀라지 않을 수 없었던 것이다.

그런데 이 페니실린은 처칠의 도움으로 의학공부를 하였던 바로 플레밍이 발명한 약이었다.

어느 날 그가 연구실에서 세균검사를 하던 중 실수하여 뚜껑을 덮지 않은 접지에 파란곰팡이가 생긴 것을 치우다가 문득 거기에 있던 세균이 깨끗하게 없어지는 것을 발견하고 깜짝놀란 플레밍은

'혹시 이 푸른곰팡이에게 강력한 살균력이 있는 것이 아닌가?'

라는 생각이 들어 연구와 실험을 거듭한 결과 마침내 새롭게 발명한 약이었다.

이렇게 해서 플레밍은 자기의 의학공부 학비를 대어 준 처칠의 생명을 두 번이나 구해 준 은인이 된 것이다.

투우로 유명한 스페인 나라의 투우경기장 입구에는 왜 플레밍의 동상이 세워졌을까?

소에게 받혀 부상을 당하는 수많은 투우사들마다 그가 발명한 페니실린 덕분으로 치료가 되어 생명을 구해주기 때문이다.

100 : 이상재 선생의 기개

월남 이상재 선생은 독립운동을 하다가 일본 경찰이나 검사의 감시와 심문을 받기도 하고 감옥에 갇히기도 하였다. 통감부 시대에 어느 좌석에서 매국노 이완용과 송병준 등이 함께 있는 것을 보고 이상재 선생은 비위가 뒤틀려 두 매국노에게 쏘아붙였다.

"대감들도 어서 동경으로 이사 가시오."

이 말에 이완용과 송병준은 무슨 뜻인지를 몰라서

"영감, 갑자기 그게 무슨 말씀이오."

하고 반문하니까 이상재 선생은

"대감들은 나라망치는 데에 천재가 아니오? 그러니까 대감들이 동경으로 가면 일본도 망할 게 아니겠소."

이렇게 날카롭게 소리치자 두 사람은 아무말도 못하고 머리 숙였다.

선생이 기독교계를 대표하여 일본 동경에 갔을 때, 병기창을 시찰하였다. 그 날 저녁에 환영회 석상에서 그는 이렇게 말했다.

"오늘 동양에서 제일 크다는 병기창을 보았더니, 무수한 대포며 갖가지 총기가 있어 과연 일본이 세계의 강국임을 알았소. 다만 성서에 이르기를 '칼로 일어선 자는 칼로써 망한다' 하였으니 그것이 걱정이오."

이상재 선생의 이 말은 적중하여 1945년 8월 15일 일본은 마침내 패전하고 연합국에 대해 무조건 항복을 하였다.

101 : 나누는 지혜

　　　　늙은 아버지가 세 아들에게 낙타를 유산으로 나누어 주려고 했다. 낙타는 모두 17마리인데, 그 나라 습관에 따라 큰 아들에게는 1/2을, 둘째 아들에게는 1/3을, 셋째 아들에게는 1/9씩으로 분배하되 한 마리의 낙타도 죽이지 말고 나누라고 유언을 했다.

그러나 17마리의 낙타를 가지고 어떻게 1/2, 1/3, 1/9로 나눌 수가 있을까? 어려운 문제였다.

아들들은 고심 끝에 랍비에게 가서 사정을 말했다.

랍비는 자기의 낙타 한 마리를 주면서 말했다.

"내가 낙타 한 마리를 빌려 줄터이니 이것과 합쳐서 분배하고 내 낙타는 도로 가져오게."

형제들은 다음 같이 분배하였다.

17+1=18　　18 X 1/2 = 9마리 …… 큰 아들 몫

　　　　　　18 X 1/3 = 6마리 …… 둘째 아들 몫

　　　　　　18 X 1/9 = 2마리 …… 셋째 아들 몫

9+6+2=17, 18− 17 = 1마리 …… 랍비에게 도로 갖다 줄 낙타.

이렇게 해결이 되었다. 그러면서도 큰 아들은 9 − (17× 1/2) = 0.5 …0.5 마리 더 가졌고, 둘째는 6 − (17× 1/3) = 0.34 … 약 0.3마리 더 가졌고, 셋째는 2 − (17 × 1/9) = 0.11 … 약 0.1마리 더 갖는 등 삼형제가 모두 조금씩 더 갖은 셈이 되었다.

102 : 조셉 소년의 발명

"철조망 따위가 무슨 발명품인가?"

흔히 사람들은 철조망을 보고 이렇게 비아냥거렸지만 철조망도 분명한 발명품이다. 게다가 그것이 13세의 소년목동을 그 당시 세계적인 부자로 만들었다면 누구나 놀라지 않을 수 없게 된다.

"양들아, 나 한 숨 자겠으니 울타리 넘어가지 말고 놀아라."

소년목동 조셉은 양들을 지켜보다가 나무 그늘에 누워 소록소록 잠이 들었다.

이때 갑자기 고함소리가 들려 깜짝놀라 깨어 보니, 목장 주인이 성난 얼굴로 다가오고 있었다.

"야 이놈아, 너 양은 안 보고 졸고만 있으니까 양들이 울타리를 넘어가 남의 농장을 망쳐놓아 저렇게 욕을 하지 않니?"

"주인님, 죄송합니다."

조셉은 머리숙여 사과하고 양들이 넘어간 울타리 쪽으로 가 보았다. 울타리라는 것은 고작해서 드문드문 박아놓은 말뚝에다 가로막대 몇 개씩을 못 박아 놓은 것 뿐이다. 그러니까 그 너머 농장의 풀을 뜯어 먹으려고 양들이 자주 넘어가는 것이었다.

그런데 이때 울타리를 점검하던 조셉 소년은 아주 놀라운 사실을 하나 발견했다. 울타리 사이사이에 심어놓은 덩굴장미 근처에는 이상하게도 양들의 발자국이 하나도 없는 것이 아닌가!

"그렇구나, 양들도 가시 돋친 장미 덩굴이 몸에 찔리니까 그것을 피하는가 보다. 그렇다면 인조장미덩굴을 만들어 울타리 같이 쳐놓으면 되지 않을까?

이렇게 생각한 그는 대장간을 경영하는 아버지의 도움을 받아 장미가 없는 곳에 길다란 철사를 쳐놓고 가시처럼 만든 철사 토막을 군데군데 펜치로 감아 놓았다. 이것이 세계 최초의 철조망이다.

예상한 대로 양들은 한 마리도 그 근처에 접근하지 못하고 있었다.

이 소문이 퍼지자 다른 목장에서도 그것을 만들어 달라고 주문이 들어왔고, 조셉은 주인의 도움을 받아 그것의 특허를 내는 한편 철조망을 만드는 공장을 세웠다.

이렇게 발명된 철조망은 각 목장에서는 물론이고 각 주택마다 도둑을 막기위해 담장 위에 철조망을 치기도 하여 주문이 엄청나게 많이 들어왔다.

게다가 그때 마침 제1차 세계 대전이 일어나 전쟁터에서 쓰기위한 철조망 주문이 각국에서 쇄도해 왔기 때문에 13세의 소년 조셉은 일약 세계적인 철조망회사 사장이 된 것이다.

(103) : 실망 끝에 청바지

오늘날 전 세계 젊은이들과 노동자들이 즐겨입는 청바지는 실망 끝에 탄생된 세계적인 상품으로 손꼽히고 있다.

이 청바지의 발명가는 천막천을 생산하던 스트라우스라는 미국사람. 이 이야기의 무대는 샌프란시스코였다.

1930년경 이곳 금광에서는 많은 황금이 나왔었다. 이 황금을 캐려고 모여드는 사람들로 갑자기 도시가 생기고, 그 사람들이 먹고 자는 천막집이 수업이 늘어나 산 기슭은 어느새 커다란 천막촌으로 변해갔다.

그 덕분에 천막천의 생산업자 스트라우스는 돈을 많이 벌었다.

그런데 어느 날, 그에게 군납 알선업자가 찾아와 군대에서 사용할 대형천막 10만개 분의 천막천을 납품하게 해 주겠다는 제의를 해왔다.

스트라우스는 곧 천막천의 대량생산에 들어갔다. 자금이 모자라 많은 빚을 내어 공장과 직공을 늘려 밤낮으로 생산한 결과, 3개월 만에 약속받은 전량을 생산해서 천막천이 산더미같이 쌓였다.

그런데 이때 문제가 생겼다. 군납의 길이 갑자기 막혀버린 것이다. 참으로 큰일이었다. 시간이 흐르자 빚 독촉도 심해지고, 직공들도 월급을 안 준다고 야단법석이었다.

헐값에라도 팔아서 밀린 빚과 직공들의 월급만이라도 해결하려고 했으나 그 엄청난 양의 천막천을 사가는 사람이 아무도 없었다.

스트라우스는 너무나 실망하여 자살이라도 하도 싶었지만 참고 있던 어느 날, 홧김에 술이나 실컷 마시겠다고 주점에 들어갔다.

주점에서 스트라우스는 놀라운 풍경을 하나 목격했다. 그곳에는 수많은 광부들이 앉아 해진 바지를 꿰매고 있었다.

"쯧쯧…… 엊그제 사서 입은 바지인데, 천이 금방 다 닳아버렸구먼. 좀 더 튼튼한 작업복 바지는 없나?"

"글쎄말야, 가죽처럼 튼튼한 천으로 만들면 좋을텐데……"

하고 광부들은 제각기 한 마디씩 투덜댔다. 이때 스트라우스 머리에 번개같이 떠오른 생각!

"그렇다. 우리 천막천은 가죽처럼 질겨서 그것으로 바지를 만들면 좀처럼 닳지 않을 것이다."

이 아이디어가 사경에 빠져있던 그를 살려낼 줄이야!.

그는 즉시 양복점을 찾아서 재봉사와 의논하여 천막천으로 바지를 만들기 시작했다.

며칠 후 그 천막천으로 만든 바지에 청색 물감을 늘인 청바지가 시장에 나오자 그것이 여러 사람들의 호응을 받아 날개돋친 듯이 팔리기 시작했고, 곧 전세계로 팔려나가게 된 것이다.

104 : 고통을 이겨낸 소리

1) 로키산맥의 해발 12,000피트 고지를 '수목 한계선'이라고 한다. 그 이상 더 올라가면 워낙 춥고 매서운 바람 때문에 어떤 수목이라도 자랄 수가 없기 때문이며, 그 곳에는 '무릎 꿇은 나무'만이 겨우 자라고 있다.

주야로 불어닥치는 찬바람 때문에 나무마다 키가 자라지 못하며, 바람을 등지고 무릎을 꿇고 앉은 자세로 살고 있기 때문에 붙은 이름이다.

그런데 신기하게도 이 '무릎 꿇은 나무'가 세계에서 가장 공명(共鳴)이 잘 되는 바이올린을 만드는 재료가 된다는 것이다.

혹독한 추위와 강풍의 고통을 이겨가면서 자란 나무였기에 그렇게 공명이 잘 되고 좋은 소리를 낸다는 것이니 이는 어쩌면 당연한 일인지도 모른다.

2) 우리 나라 피리 종류의 하나인 대금은 우리 고유의 음악을 연주하는 데에서 빠져서는 안 될 중요한 전통 악기이며, 이 악기의 특징은 높은 음은 청아하게, 낮은 음은 우아하게 내기 때문에 독주와 합주에 두루 쓰이고 있다.

그런데 그 대금을 만드는 재료는 물론 대나무다. 그러나 그 대나무는 보통의 대나무가 아닌 '쌍골죽'이라고 하는 살이 대단히 두껍고 단단한 대나무이며, 그것이라야 공명(共鳴)이 크고 음색이 아름다운 좋은 소리가 난다는 것이다.

그러나 이 쌍골죽 역시 아무데서나 쉽게 쑥쑥 잘 자라는 대나무가 아니고, 병이 들어 골골하면서 힘들게 자라며 많은 고통과 아픔을 이겨낸 대나무라고 한다. 그 대나무가 자랄 때 아픔을 겪던 순간마다 새겨진 나뭇결에서 그와 같은 아름다운 소리가 빚어지는 것이다.

3) '서편제' 는 세계 영화제에서 여자 주연상과 작품상을 받은 자랑스러운 한국영화다. 여기에는 여자 주인공이 말할 수 없는 고통과 슬픔을 겪는 장면이 많이 나오는데, 판소리를 하는 목소리는 인간으로서는 도저히 참기 어려운 역경과 고난을 다 겪지 않고서는 나올 수가 없다고 하여 그의 스승은 제자에게 폭포소리와 맞싸워 목구멍에서 피가 나오도록 소리를 지르게 하는 등 가냘픈 여자를 너무도 매정스럽고 혹독하게 훈련시킨다. 그뿐 아니라, 심지어 판소리의 진가를 나타내는 목소리는 심신의 고통이 쌓이고 쌓여 한이 맺혀야 한다면서 두 눈이 멀쩡한 제자에게 몰래 약을 먹여 일부러 눈을 멀게 하기까지 한다. 눈이 멀쩡하던 사람이 앞을 못보게 됐을 때에 가슴에서 터져나오는 그 한맺힌 소리, 고통 속에서 터져나오는 응어리 진 목소리라야 듣는 사람의 심금을 울려 주는 아름다운 소리라는 것이다.

모두가 고통을 이겨낸 아름다운 소리인 것이다.

105 ┇ 돕는 것이 사는 길

몹시 추운 어느 겨울 날이었다. 두 젊은이는 눈 쌓인 먼 길을 걸어 가다가 눈 위에 쓰러져 있는 사람을 발견했다.

"아니, 저기 사람이 쓰러져 있네. 그대로 두면 얼어 죽고 말텐데……"

갑이라는 사람은 쓰러져 있는 사람 옆으로 다가가 숨결이 아직 있는가를 살펴보았다.

그러나 을이라는 젊은이는 먼발치에 그대로 서서

"아, 그 사람이 살아 있으면 어쩌자는 거야?"

하고 못마땅한 듯이 소리질렀다.

"이 사람이 아직 살아 있구먼, 우리 둘이서 번갈아가며 업고 가야 하지 않겠나?"

"뭐라구? 우리 빈 몸도 눈길을 걸어가기가 힘드는데, 죽어가는 사람을 업고 가자구? 나는 못하겠네"

하면서 을은 자기 혼자 터벅터벅 걸어 갔다.

그러나 갑은 쓰러진 사람을 혼자 일으켜 업고 천천히 걷기 시작했다. 발이 무릎까지 빠지는 눈길을 어린이도 아닌 어른 한 사람을 업고 걷는 일은 정말 힘드는 일이었다.

갑이라는 젊은이는 숨이 차 헐떡거리고 발은 부들부들 떨렸지만 참고 또 참으며 가다가는 쉬고 또 가다가는 쉬면서 몇시간을 걸어갔다.

그런데 얼마를 가다보니 또 한 사람이 눈 위에 쓰러져 있지 않은가? 먼발치에서 보니 옷차림이 을과 같아서 갑은 깜짝놀라 가까이 가 보니 정말 그는 아까 먼저 혼자 가버린 을이 추위를 못이겨 눈위에 쓰러진 채 이미 얼어 죽어 있었다.

"저런! 이 사람, 혼자 가겠다고 먼저 가더니 여기까지 와서 기어이 죽고 말았네. 이걸 어쩌지?"

그러나 갑은 혼자서 어떻게 할 방법이 없었다. 무엇보다도 자기가 지금 업고 있는 산 사람을 살리는 것이 더 중요하다고 생각되어 을의 시체를 그대로 놓아둔 채 또다시 걷기 시작했다.

갑은 어른 한 사람을 업고 걷기에 몹시 힘은 들었지만, 그 덕분에 온 몸에 땀이 날뿐 아니라 등에 업힌 사람과 체온을 주고 받아 추위를 잊은 채 무사히 마을까지 도착할 수 있었다. 그러니 오히려 다행한 일이었다.

결국, 남의 목숨을 구해주려고 도와준 것이 오히려 내 목숨도 구하는 길이 되었던 것이다.

※ 너의 모든 행동을 너의 인생(人生)의 최후의 행동인 것처럼 하라. ─말쿠스 아우렐리우스

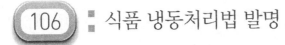

106 : 식품 냉동처리법 발명

바즈아이라는 미국인 모피 장수는 매년 겨울이 다가오면 품질이 좋은 모피를 많이 구하기 위해 미국 북쪽이나 캐나다로 간다. 그는 거기에서 장사 일을 하면서 틈틈이 호수에 나가 얼음을 깨고 낚시질하는 것이 취미였다.

얼음 구멍으로 낚아올린 싱싱한 물고기 얼음판 위에 놓으면 날씨가 워낙 추워서 금방 얼어 뻣뻣한 냉동어가 된다.

어느 날 그는 그렇게 냉동어가 된 물고기를 그물망에 넣어 숙소로 돌아와 처마 끝 눈 위에 올려놓아둔 채 까맣게 잊고 있었다.

모피를 사려고 먼 지방까지 며칠 동안 여행을 하고 돌아와 보니 며칠 전에 잡은 물고기가 처마 끝 위에 그대로 얹혀 있었다.

그렇지만 그는

"이거 워낙 여러 날 지났으니까 모두 상했을 거야."

생각하면서 혹시나 하고 물고기를 따뜻한 물에 녹여 요리를 해서 먹어 보았다. 그런데 놀랍게도 그 물고기의 맛은 전혀 변함없이 지금 막 잡은 생선과 똑같은 신선미가 있고 맛이 좋았다.

이때 그는

'옳지! 식품이 싱싱할 때 냉동해 두면 여러 날 지나도 신선도나 맛을 그대로 보존할 수 있다'

라는 확신이 번개같이 머리에 떠올랐다. 바로 이러한 순간적인 발상이 그의 운명을 크게 바꾸어 줄 줄은 그도 미처 몰랐다.

그는 즉시 뉴욕에 돌아와 특허청을 찾아갔다.

'식품 냉동처리방법'이라는 특허신청을 냈는데, 이것이 그 당시에 세계 최대의 식품회사로 알려진 제네럴프즈회사에서 채택이 되어 무려 780억 원의 엄청난 로열티(공업 소유권의 사용료)가 그의 앞으로 굴러오는 행운을 가졌다.

그때부터 식품 냉동처리방법을 위한 냉장고가 발명되어 각 가정이나 음식점마다 사람들은 싱싱한 음식물을 오랫동안 갈무리해 둘 수 있게 되었다,

모피장수에 지나지 않던 한 사람의 순간적인 아이디어가 지금 전인류에게 크나큰 혜택을 주고 있는 것이다.

※ 100톤의 탁상 이론 보다는 1그램의 실제 경험이 낫다.

107 : 불타는 오두막

　　　　　　독일 나라 서북쪽 바닷가 언덕위에 있는 오두막에는 혼
자 병이 들어 오랫동안 누워있는 할머니가 계셨다.

어느 겨울 날 바닷가 얼음판 위에서는 화려한 겨울축제가 벌어져 마을 사
람들은 모두 나와 음식을 먹고 마시며 음악에 맞춰 춤을 추고 있었다.

언덕 위 오두막의 할머니는 침대에 누운 채 부러운 듯이 그 광경을 창밖
으로 내려다보고 있었다. 그러다가 문득 바다 저쪽 하늘을 바라보고 할머
니는 깜짝놀랬다.

저 멀리 수평선에서 한 점의 시커먼 구름이 나타나 점점 커지면서 이 쪽
으로 다가오고 있지 않은가!

바다의 날씨 변화를 누구보다도 잘 아는 할머니는 남편이 폭풍우 때문에
돌아가신 쓰라린 기억이 되살아나 긴장하지 않을 수 없었다.

"이거 큰일이구나. 곧 폭풍과 파도가 몰아쳐 올 것이다. 그러면 바닷가의
얼음은 금방 꺼질 것인데 저 많은 사람들의 목숨이……?"

할머니는 불편한 몸으로 억지로 일어나 엉금엉금 기어 집 밖으로 나가서
지나가는 사람을 찾았으나 아무도 만날 수가 없었다.

그러는 사이에도 시커먼 구름짱은 점점 커지면서 다가오고 있었다.

"여보세요! 무서운 폭풍이 불어와요. 어서 모두 빨리 육지로 올라와요."

할머니가 아무리 소리쳐도 먼 곳에서 떠들며 춤만 추는 마을 사람들에게
는 들릴 리가 없었다.

"이걸 어쩌나?"

안절부절 어찌할 바를 모르던 할머니는 그때 문득 머리 속에 번개같이 떠오른 생각이 있었다.

"옳다, 우리 집에 불을 붙이자. 내 집 보다는 저 많은 사람들의 목숨이 더 소중하지."

할머니는 다시 집 안의 벽난로까지 기어들어가 불이 붙어 있는 장작개비 한 토막을 꺼내어 자기 침대에다 불을 붙였다. 그리고 있는 힘을 다해 급히 문 밖으로 기어나오다가 할머니는 그만 문턱에서 기절하여 정신을 잃고 말았다.

불은 점점 세차게 번져 순식간에 지붕까지 타올랐다. 이때 얼음판 위에서 춤추던 사람 중에서 누군가가 소리쳤다.

"불이다! 불이야! 언덕 위 할머니 집이 불타고 있다"

"어서 가서 빨리 불 꺼야 한다."

그 소리에 사람들은 육지로 나와 언덕을 향해 기어올라가기 시작했다.

바로 그 때 '꽝' 하는 천둥소리와 함께 갑자기 폭풍과 높은 파도가 밀려와 자기들이 춤추던 얼음판이 순식간에 꺼져 뒤집히고 있었다. 다행히 사람들은 모두 육지로 나왔기 때문에 무사했다.

그러나 가엾게도 할머니는 불타는 자기 집 문턱에 쓰러진 채 이미 숨이 끊어져 있었다.

108 : 주머니에 빵조각

영국이 워터루 전쟁에서 승리했을 때의 일이다.

승전기념 만찬회가 열리고 있는데, 그 자리에서 웰링턴 장군은 다이아몬드가 박힌 자기 담뱃갑을 여러 사람들에게 보이며 자랑했다.

그 고급스런 담뱃갑은 여러 손님들이 차례차례 돌려가면서 한번 씩 만져본 수에 장군에게 되돌아갔다.

그런데 만찬회가 끝날 무렵에 그 담뱃갑이 없어졌다.

그때 누군가가 호주머니 조사를 하자는 의견을 내자 손님들은 모두 그 의견에 찬성했지만 그중에서 늙은 사관 혼자만 주머니 조사 하는 것을 반대하고 먼저 나가버렸다. 그래서 모두들 그를 혐의자로 보고 의심했다.

1년이 지난 후였다.

작년에 열렸던 그 승전기념 만찬회가 또 열리게 되어 웰링턴 장군은 작년에? 입었던 군복을 1년만에 다시 꺼내어 입었다.

그런데 그때 장군은 깜짝 놀랐다.

무심코 군복 상의의 안쪽 주머니에 손을 넣었더니 뜻밖에도 작년 만찬회 석상에서 없어진 줄로만 여겼던 다이아몬드가 박힌 담뱃갑이 거기에 있지 않은가?

장군은 크게 당황하여 그날 밤 주머니 검사를 반대하고 먼저 나간 늙은 사관을 찾아 깊이 사과하려고 여기저기 찾은 끝에 마침내 빈민촌의 초라한 지붕 밑에서 셋방살이 하고 있는 그를 발견했다.

장군은 즉시 그 사관에게

"작년에 내 실수로 당신이 여러 사람으로부터 억울하게 의심을 받게 해서 정말 미안하오."?

이렇게 사과하였다. 그리고 나서 장군은

"그런데, 한 가지 묻겠소. 당신은 왜 그날 주머니 검사하자는 의견에 반대하고 먼저 나갔소?"

하고 물었다. 그랬더니 늙은 사관은 얼굴을 붉히면서 다음과 같이 대답했다.

"사실은 그날 밤 내 주머니 속에는 빵과 고기조각이 가득히 들어 있었습니다. 며칠씩 굶고 있는 자식과 아내에게 먹이고 싶어서 연회석에 나온 음식을 슬금슬금 호주머니마다 넣었던 것입니다."

이 말을 들은 웰링턴 장군은 그 사관의 손을 꽉쥐고 그만 어린애처럼 엉엉 소리내어 울고야 말았다.

그날 만찬회 석상에서는 장군의 솔식한 사과의 말이 있었다. 그리고 이어서 그 늙은 사관의 딱한 사정을 웰링턴 장군은 손수건으로 눈물을 닦으면서 이야기했다. 그것을 듣고 모두들 동정의 눈물을 함께 흘리지 않을 수 없었으며, 이 소식은 다음날 영국 수상과 국회의원들에게까지도 알려져 퇴역군인들에 대한 연금을 크게 올리는 법안이 만장일치로 국회에서 통과되었다.

※ 천사의 장점은 결점이 없다는 점이고, 인간의 장점은 결점이 있다는 점이다.

109 : 부부싸움에서 쌍소켓

    일본 전기공업계의 왕자가 된 '내쇼날'을 일으킨 마쓰시다 회장은 소학교도 못 다닌 무학자였지만 어려서부터 남의 공장의 직공으로 다니며 정직하고 부지런히 일하면서 숱한 고생을 하다가 23살 때 독립을 하였다.

겨우 세 명의 사원을 데리고 오사카시 변두리의 작은 셋집 하나를 얻어 조그마한 공장을 차렸다.

어느 날 마쓰시다가 거래처에 갔다가 돌아오는 길에 갑자기 쏟아지는 비를 피하기 위해 어느 민가의 추녀 밑에 서서 비가 그치기를 기다리고 있던 중 그 집 안에서 부부가 말다툼하는 소리가 들려왔다.

"방이 이렇게 어두운데 전등을 켜야 식사를 할 수 있지 않겠소?"

"잠시만 기다리세요. 다리던 옷을 마저 다리미질 해야 하니까요."

"아, 옷은 내일 마저 다리면 될게 아니요?"

"지금 마저 안다리면 옷이 말라서 안돼요."

이렇게 두 부부는 서로 양보하지 않고 전기 사용을 가지고 소리를 높여가며 다투고 있는 것이 아닌가?

바로 이때 마쓰시다 머리에 번개같이 스쳐가는 아이디어 하나가 있었다.

"옳지, 저럴 때에 하나의 전선에 두 개의 소켓을 달면 저런 다툼은 없을 것이 아닌가?"

공장에 돌아온 그는 그날 밤새도록 쌍소켓의 설계를 그려가지고 다음 날부터 만들기 시작하였다.

천장에서 내려 온 외줄 전선에 쌍소켓을 달면 전등도 켜고, 동시에 전기 다리미나 선풍기도 쓸 수 있는 매우 편리한 물건이다.

이 쌍소켓이 새로 선보이자 이 집 저 집에서 폭발적으로 사기 시작하더니 그것이 온 세계로 팔려나갔다.

그리하여 그 해 1년사이에 30억엔(한화 240억원)이라는 엄청난 수입이 늘어나 그것이 자본이 되어 회사가 점점 커지면서 마침내 오늘날의 '내쇼날' 이라는 일본에서 몇 째 안가는 대실업가가 된 것이다.

남의 집 추녀 밑에서 들은 부부싸움에서 얻은 발상으로부터 탄생하게 된 그 쌍소켓이 일본에서 처음으로 가장 큰 돈을 벌게 한 히트 상품으로 등장하게 되었던 것이다.

110 : 아스토리아 호텔

　　비바람이 몹시 부는 어느날 밤, 미국 필라델피아 호텔에 중년 부부 손님이 늦게 찾아왔다. 그러나 그날따라 손님이 많이 왔기 때문에 빈방이 하나도 없었다.

"손님, 참으로 죄송하게 됐습니다. 오늘은 손님이 많이 오셔서 빈방이 하나도 없군요. 그러나 밤도 벌써 깊어져서 다른 곳으로 가시기는 어려우니, 누추하지만 제가 자는 방에서라도 쉬어가시죠."

카운터를 보는 청년이 공손히 말했다. 비바람치는 캄캄한 밤중에 손님을 그대로 보낼 수는 없었던 것이다.

"젊은이는 어디서 자려고?"

"저는 여기 의자에 누워서 자도 괜찮습니다. 저의 걱정은 안하셔도 됩니다."

"고맙소. 그러면 그렇게 하룻밤 신세를 집시다."

손님은 기분좋게 응락하였다. 젊은이는 즉시 자기 방에 들어가 깨끗이 청소하고 정리정돈을 마쳤다.

손님은 호텔 젊은이가 너무나 친절하여 그날 밤을 편안히 기분 좋게 잠을 잤다.

다음 날 아침 중년 부부는 호텔을 떠나면서 젊은이에게

"젊은이는 참으로 친절하오. 일급 호텔의 경영주가 될 수도 있겠어요."

하고 진심으로 칭찬을 아끼지 않았다.

"아닙니다. 다만 제가 할 일을 했을 뿐입니다. 다음에 도 오시면 그때는 꼭 좋은 방을 드릴게요."

젊은이는 공손히 인사하면서 현관 밖에까지 따라나가 배웅을 하였다.

그로부터 2년 후, 그 청년은 생각지도 않은 한 통의 편지를 받았다. 그 봉투 안에는 뉴욕행 기차표도 함께 들어 있었다.

"나는 2년 전, 어느 비바람이 몹시 몰아치던 날 밤, 그 호텔 카운터의 젊은이 방에서 자고 갔던 사람이오. 당신의 친절을 잊지 못해서 여기 뉴욕에 아주 멋지고 큰 호텔을 새로 지어 놓고 당신을 기다리고 있으니 부디 와서 이 호텔의 경영을 맡아주오. 뉴욕까지 오는 차표도 이 봉투와 함께 넣었소."

이러한 놀라운 내용의 편지였다.

지금 뉴욕의 유명한 '아스토리아 호텔'은 이렇게 해서 세워진 호텔이며, 그 경영을 맡은 젊은이의 친절 제일주의의 경영방침 때문에 세계적으로 널리 이름이 알려진 호텔이 되었다.

※ 친절은 자기 발전의 발판이요, 평화의 첫걸음이다.

111 : 피땀으로 번 돈

러시아의 어느 마을에 큰 부자가 살고 있었다.

늙어서 병이 들어 병석에 누웠을 때 그는 하나밖에 없는 아들을 침대 옆에 불러놓고 이렇게 말했다.

"나는 젊어서부터 피땀을 흘려가며 돈을 벌었고, 그 돈을 아끼고 저축해서 큰 부자가 되었다. 그러나 이 많은 재산을 너에게 그냥 물려 줄 수는 없다. 네가 너의 힘으로 금전 한 푼이라도 벌어서 나한테 보여 주어야만 아버지가 재산을 너에게 줄 것이니 그렇게 알아라."

그러나 아들은 어렸을 때부터 지금까지 청년이 다 되도록 놀기만 했던 터이므로 스스로 금전 한 푼을 벌기는 여간 어려운 일이 아니었다.

그래서 부인은 남편 모르게 아들에게 금전 한 푼을 주면서

"오늘 하루종일 밖에 나가 있다가 오후에 돌아와 아버지께 이 돈을 드리면서 네가 남의 집 일을 해주고 벌었다고 여쭈어라."

이렇게 거짓말을 하도록 가르쳤다.

아들은 어머니의 말대로 오후 늦게 들어와 그 돈을 아버지 앞에 내놓았다. 그러나, 아버지는 대뜸 화를 내면서

"이 돈은 네 힘으로 번 돈이 아니야."

하며 그 아까운 돈을 불타는 난로 속에 집어넣어 버렸다.

부인은 다음 날 또 다시 남편 모르게 금전 한 푼을 아들에게 주면서 어제와 같이 하라고 일렀지만 남편은 그날도 역시 난로 속에 그 돈을 넣어 없

애버렸다.

부인은 비로소 자기의 자식사랑 방법이 잘못된 것을 깨닫고 아들에게

"이제는 할 수 없다. 고생이 되더라도 정말로 밖에 나가서 너의 힘으로 돈을 벌어 보아라."

하면서 빈손으로 내보냈다.

아들은 할 수 없이 그 날부터 남의 농장에 가서 처음으로 힘든 일을 해주고 1주일만에야 겨우 금전 한 푼을 받아들고 돌아와 아버지 앞에 내놓았다.

그런데 이상하게도 아버지는 또다시 그 돈을 난로 속에 집어 넣었다. 그때 아들은 급히 난로에 물을 붓고 불을 꺼 금전이 녹기 전에 찾아가지고 말했다.

"아버지, 이 돈은 틀림없이 제가 벌은 돈인데요……"

아버지는 그때에야 비로소 빙그레 웃으면서

"이제야 네가 피땀흘려 번 돈이 얼마나 소중한 것인가를 알게 되었구나."

하면서 기뻐하였고, 마음놓고 아들에게 재산을 물려 줄 수가 있었다.

※ 자식을 불행하게 만드는 가장 좋은 방법은 무엇이든 자식 손 안에 넣어주는 방법이다.

112 : 록펠러의 절약생활

　　　　　미국의 석유왕이라고 불리는 대 재벌가 록펠러가 비서를 데리고 지방도시에 갔을 때 날이 저물어 어느 허름한 여관 앞에 섰다.

이때 비서가 사장에게 말했다.

"사장님, 이 여관은 안됩니다. 만일 사장님이 이런 값싼 여관에서 묵으신 것을 세상 사람들이 알면 사장님을 형편없는 구두쇠라고 할것이니 호텔로 가시지요"

"응, 듣고 보니 자네 말도 일리가 있구먼."

이리하여 어느 호텔을 찾아갔다.

호텔에 들어서자마자 지배인에게 록펠러는 말 했다.

"이 호텔에서 가장 값싼 방을 하나만 주게나"

"아니, 사장님같은 부자가 제일 값싼 방을 찾으세요?"

"이 호텔에 온 거라네, 그리고 내 비서도 같이 잘 것이니까 방 하나면 되네."

"하지만 사장님, 사장님은 참 이상하십니다."

"뭐가 이상하단 말인가?"

"사장님의 아들은 우리 호텔에 올 때마다 제일 비싼 방을 찾는데요."

"아, 그야 당연하지 않은가? 내 아들녀석에게는 돈 많은 애비가 있으니까 그렇게 하지만 나는 돈 많은 아버지가 안 계시거든."

록펠러의 검소한 생활습관에서 나오는 말이었다.

113 : 거지와 톨스토이

　　러시아의 유명한 작가 톨스토이가 젊었을 때 길거리에서 남루한 옷차림의 거지 한 사람을 만났다.

"선생님, 돈 한 푼만 적선하십시요."

하고 거지는 톨스토이 눈 앞에 손바닥을 내밀었다.

톨스토이는 즉시 자기 주머니마다 손을 넣어 열심히 동전을 찾았으나 그날따라 그에게는 돈이 한 푼도 없었다.

"형제여, 이거 참 미안하게 되었소. 오늘은 내게 돈이 한 푼도 없으니 이걸 어쩌지? 다음에 또 만나면 그때는 꼭 적선하리다."

이렇게 아주 미안하며 말했다. 그런데, 거지는 오히려 더욱 공손하게 절을 하면서 말하였다.

"선생님, 선생님이 누구이신지는 알 수 없으나 선생님은 저에게 돈을 주신 것보다 더 귀중한 것을 주셨습니다. 정말 고맙습니다."

"아니, 나는 아무것도 당신에게 준 것이 없는데……"

"선생님이 저같은 천한 사람에게 형제라고 불러주셨으니 그보다 더 귀중한 것이 또 무엇이 있겠습니까?"

이 일이 있은 후 젊은 톨스토이에게는 큰 변화가 있었다. 사람을 대할 때마다 더욱 공손해지고 경건한 태도를 지켜 누구에게나 호감을 갖게 하고 존경을 받게 되었다.

그 후에 톨스토이는 '전쟁과 평화' 또는 '부활' 등의 세계적인 대명작을
지었다.

114 : 정직이 맺어준 인연

어느 마을에 착하고 정직한 젊은이가 살고 있었다.

어느 날 그는 그 마을 할아버지 가게에 가서 빵 하나를 사가지고 집에 왔다.

그는 집에 와서 손을 씻고, 빵을 한 입 덥썩 깨물다가 깜짝놀랐다. 빵 속에 무엇이 들어있었기 때문이다.

"어, 이거 무어야? 돈 아냐? 금돈이네! 빵 속에 웬 금화가 들어있지? 혹시 빵가게 할아버지가 여기에 감춰두신 것 아닌가?"

그는 먹던 빵과 돈을 가지고 할아버지 가게로 뛰어갔다.

"할아버지, 아까 제가 산 빵 속에 이 금화가 들어있었어요. 할아버지가 빵 속에 돈을 두신 거 아닌가요?"

"아냐, 내가 왜 빵속에 돈을 넣어? 그런 일 없어."

"할아버지. 이 금화는 분명히 아까 할아버지한테서 사간 빵 속에 들어 있었어요. 그러니까 할아버지 돈이 틀림없어요."

하며 젊은이는 돈을 탁자 위에 놓고 나가려고 하는데. 할아버지는 젊은이의 손을 잡고 빙그레 웃으면서 말했다.

"여보게 젊은이, 참으로 고맙네. 이제야 정말로 정직한 청년을 만나서 참으로 나는 기쁘네."

"예? 할아버지, 무슨 말씀이세요?"

젊은이는 무슨 영문인지를 몰라 어리둥절하였다.

할아버지는 청년의 손을 잡은 채 자리에 앉아 천천히 말했다.

"여보게 젊은이, 사실은 그 돈은 내가 일부러 빵 속에 넣어 둔거라네."

"예? 할아버지가 일부러 돈을 넣으셨다구요?"

"자네같은 정직한 청년을 찾으려고 일부러 그랬던거야."

"왜요? 할아버지."

청년은 더욱 의아해서 다시 묻지 않을 수 없었다.

"나는 오래전부터 일부러 금화 한닢씩을 빵 속에 넣고 청년들에게만 그것을 팔고 있었네. 그런데, 아직 아무도 그 금화를 도로 가져오는 청년이 없어 실망하고 있던 참인데, 오늘 처음으로 정직한 자네를 만났네."

하고 아주 만족한 표정을 지었다. 그리고 이어서

"젊은이, 나는 아내도 자식도 없이 혼자 살고 있네. 이제는 늙었으니 내 재산을 누구에게 물려줄까하고 생각하다가 빵가게를 차리고 정직한 청년을 찾고 있었다네. 자네야말로 내가 찾고 있었던 정직한 청년임에 틀림없어, 그래서 이제는 내 재산을 마음놓고 자네에게 물려줄 수 있게 되었네."

※ 좋은 얼굴은 추천장이고, 착한 마음은 신용장이다.

115 : 두 가지 나중 생각

1) 옛날에 있었던 일

아들이 늙으신 어머니를 지게에 지고 길도 없는 산속으로 들어가고 있었다.

귀여운 손주놈들과 또 임신한 며느리가 먹을 것이 없어서 굶는것을 차마 볼 수가 없으므로 어서 죽기만을 기다려도 안죽고 자식들에게 걱정만 시키는 것이 미안해서

"야 애비야, 제발 나좀 산에 갖다 버려다오."

하루에도 몇 번씩 간청하시므로 아들은 할 수 없이 눈물을 흘리면서 어머니를 산에 버리려고 가는 길이다.

그런데 그때, 아들의 지게 위에 앉은 어머니는 솔가지가 손에 잡히는 대로 열심히 계속해서 꺾어버리신다.

"어머니, 왜 솔가지를 자꾸 꺾어 버리세요? 기운도 없으실텐데……"

아들이 어머니를 돌아보며 물었다.

"응, 네가 이따가 집에 갈 때 길을 잃지말라고 길 표시를 하는 것야"

※ 옛날에는 이렇게 죽으러 가는 마지막 길에서도 아들을 걱정하는 뜨거운 모성애가 있었다.

2) 근래에 있었던 일

어느 가정의 한 소년은 할머니 때문에 아빠와 엄마가 자주 다투는 것을 보면서 자랐다.

"여보, 오늘은 정말 당신이 어머니를 택하던가 나를 택하던가 둘중에 하나를 선택해요. 나 이제는 시어머니하고는 정말 같이 못살아요."

엄마의 쇳소리 같은 목소리가 들리기도 하고,

"그러면 어떻게 하오. 당신이 참아야지."

아버지의 궁색하신 말씀도 소년의 귀에는 이미 익숙해졌다.

"여보, 그러면 이렇게 합시다."

어머니의 새로운 제안이 나왔다.

"시어머니가 묵으실 방 하나를 따로 얻어 내보내드리는 것이 어떻겠어요?"

"그렇게 하면 남들이 나보고 불효자라고 모두 흉 볼텐데……"

"아, 남의 흉이 문제에요? 우선 집안이 편안해야지. 그렇게 하면 난 정말 살 것 같아요."

며칠 후 할머니 혼자 이사하시는 날이 돌아왔다.

어린 소년은 공책에 무언가를 열심히 적고 있었다.

"너 무얼 적고 있니?"

엄마는 아들이 적고 있는 노트를 들여다 보았다.

'헌 옷장 하나, 전기담요 하나, 전기밥솥 하나……'

소년의 어머니는 이상하게 생각되어

"너 그런 것 왜 적고 있니? 하라는 공부는 안하고……"

하고 물었다. 소년은 엄마를 돌아다보지도 않고 대답했다.

"이다음 엄마가 늙으시면 내보낼 때 챙겨드릴 이삿짐 품목을 잊지 않으려고요."

※ 옛날과 근래의 '나중 생각'이 이렇게 달라졌다.

116 : 불구 소녀의 3관왕

"너는 비록 다리가 불편하지만 네가 원하는 건 다 할 수 있을 것이다."

미국 테네시 주 산골의 오두막에서 태어나 4살 때 열병으로 왼발이 불구가 된 소녀에게 그의 어머니는 언제나 이렇게 자신감을 넣어 주었다.

그러나 9살 때 소녀의 다리에서 보호대를 제거해 주던 의사는 마음 속으로 '너는 결코 정상인이 될 수 없을 것이다.'

하고 애석하게 생각할 정도였지만 그녀는 항상 육상선수가 되겠다는 허황된 꿈을 가지고 있었다.

그리하여 터무니없는 그 꿈을 실현하기 위해서 열심히 연습하고, 13살 때는 처음으로 육상경기에 까지 참가했지만 꼴찌를 하고 말았다.

고등학생이 되었을 때도 그녀는 육상선수의 꿈을 버리지 못하고 육상 경기마다 참가하여 항상 꼴찌만 하는 웃음거리가 되었다.

"너는 더 이상 고생하지 말고 육상을 포기하라"

이웃 사람들은 이렇게 권했지만 그는 오히려 꼴찌를 할수록 점점 더 의욕이 강해지면서 맹훈련을 거듭했다. 그러다가 드디어 꼴찌를 면하고 다음에는 준우승까지 하더니 마침내 우승까지 하기도 했다.

그는 테네시 주립대학에 입학한 후 거기서 훌륭한 코치를 만났다. 그 코치는 그녀에게 강인한 정신력과 선천적인 재능이 있는 것을 발견하고 맹훈련을 시켜, 마침내 국가대표 선수로 세계올림픽 경기에까지 나가게 해 주었다.

올림픽 경기장에서 그녀는 당시 세계 최고의 여자 육상선수인 독일의 주타 하이네와 격돌하게 되었고, 누구나 주타의 우승을 예상하고 있었다.

그런데 놀랍게도 그녀는 100m경기에서 주타를 이겼고, 또 200m경기에서도 우승을 하는 기적을 낳아 신문마다 보도되고, 세상을 떠들썩하게 만들고야 말았다.

게다가 그 다음 날 400m 릴레이 경기에서 또 한번 그녀는 주타와 맞붙게 되었으며, 묘하게도 두 사람은 똑같이 자기 팀의 마지막 주자로 뛰게 되었다.

그러나 운나쁘게도 세 번째의 주자가 그녀에게 바톤을 넘겨줄 때 너무 긴장한 탓으로 그만 바톤을 떨어뜨리고 말았다. 그녀는 주타가 이미 멀리 앞서 가는 것을 보았다. 관중은 모두 안타까워 하면서 이번에는 주타의 팀이 우승할 것이라고 누구나 믿고 있었다.

그런데 기적은 또 한번 일어났다. 마지막 커브를 돌면서 점점 두 선수의 거리가 좁아지더니 마침내 결승선에 발끝이 약간 먼저 닿은것은 주타가 아닌 바로 그녀였다. 수만명 관중의 열광속에 3관왕이 된 그녀 이름은 바로 윌마 루돌프였다.

불구 소녀의 꿈이 마침내 이루어져 세계 모든 장애자들에게 장미 빛 꿈을 안겨 준 역사적인 순간이었다.

※ 신념은 기적을 낳고, 훈련은 명인(名人)을 만든다. -안병욱 박사

117 : 죽을 각오면 이긴다

　　　　　1대 중대 200명 밖에 안되는 아군이 수 천명의 적군과 맞서 싸우게 되었다.

아무리 용감한 군대라 해도 도저히 이길 수 없는 싸움을 앞두고 병사들은 모두 한숨만 쉬면서 근심에 잠긴 채 땅바닥에 앉아 있었다.

이 때, 중대장이 벌떡 일어나 병사들 앞에 섰다. 그는 칼을 뽑아 중대원 앞에 가로질러 길게 직선을 그어놓고 비장한 각오를 한 듯이 엄숙히 말했다.

"우리는 지금 완전히 포위를 당해 후퇴도 할 수 없다. 오늘 밤 나와 함께 죽기를 각오하고 싸울 병사는 이 선을 넘어서 이 쪽으로 건어오라."

이 말에 병사들은 서로 얼굴을 마주보다가 한 사병이 일어나 그 선을 건너 섰다. 그러자 또 한 사람, 또 한 사람, 마침내 중대원 모두가 죽을 각오로 싸우겠다는 듯 그 선을 다 넘어가고 오직 한 병사만 그대로 앉아 있었다.

"그대는 적과 싸우다가 죽기 싫다는 말인가?"

중대장은 앉아있는 병사에게 물었다. 그런데 뜻밖에도 그 병사는 씩씩한 목소리로 대답했다.

"아닙니다. 저도 죽을 각오로 싸우겠습니다."

"그렇다면 어서 일어나 이 선을 넘어서야지."

"지금 저의 두 다리는 한 발자국도 걸을 수가 없습니다. 중대장님! 저의 뒤쪽에 다시 선을 그어 주십시오"

하며 그 병사는 군복 바지를 걷어올려 다리를 보여주었다. 중대장과 모든 중대원들은 깜짝놀랬다.

그 병사의 두 다리는 어젯밤 전투에서 부상을 당해 퉁퉁 부어 있어 보기만 해도 끔찍한 모습이었다.

친 자식처럼 아끼는 부하 대원의 그 참혹한 상처를 보고 중대장은 그만 돌아서서 주먹으로 흐르는 눈물을 씻었다. 그리고 잠시 후에 다시 돌아서서

"그래 알았다. 정말 고맙다."

중대장은 울음섞인 목소리로 말하며 곧 그 병사의 뒤쪽으로 가서 칼로 다시 땅바닥에 직선을 그었다. 그러자 사병들은

"와! 우리 중대 만세!"

하고 외치며 환호성을 올리고 서로 부둥켜 안았다.

중대장은 흐뭇한 표정으로 소대장들을 불러 곧 치밀한 작전계획을 짜기 시작했다.

그날 밤에는 예상했던대로 치열한 백병전이 벌어졌다. 그런데 놀랍게도 200명 밖에 안되는 아군의 대 승리로 끝났다.

죽기를 각오하고 싸운 놀라운 전과였으며, 결코 우연이나 요행이 가져다 준 기적이 아니었다.

※ 장군(將軍)이 죽을 마음이 있고서야 군졸(軍卒)도 살 마음이 없어진다.

118 : 한신(韓信)의 도량

옛날 중국 한(漢)나라에 작은 키에 어울리지 않게 긴 칼만 차고 다니는 한신이라는 사람이 있었다.

어느 날 그는 깡패들에게 붙잡혔는데, 그 두목은

"야, 이 겁쟁이 한신아! 너같이 용기도 없는 놈이 웬 칼은 긴 칼만 차고 다니느냐?"

하며 조롱하였다. 그리고는 또

"네가 정말 긴 칼을 차고 다닐만큼 용기가 있으면 그 칼로 내 배를 찔러봐라. 그럴 용기가 없으면 차라리 내 두 다리 가랑이 밑으로 기어가거라."

이렇게 오만하고 방자스러운 요구를 해왔다.

한신은 잠시동안 무언가를 생각하더니 비장한 각오를 한 듯이 입술을 한 번 깨물고는 그 거만스러운 두목이 양다리를 벌리고 서 있는 가랑이 밑으로 엉금엉금 기어나갔다.

"와! 한신은 진짜 겁쟁이구나. 으하하하"

깡패 졸개들은 손뼉을 치면서 한바탕 비웃었고, 깡패두목은 더욱 기고만장하여 의기양양한 자세로

"에헴! 천하의 한신도 별 수 없는 내 꼬봉이다."

하면서 만족한 듯이 한껏 비아냥거렸다.

그 광경을 보던 사람들은 모두 한신을 비웃으면서 형편없는 졸장부로만 여기게 되었다.

그러나 한신은 큰 꿈을 가진 사람이었다. 보통 사람이면 죽든 살든 그 자리에서 칼을 뽑아 결판을 냈을 것이, 그토록 창피스럽게 깡패 무도 가랑이 밑으로 기어가지는 않았을 것이다. 그렇지만 워낙 큰 포부를 가진 한신은 사소한 일로 수모를 당하는 것, 그런것쯤은 아무렇지도 않게 생각하는 사람이었다.

그 한신이 뒷날 마침내 초나라의 왕이 되었다. 그리고 옛날 자기에게 모욕을 준 그 깡패두목을 찾았다.

"어이쿠, 이제는 죽었구나."

왕에게 불려간 깡패두목은 낙심하고 있었는데, 한신왕은 뜻밖에도 그에게 벌을 주기는커녕 오히려 호위대장이라는 벼슬을 주어 신하로 삼았다.

세상 사람들은 모두 한신의 넓은 도량에 놀랐고, 깡패두목 역시 의리가 있는 사람이라 그러한 한신왕에게 충성을 다 바칠 각오를 다짐했다.

그 후 어느날, 초나라가 한나라에게 망하여 한신왕이 황제 유방에게 사로잡혀 갈 때 그 호위대장은 유방에게 활을 쏘아 자기 왕을 구하려고 하다가 실패하여 죽음을 당하고 말았다.

옛날 깡패두목이었던 호위대장은 목숨을 바쳐 한신의 은혜에 보답하려고 했던 것이다.

———

※ 화는 참는 것이 아니라, 아예 잊는 것이다.

119 : 다윗과 곤충

　　이스라엘의 두 번째 왕 다윗이 혼자 적군에게 쫓겨가다가 포위를 당해 위급해졌을 때 다행히 어느 허름한 동굴 하나를 발견하고 그 속으로 기어들어가 숨었었다.

캄캄한 동굴 안에서 숨도 크게 쉬지 못하고 앉아 굴 입구 쪽을 노려보고 있는데, 바로 그 때 거미 한 마리가 동굴 입구에 부지런히 거미줄을 쳐 놓고 숨어버리는 것이 보였다.

아마 거기에 거미줄이 원래 처져 있었던 것을 조금 전에 다윗 왕이 급히 들어올 때 망가뜨린 것 같았다.

솜씨가 재빠른 거미는 잠깐 사이에 거미줄을 다 쳐놓고 어디론가 숨어버렸다.

잠시 후, 적군들의 말소리가 들려왔다. 다윗 왕은 더욱 마음이 조마조마하여 몸을 움츠리고 있는 참이었다.

"어이, 여기 동굴이 하나 있구면. 혹시 다윗이 도망가다가 이 굴 속으로 들어가 숨어 있을지도 몰라."

"그래, 다급하니까 이 굴속에 들어갔을거야. 한 번 들어가 볼까?"

하고 병사 하나가 굴속으로 들어 올 자세를 취하려는 참인데 또 다른 병사 하나가 말했다.

"이것 봐, 이 굴에는 들어가 봤자 헛수고야."

"헛수고라는 것을 어떻게 알아?"

"아, 저 거미줄을 좀 보라구, 거미줄이 처져 있는 것은 사람의 출입이 없었다는 증거가 아닌가?"

"그렇긴 그래, 그 말도 일리가 있는 말이야."

이렇게 주고받는 이야기 소리가 들리더니 차차로 그들의 신발소리마저 멀어져 갔다.

이렇게 한 마리의 거미 덕택으로 목숨을 구한 다윗이 언제인가 적군의 장수가 잠자는 침실에 몰래 들어가 잠을 자고 있는 적장의 칼을 무사히 빼내려고 하였다.

그러나 조심성이 남달리 많은 적장은 칼을 잃어버리지 않으려고 항상 잠을 잘 때마다 두 다리 밑에 놓고 자고 있기 때문에 도저히 빼낼 수 있는 기회가 없어서 다윗은 단념하고 다시 나오려는 차이었다. 마침 그 때 모기 한 마리가 적장의 한 쪽 발을 따끔하게 쏘았다.

"앗! 따가워. 이 놈의 모기가!"

하면서 적장은 잠결에 눈을 감은 채로 모기에 물린 다리를 손바닥으로 치려고 몸을 옆으로 돌렸을 때 다윗은 재빨리 적장의 칼을 빼내가지고 도망칠 수가 있었다.

한 마리의 거미와 모기 때문에 다윗의 운명이 바뀌어진 것이다.

120 ፦ 성실에 따르는 보답

옛날 돈 많은 주인이 데리고 있던 하인 두 사람을 각각 고향으로 보내주려고 생각했다.

"자네들, 그동안 수고를 많이 했네. 이제는 고향에 가서 자유롭게 살 수 있도록 내일 아침에 보내 주겠네."

이렇게 말하고 이어서

"오늘 저녁에 마지막으로 일을 한 가지 더 해주고 가야겠네. 이 짚단 하나 씩을 줄테니 이것으로 새끼줄을 될 수 있는대로 가늘게 꼬아주게."

이렇게 말하면서 미리 준비해 두었던 똑같은 분량의 짚단 하나씩을 두 하인에게 나누어 주고 안으로 들어갔다.

그러자 게으른 하인은

"흥, 내일 아침에 보내 줄 사람을 끝까지 부려먹으려고 이런 일을 또 시키는구먼. 그까짓 것 내일 이 집을 떠나면 그만인데 잘 꼬아 줄 것 뭐 있나."

하고 투덜대면서 새끼줄을 굵고 거칠게 아무렇게나 금방 짚단 하나를 다꼬고 쓰러져 쿨쿨 잠을 잤다.

그러나 언제나 성실하고 정직한 하인은 아무 불평없이 밤 늦도록 정성을 다 쏟아 주인이 부탁한대로 새끼줄을 가늘고 곱게 잘 꼬았다. 가늘게 꼬았기 때문에 그 길이가 굉장히 길어졌다.

다음 날 아침에 두 사람이 떠나려고 할 때 주인은 커다란 금고를 열더니 엽전이 가득히 들어있는 자루를 여러 개 꺼내어 마룻바닥에 쏟아 놓았다.

"자네들, 고향에 가서 살려면 돈이 필요하지 않겠나? 그러니 어젯밤에 자기가 꼬운 새끼줄에 반드시 이 엽전을 꿰어서 마음껏 가지고 가게."

하고 말하였다.

게으르고 불평만 하던 하인은 자기가 꼬아놓은 새끼줄이 거칠고 굵어서 엽전 구멍에 들어가지 않아 한 푼도 못가지게 되자 땅을 치면서 후회하였다. 그러나 성실한 하인은 새끼줄이 가늘고 매끈한 뿐만 아니라 길게 꼬아져서 얼마든지 엽전을 많이 꿰어 갈 수 있었다.

그러나 부지런한 하인은 인정이 많은 그는 주인의 허락을 받아 자기가 꼬은 새끼중 일부를 끊어 게으른 하인에게도 주어 그 사람도 돈을 꿰어 갖도록 해 주었다.

※ 가난이 부끄러운 것이 아니다, 그 원인이 태만과 사치에 있을 때 비로소 부끄러운 것이다. −피타고라스

121 : 신선과 이태백

　　　　　　중국 당나라의 유명한 시인 이태백이 젊었을 때 훌륭한 시인이 되겠다는 결심을 하고 깊은 산속에 있는 절에 들어가 공부를 하기 시작했다.

처음 몇 해 동안은 열심히 공부하던 그가 날이 갈수록 지루하고 고향생각에 젖어 더 참을 수가 없었다.

"시인이 되기 위한 공부도 이제는 싫증이 난다. 고향에 가서 즐겁게 사는 것이 오히려 좋지 않겠나?"

여러날을 고민하다가 스승에게 하직 인사를 했다.

"선생님, 이제는 더 참을 수가 없습니다. 고향에 가서 가족과 함께 즐겁게 살겠습니다."

스승도 고개를 끄떡이면서

"마음이 없으면 무슨 일이건 물거품이 되는 것이지"

하며 그를 더 붙잡지 않았다.

이태백은 해방된 기분으로 절에서 나와 터벅터벅 걸었다.

그런데 얼마를 걸어 산을 내려오던 그는 길가에서 머리가 하얗게 센 할머니가 커다란 쇠절굿공이를 바위에 비비면서 갈고 있는 광경을 보았다. 이태백은 그것을 유심히 바라보다가 하도 이상해서

"할머니는 연세가 많으셔서 기운도 없으신데, 왜 그렇게 크고 무거운 쇠절굿공이를 돌에 갈고 계십니까?"

하고 물었다. 할머니는 고개도 들지 않고 대답했다.

"아, 젊은이는 보고도 모르나? 나는 지금 이 쇠절굿공이를 바위에 갈아서 바늘 하나를 만들고 있는 중이야."

"예! 그렇게 굵은 쇠뭉치를 갈아서 바늘을 만든다구요?"

"굵으면 어때. 아무리 굵어도 쉬지않고 갈다보면 언젠가는 바늘이 되지."

"참, 이상한 할머니시구면."

이태백은 혼자 중얼거리면서 그 자리에서 떠났다.

한참을 더 걸어오다 이태백은 문득 무슨 생각이 떠올라 발걸음을 멈추었다.

"아! 그 할머니에게 무슨 까닭이 있는 것이 아닐까? 내게 어떤 암시를 주는 것이 아닐까?"

그는 할머니를 다시보려고 잔 걸음으로 되돌아 갔다. 그런데 이게 웬일인가? 분명히 할머니가 있던 그 자리에 할머니는 없고 쇠절굿공이도 없고 커다란 바위만 있을 뿐이다.

"아! 그렇구나, 그는 할머니가 아니고 신선일 것이다. 공부를 하다 말고 돌아가는 나를 깨우쳐 주려고 보인 신선임에 틀림없다."

이태백은 무릎을 치며 크게 깨닫고 다시 절에 돌아갔다. 그리고 마음을 다시 가다듬어 공부를 시작했다.

지루하고 짜증이 날 때마다 바위에 쇠절굿공이를 가는 심정으로 여러 해 동안 참고 공부를 계속해서 마침내 중국 역사상 손꼽히는 유명한 시인이 되었다.

※ 신념이라는 숫돌에다 노력이라는 칼을 갈아라. ─비스마르크

122 : 이상한 장례식

　　어느 교회의 목사님이 장례식을 거행한다고 하며 교인들은 한 사람도 빠짐없이 모두 장례식에 참석하라고 했다.

장례식이 시작되고 목사님이 죽은 사람을 위한 마지막 기도를 할 차례가 되었다.

목사님은 성경책을 들고 뚜껑이 열려있는 관 앞에 가서 관 속을 한 번 들여다보고 고개를 들어 눈을 감으며, 기도를 시작하였다.

"하나님 아버지! 여기에 목숨을 다한 불쌍한 죄인이 있습니다. 이 사람은 지극히 악독한 사람이었습니다. 도둑이나 살인자에게 비난을 하면서도 정작 자기 마음 속에 있는 그러한 사악한 마음은 하나도 버리지 못한 죄인이었습니다. 도둑이나 살인자에게 비난을 하면서도 정작 자기 마음 속에 있는 그러한 사악한 마음은 하나도 버리지 못한 죄인이었습니다. 이런 사람은 천국으로 갈 수 없고 지옥으로 떨어져 영원히 천벌을 받아야 마땅한 줄로 아옵니다."

목사님의 이러한 기도 말씀을 듣던 교인들은 놀라지 않을 수 없었다. 생전에 얼마나 사악한 사람이었기에 목사님이 저토록 저주를 하는 것일까? 그런데 목사님은 기도를 마치고 몸을 돌려 교인들을 돌아보면서 다음과 같이 부탁하였다.

"오늘 이 장례식에 참석해 주신 여러분! 여러분은 이 유다와 같이 사악한 죄인의 얼굴 모습을 반드시 한 번씩 차례차례 나와서 들여다 보십시오.

그리하여 여러분은 절대로 이 죄인의 모습과 닮지 않도록 노력하셔야만 하나님의 아들로서 인정받으실 수 있습니다.

목사님의 말씀에 따라 교인들은 모두 숙연한 마음으로 한 줄로 서서 그 뚜껑이 열려진 관 앞으로 한 사람씩 다가갔다.

'관 속의 그 죄인 얼굴은 어떻게 생겼을까?'

'얼마나 흉측하고 무서운 모습을 하고 있을까?

교인들마다 마음을 졸이면서 차례차례 한 줄로 나가 관 속을 조심스럽게 들여다보았다.

그런데 이게 웬일인가? 관 속에는 사람의 시체는 없고 커다란 거울이 바닥에 눕혀져 있어 들여다보는 사람마다 자기 자신의 얼굴만 비쳐 주고 있지 않은가? 더구나 그 관 속에 장치한 조명이 들여다보는 사람을 환하게 비춰주기 때문에 누구나 거울에 비춰진 자기 얼굴을 너무나 선명하게 똑똑히 볼 수 있었다.

그제서야 교인들은 목사님 말씀의 깊은 뜻을 알았다.

'사악한 죄인이 따로 있는 게 아니라, 거기에 참석한 사람 모두가 될 수 있으므로 자기 얼굴을 바로 보고 자기 마음 한 구석에 자리 잡고 있는 사악한 마음이 없는가를 찾아서 깊이 반성하라는 뜻이었다.'

그리하여 자기 마음속에 숨겨진 그 사악한 마음을 남김없이 장사 지내라는 충고였다.

※ 나는 내 자신을 발견했을 때 졸도할 뻔 했다. -M.루터

123 : 리스트의 너그러움

　　　　　유명한 작곡가이며 피아니스트인 리스트가 어느 지방으로 여행을 갔다가 날이 저물어 호텔을 찾으려고 조그마한 도시에 들어섰을 때였다.

그날 저녁 그 마을에서는 피아노연주회가 열린다는 포스터가 곳곳에 붙어 있었다. 그런데 거기에는 세계적인 음악가 리스트의 제자 아무개라고 써 있지 않은가?

리스트는 깜짝 놀라 아무리 기억을 더듬어 보았지만 그러한 이름의 제자가 생각나지 않았다.

이상하다고 여기면서 호텔에 들어가 여장을 풀었는데 호텔의 종업원 말에 의해 유명한 음악가 리스트까지도 왔다는 소문이 순식간에 온 마을에 퍼졌다. 마을 사람들은 오래간만에 열리는 음악회인데다가 이름만 듣던 리스트까지 왔다는 말에 모두 기뻐하면서 몇 시간 전부터 연주회 장소로 모여들기 시작했다.

그러나 리스트가 왔다는 소문을 듣고 가장 놀란 사람은 바로 그날 밤 연주회를 열기로 한 주인공 여자 피아니스트였다. 그도 그럴 것이 그는 리스트의 제자이기는커녕 리스트를 한 번도 만나 본 적이 없었기 때문이다. 그런데도 포스터에 버젓이 리스트의 제자라고 광고를 냈으니 리스트가 그것을 보고 얼마나 불쾌하게 생각했을 것인가? 하는 생각 때문이였다. 그는 고민 끝에 리스트가 묵고 있는 호텔로 갔다. 떨리는 마음을 억누르면서

"리스트 선생님, 오늘 밤에 이 마을에서 음악회를 열려고 하는 사람입니다.

"그런데 왜 나를 찾아왔나요?"

"선생님, 제가 죽을 죄를 지었습니다. 저에게는 병드신 아버지와 어린 동생들이 있습니다. 그래서 제가 피아노연주회를 갖지 않으면 저의 식구는 살아 갈 수가 없습니다. 그러나 저 같은 애송이 음악가의 연주회를 누가 들으려고 오겠습니까? 그래서 리스트 선생님의 제자라고 거짓 광고를 붙인 것입니다. 용서해 주십시오."

그의 이같은 간절한 이야기를 다 듣고 난 리스트는 잠시 눈을 감고 무엇인가를 생각하다가

"나를 따라 오시오."

하고 말하며 그 호텔의 피아노가 있는 방으로 갔다. 그리고 그 여자에게 오늘 음악회에서 연주할 곡을 쳐보라고 했다. 그것을 다 듣고 난 리스트는 여기저기 잘못된 곳을 고쳐주고 이렇게 말했다.

"자, 이제는 당신도 분명히 나의 제자가 된 것이오. 그러니까 오늘밤의 음악회는 리스트의 제자가 여는 것이 틀림없는 사실이오."

이렇게 안심시키고 용기를 주는 것이었다.

그날 밤의 음악회는 예상 외로 대 성황을 이룬 것은 물론이고, 리스트도 제일 앞자리에 앉아 한 곡이 끝날 때마다 크게 박수를 쳐주었다.

마음이 너그러운 리스트는 자기 이름을 도용한 사람을 나무라지 않고, 오히려 제자로 인정해 주어 그에게 삶의 희망을 안겨 준 것이다.

※ 남의 잘못을 용서하는 것이 사랑의 전주곡이다.

124 : 촛불 아끼는 부자

전등이 아직 발명되기 전 미국 어느 마을에 큰 부자인 '모오래' 라는 사람이 어느 날 밤 자기 서재에서 책을 읽고 있을 때 손님 한 분이 오셨다기에 자기 서제로 들어오시게 하였다. 그 손님은 그 마을 초등학교 후원회장인데 학교 시설을 위해 기부금을 모으러 다니는 중이었다.

그 손님이 서재 안으로 들어서자 '모오래' 는 두 개의 촛불 중에서 한 개의 불을 껐다. 그것을 본 손님은

'저렇게 촛불 하나까지 아끼는 구두쇠에게 기부금을 부탁해 보았자 헛수고겠다.'

하고 낙심을 했지만 이왕 온김에 말이나 해본다고 찾아 온 뜻을 말하였다. 그랬더니 뜻밖에도 '모오래' 는

"수고하십니다. 저는 10만 달러만 기부하겠습니다."

라고 말하는 것이었다. 손님은 깜짝놀라 입을 벌려

"예? 10만 달러씩이나요?"

하며 자기 귀를 의심했다. 그것을 눈치 챈 '모오래' 는

"책을 읽을 때에는 두 개의 촛불이 필요하지만 손님과 이야기 할 때에는 하나라도 충분합니다. 내가 이렇게 기부할 수 있는 것도 평소에 그와 같이 절약을 해왔기 때문이죠." 이렇게 정중히 말하였다.

"감사합니다. 정말 학교를 위해 큰 도움이 되겠습니다."

손님은 크게 감동하여 허리굽혀 인사를 하며 물러나왔다.

125 : 눈은 마음의 창문

이태조의 무학대사가 마주앉아 이야기를 주고 받았다.

"내가 보기에는 대사의 얼굴이 마치 돼지같이 보이는데, 대사의 눈에는 내 얼굴이 무엇같이 보이는고?"

"예, 소신의 눈에는 대왕의 용안이 마치 신선같이 보입니다.

"음…… 나는 분명히 사람인데 어째서 내 얼굴이 신선같이 보이는고? 대사는 내게 아첨하는 것이 아닌가?"

"아닙니다. 대왕님, 원래 사람의 눈은 마음의 창문이기 때문에 보는 사람 마음에 따라서 모든 것이 좋게도 보이고 나쁘게도 보이는 것입니다."

대사의 이 말에 이태조는 그만 아무 말도 못했다.

그렇다. 눈은 마음의 거울이요, 마음의 창문이다. 그래서 눈만 보아도 그 사람의 마음씨를 알 수가 있다.

우리들이 검은 색 안경을 끼고 보면 모든 것이 다 어둡게만 보이듯이, 마음이 미운 사람에게는 꽃을 보아도 예쁜 줄을 모르고 공연히 투정을 부리며, 남한테 시비를 걸어 자기 마음만 더 상하게 한다. 그러나 마음씨가 고운 사람의 눈에는 세상의 모든 것이 예쁘고 착하게만 보여 누구를 만나도 반갑고 정다워진다.

대왕의 얼굴이 마치 신선처럼 보인다는 것은 무학대사의 마음이 신선같이 선하기 때문이었던 것이다.

126 : 셋이 한 냥씩 손해

옛날 '김씨'라는 사람이 길에서 금돈 석 냥이나 들어 있는 돈 주머니를 주었다.

"이렇게 큰 돈을 누가 잃어버렸을까?"

그는 주머니 안팎을 자세히 살펴보니 '박씨'라는 이름이 적혀 있었다.

"그렇다. 이 돈의 주인 박씨를 찾아주어야 한다."

하고 그날부터 박씨라는 사람을 찾으려고 집을 나섰다.

이 동리 저 동리 찾아 다니면서 '박씨'라는 사람을 물었으나 좀체로 찾을 수 없다가 사흘만에야 겨우

"내가 박가인데요, 왜 그러시지요?"

하고 되묻는 사람을 만났다.

"당신 며칠전에 물건 잃은 일이 없습니까?"

"금돈이 들어있는 주머니를 잃은 일이 있습니다만……"

"그 주머니 속에 돈이 얼마나 들어 있었지요?"

"금돈 석냥이 들어 있었습니다."

"아, 이제야 주인을 바로 찾았군, 내가 그 돈주머니를 길에서 주워 사흘도 안이나 당신을 찾으려고 다녔습니다. 자 여기 있으니 받으시죠."

하고 돈주머니를 내놓았다. 그런데 웬일인가? 박씨라는 사람은 뜻밖의 말을 하는 것이었다.

"그 돈은 내가 잃었을 때 이미 내 돈이 아니오. 오히려 그 돈 때문에 당신

이 사흘이나 일도 못하고 고생을 했으니 그 돈은 마땅히 당신의 돈이오."

"아니오, 세상에 그런 경우가 어디 있단 말이오?"

"나한테서 떠나고 당신이 주었으니까 당신 것이오."

"아니오, 원래가 당신의 돈이오."

"아니오, 당신이 주었으니까 당신 돈이오."

두 사람의 실랑이는 이렇게 계속되다가 결국 원님에게 가서 원님의 판결을 받기로 하였다.

"제가 길에서 돈주머니를 주어 열어보니까 금돈 석냥이 들어있었고, 그 주머니에 박씨의 이름이 적혀있어서 주인을 찾아주려고 하는데 박씨가 안받습니다."

"그 돈주머니를 잃어버린 것은 저였지만 잃어버릴 때부터 이미 그 돈은 저의 돈이 아니고, 오히려 그 돈 때문에 3일이나 고생한 김씨가 가져야 마땅합니다."

두 사람의 주장이 이렇게 팽팽히 맞서 원님도 역시 이 두 사람의 다툼을 어떻게 해결해 주어야 옳을지 몰라 고민했다. 그러다가 한참만에야 원님은 결단을 내렸다.

"좋다. 그러면 그 돈 석냥을 모두 내가 몰수하겠다. 그 대신 두 사람에게는 금돈 두 냥씩을 상금으로 주겠다. 그렇게 하면 박씨는 석냥 잃고 두 냥 받으니 한 냥 손해보고, 김씨도 석 냥을 줍고 두 냥 받으니 역시 한 냥 손해보고, 나도 석 냥을 몰수해서 두 냥씩을 상금으로 나누어 주었으니 나도 역시 한 냥 손해보고, 이렇게 세 사람이 똑같이 한 냥씩을 손해보는 것이다. 하하하하"

이렇게 판결해 주고 웃으면서 두 사람을 크게 칭찬하였다.

127 : 아들에게 절한 황희정승

조선 초기의 황수신은 유명한 황희 정승의 아들이었다. 그는 젊었을 때 어느 예쁜 기생에게 반해서 공부도 안하고 며칠 씩 그 기생집에 가서 먹고 살았다.

황희 정승은 그러한 아들을 여러 가지로 타이르고 꾸짖곤 하였으나 수신은 그 자리에서만 안그러겠다고 하고는 여전히 또 기생 집으로 몰래 달려가곤 하였다.

어느날 황희는 의관을 갖추고 대문 밖에 나가 아들을 기다리고 있다가 아들이 돌아오자 손님을 맞는 듯이 아들에게 공손히 절을 하였다. 아들이 깜짝놀라

"아버지, 어인 일로 이러십니까?"

하고 당황하고 있을 때 황희는 태연하게 말했다.

"내가 너를 자식으로 대하고 아무리 타일러도 듣지 않는 것을 보니 네가 나를 아버지로 여기지 않는 모양이다. 그러니까 너는 내 자식이 아니고 우리 집에 오시는 손님이 아니겠느냐?"

하면서 또 한번 머리숙여 아들에게 절을 하였다.

수신은 어찌할 바를 모르고 당황하다가 땅에 엎드려 울면서

"아버지, 제가 정말 죽을 죄를 지었습니다. 다시는 아버지 말씀을 거역하지 않겠사오니 용서해 주십시오."

하고 애걸하면서 진심으로 사죄하였다.

그 후로 수신은 기생집에도 안가고 열심히 공부하여 과거시험에도 급제하였으며, 부모님께 극진히 효도하였다.

128 : 행복의 열쇠

2층짜리 큰 양옥의 부잣집 돌담벽 밑에 무허가 판잣집을 짓고 연탄배달을 하면서 사는 가난한 부부가 있었다.

그런데 어찌된 일인지 밤마다 2층 양옥집에서는 부부싸움으로 남자의 고함소리와 여자의 악쓰는 소리, 비명소리가 그치지 않는데, 그와 반대로 그 밑의 판잣집에서는 저녁마다 노랫소리와 깔깔대는 웃음소리가 길에까지 흘러나오고 2층 집에서까지도 들려왔다.

부잣집 부부는 하도 이상하게 여겨져 어느 날 판잣집으로 내려와 부부를 보고

"당신들은 가난하게 살면서 어떻게 그렇게 항상 웃음소리 그치지 않나요?" 하고 물었다.

그런데 그 가난한 부부의 대답은 너무나 간단했다.

"저같이 못나고 못 배운 여자를 아내로 맞아 살아주는 저의 남편이 너무 너무 고마워서요."

"아니에요. 저같이 무능한 남자한테 시집와서 고생만 하는 저의 아내가 저에게는 너무나 과분할 뿐이에요."

'행복의 열쇠' 는 바로 그것 이였다.

'내게는 과분한 남편이고, 과분한 아내다' 라고 생각하며, 고마워하는 마음에서 행복이 온다는 것을 비로소 2층 집 부부는 깨달았다.

129 : 불타의 설교

　　　　　　　'바라문' 이란 고대 인도의 네 가지 계급 중 가장 높은 지위의 승려를 말한다.

인도의 젊은 바라문 한 사람이 어느 날 불타 석가모니를 찾아와 차마 입에 담지 못할 욕설을 퍼부었다.

그러나 불타 석가모니는 태연하게 끝까지 그 험한 욕설을 퍼붓다가 불타가 아무런 대꾸도 하지 않기 때문에 제풀에 멋쩍어 입을 다물고 말았다.

그 때서야 비로소 불타는 조용히 말을 시작했다.

"자네는 집에서 손님에게 음식을 대접한 일이 있나?"

"물론 있지요."

"그 때에 만일 손님이 그 음식을 먹지 않고 그냥 가버리면 그 음식은 어떻게 하나?"

"그야 버리기는 아까우니까 제가 다 먹지요."

"그렇다면, 지금까지 자네가 나한테 한 욕설은 전부 자네가 도로 다 먹어버렸네."

"뭐라구요? 제가 한 욕설을 제가 도로 먹었다구요?"

젊은 바라문은 무슨 뜻인지 몰라 어리둥절하다가

"아, 제가 불타에게 퍼부은 욕설인데 어째서 제가 도로 먹었습니까?"

하고 볼멘 소리로 투덜댔다. 불타는 다시 말을 이었다.

"자네 집에 온 손님이 음식을 안먹으면 자네가 그 음식을 다 먹듯이 아까 자네가 퍼부은 욕설은 내가 하나도 먹지 않았으니까 자네가 도로 다 먹은 게 아닌가?"

바라문은 그때야 비로소 불타의 뜻을 알아들은 듯이,

"아니, 그럼 아까 제가 한 욕설을 불타께서는 하나도 듣지 않았다는 것입니까?"

"물론이지. 마음에 없으면 귀에 들어와도 들리지 않는 법이니까 나는 그 욕설을 하나도 안먹었다네."

젊은 바라문은 그만 얼굴이 붉어져 고개를 숙였다.

"그럼, 어떤 경우에 욕을 먹는 것이 되는겁니까?"

"한 쪽에서 욕설을 퍼부었을 때 그것을 받아 마주 욕을 하면 그것이 욕을 먹는 것이지."

젊은 바라문은 불타께서 끝까지 자기의 욕설을 조용히 듣고만 있었던 까닭을 비로소 알았다. 결국 자기가 퍼부은 욕설은 모두 다 자기가 도로 먹었다는 것에 부끄러움을 느낀 한 편, 자기 잘못을 크게 뉘우치고 불타의 높으신 덕망을 배우려고 스스로 그 제자가 되었다.

언덕 위의 큰 정자나무는 선인과 악인을 가리지 않고 누구나 다 자기 그늘에 들어와서 편안히 쉬게 한다.

 속셈

미국의 강철왕이라고 불리는 사업가 '앤드류 카네기'가 세 살 때 어느 날 어머니를 따라 단골 과일상점에 갔었다.

그는 어머니 옆에 서서 빨간 앵두를 먹고 싶은 눈초리로 자꾸만 바라보고 있었다. 그 눈치를 알아챈 과일상점 주인 아저씨는 귀엽게 생긴 카네기에게 친절하게

"얘야, 너 그 앵두 한 줌 집어서 먹어라."

하고 말했지만 웬일인지 카네기는 주저누저하고 망설이기만 했다.

"얘야, 너 그 앵두 한 줌 먹어도 괜찮다니까."

상점 주인은 또 말했지만 여전히 카네기는 손을 내밀지 않고 앵두만 바라보았다.

의아하게 생각한 주인 아저씨는

"그럼 내가 한 줌 집어 줄테니 네 모자를 벗어 받아라."

하고 앵두 한 줌을 손으로 집어서 카네기가 벗어들고 있는 모자 안에 넣어 주었다.

집으로 돌아오는 길에서 어머니가 물었다.

"앤드류야, 아까 왜 네 손으로 앵두를 집어먹지 않고 주인 아저씨가 집어주기를 기다렸니?"

이렇게 물었더니 카네기의 대답은 너무도 놀라웠다.

"엄마, 내 손보다는 그 아저씨 손이 더 크지 않아?"

과연 사업가로 크게 성공할 사람은 어릴 때부터 이렇게 '속셈'이 범상치 않았던 것이다.

131 : 겸손을 배운 젊은이

바람이 몹시 불고 추운 겨울날, 스님 한 분이 시골 논두렁 좁은 길을 걸어가고 있었다. 논두렁 한가운데 쯤 왔을 때 맞은 편에서 말을 타고 오는 젊은이와 마주쳤다.

"나는 갈길이 급해요. 어서 비켜요."

젊은 사람은 말위에 탄 채 한 발로 스님의 가슴을 밀어 걷어찼다. 스님은 양팔을 허우적거리다가 그만 물이 고인 논바닥으로 넘어지고 말았다. 그러나 젊은 사람은 뒤도 돌아보지 않고 말에 채찍을 하며 유유히 가버렸다.

그런데 웬일인지 젊은 사람은 잠시 후에 말에서 내려 논두렁 가운데 까지 다시 걸어왔다. 스님을 발로 걷어 찰 때 한 쪽 가죽신이 벗겨져 논바닥에 떨어졌기 때문이었다.

흙탕물에 젖은 옷을 찬물에 씻고 있던 스님은 논 가운데에 떨어져 있는 가죽신을 보고 다시 물로 들어가 그것을 집어들고 거기에 묻은 진흙을 자기 옷으로 문지르며 젊은 사람 눈앞에 내밀고 빙그레 미소를 지었다.

젊은 사람은 그것을 받지도 못하고 어찌할 줄을 모르다가 드디어 논두렁에 엎드려 엉엉 소리내어 울면서 스님에게 사과했다.

"스님, 제가 잘못했습니다. 제발 용서해 주십시오."

오만불손하던 젊은이는 한없이 너그러운 스님으로부터 비로소 겸손과 예의를 배운 것이다.

132 : 나폴레옹의 응답

나폴레옹이 전쟁터에서 한 때 불행하게도 적군에게 포위를 당한 일이 있었다.

그는 위기를 면하기 위해서 사병의 옷으로 갈아입고 호위병 한 사람도 거느리지 않은 채 혼자서 도망을 가다가 어느 시골집에 들어가 주인에게 부탁했다.

"나는 지금 적군에게 쫓기고 있는 몸이요. 급히 안전한 곳에 숨겨주시오."

그 말에 주인은 재빨리 자기 침대 밑에 숨겨 주었다.

잠시 후 적군의 병사가 그 집으로 쳐들어와 온 집안을 뒤지다가 침실로 들어갔다. 방안을 휘 둘러보던 그 병사는 긴 칼을 뽑더니 침대를 위로부터 콱 내려찔렀다. 주인은 그 순간 아찔하고 놀랐지만 겉으로 내색을 하지 않고 억지로 태연한 척 했다.

적군이 돌아간 뒤에 조심스럽게 침대 밑을 살펴보니 다행히 병사는 무사했다.

침대 밑에서 살아나온 나폴레옹은 주인을 보고 말했다.

"나는 나폴레옹 황제요. 내 목숨을 구해 주었으니 정말 고맙소. 당신의 소원을 하나 들어줄 터이니 무엇이든 말해 보시오."

그 병사가 나폴레옹이라는 말에 주인은 또 한번 놀랐다. 잠시 무언가를 생각하다가 말을 했다.

"저의 소원은 하나도 없습니다. 다만 한 가지 황제께 여쭈어 보고 싶은 말이 하나 있습니다."

"그게 무어요. 어서 말해보오."

"아까 적군의 병사가 칼로 침대를 콱 찌를 때, 그때의 황제께서 마음이 어떠하셨는지요? 그거 하나만 저는 알고 싶습니다."

그랬더니 무슨 까닭인지 나폴레옹은 그 질문에 아무런 대답도 하지 않고 그대로 돌아가고 말았다.

그런데 잠시 후 그 시골집 주인은 나폴레옹 황제 앞으로 붙잡혀 끌려왔다. 그리고 나무기둥에 밧줄로 매어놓고 눈을 가리게 한 다음 총살시키라고 했다.

명령을 받은 병사가 총을 겨누고 쏘려고 할 때 나폴레옹은 자기가 '하나, 둘, 셋' 하면 총을 쏘라고 하면서 직접구령을 부치기 시작했다.

"하나……둘……잠깐"

나폴레옹은 갑자기 구령을 부치다말고 총살을 중지시킨 다음 천천히 나무기둥 앞으로 걸어갔다. 그리고 그 시골집 주인 귀에 입을 대며 귓속말로 조용히 말했다.

"아까 당신의 침대 밑에서 내 마음이 어떠했는지 이제는 알 것 같소?"

나폴레옹은 웃으면서 부하에게 그 시골집 주인을 풀어주라고 명령하고 사라졌다.

시골집 주인은 집으로 돌아오면서 나폴레옹의 그 비범한 인물 됨됨이에 다시 한번 감탄하였다.

※ 가장 확실한 대답은 행동으로 보인 경험뿐이다. -영국속담

133 : 가장 위대한 사람

"어머니, 저는 오늘부터 온 세상을 돌아다니며 이 세상에서 가장 위대한 사람을 찾아 그분으로부터 가르침을 받고 오겠습니다."

"참 기특한 생각이다. 그럼 언제 쯤 돌아오겠느냐?"

"저는 위대한 사람을 찾을 때까지는 결코 돌아오지 않겠습니다."

"오냐, 그럼 아무쪼록 몸조심하고……"

어머니는 눈물을 참으려고 돌아섰지만 소년은 굳은 결심을 하고 씩씩하게 집을 나섰다.

위대한 사람을 만나기 위해 소년은 그날부터 매일같이 여러 곳으로 돌아다녔다. 달이 지나고 해가 바뀌어도 오로지 이 세상에서 가장 위대한 사람을 만나려고 묻고 또 물으며 온갖 고생을 다 하였다. 그러나 웬일인지 위대하다고 소문난 사람마다

"나는 결코 위대한 사람이 못된다."

하며 펄쩍뛰고 말 할 상대가 되어주지 않았다.

이렇게 소년은 아무리 찾아다녀도 스승으로 모실 만한 사람은 만날 수 없었다.

마침내 소년은 몸이 지칠대로 지쳐 어느 숲 속 연못가에 털썩 주저앉고 말았다.

바로 그 때였다. 연못 한가운데에서 수염이 하얀 노인 한 분이 솟아 나오더니 소년을 보고 빙그레 웃으면서 물었다.

"애야, 너는 무슨 일로 그렇게 온 세상을 헤매고 다니니"

"네, 저는 이 세상에서 가장 위대한 사람을 찾아 가름침을 받으려고 이렇게 돌아다닙니다."

"응, 참으로 기특하구나, 그럼 네가 찾는 그 가장 위대한 사람이 지금 어디 있는가를 내가 가르쳐 줄까?"

"네, 할아버지! 어서 빨리 가르쳐 주세요."

소년은 너무너무 기뻐서 소리를 질렀다.

"애야, 너는 지금 곧장 너의 집으로 돌아가라. 네가 집에 도착할 때 너의 집 안에서 신도 신지 않고 맨발로 뛰어나오는 사람이 있을 것이다. 그 사람이 바로 네가 찾고 있는 이 세상에서 가장 위대한 사람이란다."

"그게 누구신대요?"

"집에 가보면 알 수 있지."

할아버지는 이렇게 말하고 안개 속으로 사라졌다.

소년은 즉시 벌떡일어나 자기 집을 향해 달려가기 시작했다. 집을 떠난지 5년만에 돌아가는 길이었다. 소년은

'정말 우리집에 위대한 사람이 나를 기다리고 있을까?

하고 궁금하게 여기면서 며칠만에 집에 도착했다.

소년은 대문을 두들기면서 소리쳤다.

"위대한 사람은 어서 나오세요."

그러자 누군가가 정말 신도 신지 않고 맨발로 뛰어나와 소년을 얼싸안고 기뻐하는 사람이 있었다. 그는 바로 소년의 어머니였다.

소년에게 가르침을 줄 이 세상에서 가장 위대한 사람은 바로 그의 어머니 밖에 없었던 것이다.

금보다 더 귀한 시간

1) 유명한 철학자이며 음악가요, 의사이기도 한 시바이쳐 박사가 1952년에 이 세상에서 가장 영광스러운 노벨평화상을 받게 되었다. 그래서 시상식에 꼭 참석하라는 통지서를 스웨덴으로부터 받았을 때. 이 소식을 들은 온 세계 사람들은 모두 축하의 박수를 보냈다.

문명과는 동떨어진 아프리카 오지에서 흑인들의 병을 치료해 주기 위해서 자기의 전공분야와 명예와 일신의 행복까지 다 버리고, 일부러 의학을 새로 배워 흑인들과 같이 생활하던 그에게 당연히 돌아갈 명예스러운 노벨상이었다.

그러나 시바이쳐 박사는 "여기 병원의 일이 이렇게 많은데, 그까짓 훈장나 부랑이를 받자고 금보다 더 귀한 내 시간을 빼앗길 수야 있나."

하면서 그 명예스러운 시상식에는 가지도 않고 오로지 환자들 치료 하는 일에만 바쁘게 보냈다.

그가 1952년 그곳 적도 직하의 가봉에서 거룩한 일생을 마쳤을 때 온 세계 사람들은 '아프리카의 성인' 이라고 추앙하였다.

2) '세계의 발명왕' 이라는 별명까지 얻은 에디슨은 식사시간도 잊은 채 연구에 몰두했었다. 어느 날 사환이 들어와

"선생님, 여기에 계란을 갖다 놓았으니 냄비의 물이 끓으면 삶아 잡수세요."

하고 나갔다. 에디슨은

"응, 알았어."

하고 대답만 하고 여전히 연구하는 것에서 눈을 떼지 않은 채 한손으로 계란 한 개를 집어 냄비에 넣었다.

얼마 후에 사환이 다시 들어와 냄비를 드려다 보고 그는 깜짝 놀랐다.

"아니, 이걸 어째요 선생님! 냄비 속에 웬 시계가……?"

에디슨은 연구에만 열중하다가 풀어놓은 손목시계를 계란인 줄 알고 냄비 속에 넣었던 것이다.

'시계를 보지마라.'

이 말은 그렇게 바쁘게 일생을 보내던 에디슨이 남긴 유명한 말이면, 시계는 시간을 기다리는 한가한 사람들이나 들여다보는 물건이라는 뜻이었다.

3) 세종대왕께서 눈병을 치료하시려고 온양 온천엔 갔을 때에 눈이 아픈데도 불구하고 밤을 낮삼아 한글 글자 모양에 대한 연구에 노력하신 결과 세계에서 가장 으뜸가는 우리의 소리글자 한글이 탄생하게 된 것이다.

그러므로, 지나간 2000년까지의 가장 위대한 한국 사람으로 세종대왕이 뽑힌 것은 어쩌면 당연한 일이다.

※ '시간은 금이다' 라는 말은 가장 널리 알려진 격언이다. 그러나 이 말은 크게 잘못된 말이다. 왜냐하면 금은 돈을 주고 다시 살 수도 있지만, 한번 잃어버린 시간은 아무리 돈을 많이 주어도 살 수 없기 때문이다. 즉 '시간' 을 파는 가게는 아무데도 없다.

※ 굴러가는 돌에는 이끼가 끼지 않는다. -헤이우드

135 : 캬뷰레터의 발명

자동차는 가솔린(휘발유)연료가 실린더 안에서 폭발하는 압력으로 피스톤이 움직여 앞으로 간다.

그런데 그 연료가 많이 들고 기름 값이 비싸기 때문에 누구나 적은 연료로 멀리 갈 수 있는 '연료 절약형 자동차'를 원하고 있었다.

발명가 찰스 듀리어도 몇 년에 걸쳐 그러한 연료절약형 자동차를 연구하느라고 자동차를 분해했다가 조립하기를 수 십번 거듭하다가 안돼어 실망에 빠져있었다.

그러던 어느 날, 외출 준비를 하던 그의 아내가 분무식 향수병으로 옷과 머리에 향수뿌리는 것을 보았다.

그것을 본 순간 듀리어의 머리에 번개처럼 떠오른 생각이 있었다.

"여보, 그 향수병 좀 봅시다. 그게 어떤 점이 좋소?"

"이 향수병은요, 굉장히 오래 쓰고, 손에 묻지도 않으며, 쉽게 골고루 뿌려지기 때문에 참 편리해요."

듀리어는 그 분무식 향수병으로 부인 옷에 직접 뿌려보면서 유심히 살펴보았다.

그 전에는 향수를 손바닥에 따라놓고 손가락으로 찍어서 옷에 발랐었는데, 그것에 비하면 이 새로 발명된 분무식 향수병은 뚜껑 위 꼭지를 손가락으로 누르면 병 속의 액체 상태의 향수가 안개처럼 기체 상태로 뿜어져 나오기 때문에 그 절반도 안되는 양으로 몇 배의 향수뿌린 효과를 나타낼 수 있었던 것이다.

'그렇다! 이 분무식 향수병의 원리를 이용해서 안개처럼 뿜은 가솔린 가스로 자동차 엔진의 실린더 속에 들어가게 하면 연료도 많이 절약되고 불이 더 잘 붙어 폭발력도 대단히 강해질 것이 아닌가?

듀리어는 순간을 잡은 이 반짝 아이디어로 연구를 거듭한 결과 드디어 엔진의 실린더 속에 가솔린을 안개처럼 뿜어 넣는 장치의 캬뷰레터 발명에 성공하였다.

그는 그것을 특허 내어 각 자동차회사로부터 엄청난 로열티를 받아 세계적인 큰 부자가 되었던 것이다.

※ 기회는 노리는 사람에게만 주어진다.

136 ▮ 사기(士氣)가 승리의 열쇠

　　　　"창은 긴 것보다 짧은 것이 재빨리 움직일 수 있어서 매우 유리합니다."

일본의 무사(사무라이) 노부나가의 창 선생은 이렇게 강력하게 주장을 하였다.

"아니요. 창은 길어야 적군을 멀리에서 찌를 수 있으므로 긴 것이 유리합니다."

히데요시 무사도 만만치 않게 반대 주장을 했다.

두 사람의 주장이 팽팽히 맞서 조금도 양보할 기미가 보이지 않았다.

할 수 없이 노부나가는 두 대장에게 수십 명씩의 무사를 맡기고 사흘 동안 훈련을 시킨 다음에 시합을 해보고서 긴 창과 짧은 창 중 어느 것이 유리한가를 결정하기로 하였다.

노부나가의 창 선생은 그날부터 자기에게 맡겨진 무사들에게 짧은 창을 나누어 주고 가혹한 기합을 주어가면서 맹렬한 훈련을 시작하였다.

그 결과 사흘 뒤에는 모두들 기진맥진해 쓰러지면서 불평들을 했다.

"잘 먹이지도 않고, 이렇게 혹독하게 훈련만 시키면 우리가 무슨 힘으로 싸워?"

하면서 모두 사기를 잃고 있었다.

그러나 히데요시는 자기편 무사들의 건강상태부터 한 사람씩 자세히 물어본 뒤 사흘 뒤에 시합이 있다는 것과 긴 창을 쓰는 요령을 설명해 주고

첫날은 쉽게 하였다.

둘째 날에는 긴 창을 나누어 주고 간단히 연습을 시킨 다음 무사들을 자기 곁에 모아놓고 조용히 말했다.

"전쟁은 결코 창으로만 이기는 것이 아니다. 하늘을 찌를 듯한 용맹과 힘으로써 싸워야 이긴다."

하고 일러주고 고기 등 먹을 것을 많이 나누어 주었다.

셋째날도 전날 연습한 것을 간단히 복습만 하고

"수고 많이 했다. 내일의 시합을 대비해서 오늘은 모두들 잠을 많이 자고 충분히 쉬어야 한다."

이렇게 위로와 격려를 해 주면서 역시 또 많은 음식을 나누어 주었다. 무사들은 모두들 감격하고 용기백배하여 히데요시를 위해서는 목숨이라도 바쳐 충성을 다 할 각오로 내일의 시합에서 꼭 승리하겠다고 굳게 결심을 했다.

다음 날 노부나가가 앞에서 벌어진 시합결과는 긴 창이 유리하다고 주장한 히데요시 편의 대승리로 끝났다.

짧은 창이 유리하다고 고집부리던 창 선생 편의 군사들은 하나같이 기운이 없는데다가 싸울 의욕조차 없어서 사기 충전한 상대편에게 창도 몇 번 휘둘러보지 못하고 여지없이 무너지고 말았다.

전쟁은 격심한 훈련만으로 이기는 것이 아니라, 병사 한 사람 한 사람의 심신상태를 살펴주는 애정과 격려로써 사기를 북돋아 주는 것이 더 중요하다는 것을 히데요시는 보여 주었던 것이다.

※ 가장 위대한 지도자는 가장 인간적이다.

137 : 엄마의 숨은 사랑

　　　　　미국의 어느 부인이 남편을 일찍 여의고 어린 딸 쥬리와 단 둘이서만 살고 있었다.

그런데 그 부인은 딸에게 온갖 정성을 다 들이지만, 이상하게도 쥬리가 학교에 갈 때나 다녀 왔을 때에 다른 엄마처럼 딸의 얼굴에 뽀뽀를 해주지 않았다.

'왜 우리 엄마는 다른 엄마들처럼 나한테 뽀뽀를 안해줄까? 혹시 진짜 엄마가 아니고 나를 고아원에서 데려온 것이 아닐까?"

쥬리는 이렇게까지 생각하면서 다른 아이들을 보면 창피해서 죽고싶은 생각도 했었다. 그래서 가끔 엄마한테 투정을 부리기까지 했다.

부인은 쥬리가 그런 생각으로 고민하는 것을 눈치 채고 주야로 걱정하다가 차마 딸에게 말할 수 없는 사정을 눈물을 흘리면서 일기에 기록하기도 했다. 그러면서

'이럴수록 어서 내 병이 나아야 할텐데……"

하며 몹시 안타까워 했다.

그러던 어느 날, 쥬리는 엄마가 시장에 가고 안계실 때 엄마방에 들어가 엄마의 일기장을 몰래 훔쳐보았다.

그런데 이게 웬일인가? 엄마의 일기장에는 놀라운 사실이 기록되어 있었다.

엄마는 불행하게도 폐결핵 초기 환자였다. 그러면서 쥬리가 걱정을 할까

봐 약을 감추어 두고 몰래 먹고 있었던 것이다. 그래서 엄마는 하나밖에 없는 딸 쥬리에게 온갖 정성을 다 쏟으면서도 뽀뽀만은 못해 주었던 것이다. 혹시 쥬리에게도 폐결핵이 전염되지나 않을까 하고 염려를 했던 것이다.

엄마는 어찌하면 좋을지 안타까운 그 심정을 하나님께 눈물로써 호소하는 내용으로 일기장 곳곳에 적고 계셨다. 그런데 쥬리는 그것도 모르고 '내 친엄마가 아닐 것이다. 자살하고 싶다.'

라는 생각까지 했으니 얼마나 크게 잘못된 생각이었나? 쥬리는 비로소 엄마의 그러한 숨은 사랑을 뼈저리게 느끼고 큰 충격을 받았다. 그래서 시장에서 돌아온 엄마를 얼싸안고 그만 엉엉 울음을 터뜨리고야 말았다.

"엄마, 미안해요, 나한테 뽀뽀를 안해주어도 좋아요. 빨리 병이 낫도록 노력만 하세요."

"그래, 쥬리야 미안하다. 엄마도 매일같이 너하고 뽀뽀하고 싶었지만 너의 몸은 아직 병에 대한 저항력이 약해서 금방 너한테 병이 전염될까봐 못해주었던 것이란다. 엄마 병이 완전히 다 나으면 뽀뽀 많이 해 줄게."

엄마와 쥬리는 더욱 힘있게 얼싸안고 따뜻한 사랑의 눈물을 한없이 흘렸다.

※ 세계를 움직이는 손은 요람을 움직이는 어머니의 손이다.

유명한 철학자이면서 교육사상가인 루소가 어느 날 숲 속의 오솔길을 산책하던 때였다.

남루한 옷차림의 소년 하나가 달려와 루소의 옷소매를 붙잡고 하소연했다.

"선생님, 돈 한 푼만 주십시오. 아침밥도 못 먹고 점심도 굶어서 배가 고파 견딜 수가 없습니다."

루소는 그 소년이 너무나 가엽게 여겨져 그 자리에서 몇 푼의 돈을 주었다. 소년은 허리굽혀 고맙다는 인사를 여러 번 하였다.

하루종일 서재에서 책 속에 파묻혀 지내다가 해가 질 무렵이면 숲 속 오솔길을 산책하는 것이 루소에게는 하나의 습관이 되었다. 또 그럴 때마다 그 소년을 만나며 소년은 의례히 루소에게 손을 내밀었고, 루소도 또한 그것을 당연한 일로 생각하며 그 때마다 돈을 주었다.

그러던 어느 날, 또 손을 내미는 그 소년에게 돈을 주려고 호주머니를 뒤적여 보았으나 그 날은 어찌된 일인지 돈이 한 푼도 없었다.

루소는 미안한 듯이 소년에게 말했다.

"오늘은 돈이 한 푼도 없으니 미안하구나, 내일은 꼭 잊지 않고 주마."

이렇게 말하고 돌아선 루소는 문득 한 가지 의문이 생겼다.

'저 소년에게 이렇게 날마다 돈을 주는 것이 과연 옳은 일인가? 오히려 의

타심만 키워주는 것이 아닌가?

루소는 이러한 생각이 들자 앞으로는 돈을 주지 않기로 마음먹었다. 다음 날 그 소년이 역시 또 손을 내밀 때 루소는 돈을 주고 나서 다정하게 말했다.

"애야, 나는 내일부터 너에게 돈을 주지 않기로 했다."

소년은 뜻밖의 이 말을 듣고 의아해하는 눈치였다.

"왜냐하면 너에게 계속 돈을 주는 것은 네가 자립할 수 있는 기회와 의욕을 내가 빼앗는 것이 되기 때문이다."

이렇게 말하고 소년과 헤어졌다.

그 다음 날부터는 소년은 거기에 나타나지 않았다.

그 후 십여년이 지났다. 어느 날 루소를 찾아온 젊은 신사가 공손히 허리 굽혀 인사를 하였다.

"선생님, 저를 알아보시겠습니까?"

루소는 청년의 얼굴을 자세히 보고 몇 년 전에 산책길에서 매일같이 만나 돈을 주었던 소년이었음을 알았다.

"저는 선생님 덕분으로 자립할 수 있게 되었습니다. 감사합니다."

그 소년은 당당히 사업가로 성공하여 자립하였음을 루소에게 보이고 자랑하려고 찾아 온 것이었다.

돈으로 돕기보다는 스스로 일어날 수 있도록 용기와 의욕을 북돋아 주는 것이 진정으로 돕는 것이 되었다.

139 : 목사가 된 도둑

　　깊은 밤, 어느 집에 도둑이 들어와 큰 자루에다 방 안의
물건들을 담아가지고 살며시 나가려던 참이었다.

"여보세요, 이것도 가져가세요."

갑자기 조용히 말하는 소녀의 목소리였다. 잠은 깨어 있었지만 잠자는 척
하고 있었던 소녀가 책상 위에 남아있는 물건을 집어 주었다. 도둑은 이
상하다고 생각하면서 그것도 받아가지고 나와 도망치듯이 달려왔다.

집에 와서 제일 먼저 그 소녀가 준 물건부터 꺼내보았더니 그것은 두꺼운
책 한 권 뿐이었다.

"이까짓 책이 내게 무슨 소용있어!"

하면서 내던지려고 할 때, 마침 그 때 펼쳐진 책갈피에서 빨간 밑줄이 그
어진 성경말씀 한 구절이 눈에 띄었다.

'도둑질하는 자는 다시 도둑질 하지말고 돌이켜 빈궁한 자에게 구제할 것
이 있기 위하여 제 손으로 수고하여 선한 일을 하라' (신약, 에비소서 4장 28절)

특히, 그 중에서 '도둑질' 이라는 단어에는 빨갛게 네모로 둘러쌓여 있어
서 그 도둑에게는 순간 그것이 마치 감옥처럼 느껴져 온 몸이 오싹해졌
다.

　　그 후 10년이 지났다. 그 소녀는 결혼을 하여 한 가정의 주부가 되었고,
더욱 성실한 기독교인이 되어 어느 날, 교회에 봉사하는 예배당 청소를

하고 있었다.

그녀는 성전의 강대 위를 조심스럽게 닦을 때 깜짝 놀랐다. 10년전 어느 날 밤 자기 집에 들어왔던 도둑에게 집어준 성서가 바로 거기에 놓여있는 것이 아닌가?

그는 즉시 그 성서를 들고 자세히 살펴보았다. 소녀시절에 자기가 빨간 줄을 그어가며 열심히 읽어 자기 손때가 묻은 그 성서가 틀림없었다.

그는 즉시 목사가 혼자 계신 방으로 달려갔다.

"목사님, 이 성서는 제가 소녀시절에 읽던 것이며, 어느 날 밤 도둑에게 집어 준 것이 분명합니다. 어떻게 해서 이 성서가 우리 교회 성전 강대 위에 있습니까?"

그 말을 들은 목사는 크게 놀라면서 당황하다가 한참 후에 무엇인가 결심한 듯이 다음과 같이 말을 하였다.

"그날 밤, 그 도둑이 바로 나였습니다. 집에 와서 제일 먼저 눈에 띈 구절이 '도둑질하는 자는… 선한 일을 하라' 라는 구절이었습니다. 그 구절에 감동되어 그날부터 그 성경 전체를 읽고 또 읽다보니 저절로 예수님을 믿게 되었고, 신학을 공부하게 되어 드디어 목회자가 되었습니다. 신도님, 참으로 부끄럽습니다. 그리고 저의 갈길을 가르쳐 주셨으니 정말로 그날 밤에는 고마웠습니다."

목사님과 여신도는 그 자리에서 두 손을 모아 하나님의 크나큰 은혜와 놀라운 기적에 감사하는 기도를 하였다.

※ 100년을 살 것 같이 일 하고, 내일 죽을 것 같이 기도하라. –B.프랭클린

140 ▪ 오성대감의 기지

　　　　　선조 대왕과 여러 대신들은 재치있는 오성대감 이항복의 놀라운 기지에 항상 감탄하고 있었다.

어느 날, 왕은 또 한번 그의 임기응변술을 시험해 보려고 조정에서 오성대감이 자리를 비운 사이에 거기에 남아있던 대신들에게만 은밀하게 이렇게 분부하였다.

"경들은 내일 아침에 출근 할 때 모두들 달걀 한 개씩만 가지고 오시오."

다음 날 아침 조회를 시작할 때 왕은

"경들은 어제 약속한 물건들을 다들 내놓으시오."

하니까 대신들은 모두 도포자락 안에 넣어가지고 온 계란 하나씩을 지체 없이 자기 앞에 내놓았는데, 이항복만은 무슨 영문인지를 몰라 어리둥절하고 있을뿐……

왕과 대신들의 시선은 자연히 이항복에게 쏠릴 수 밖에…… 그런데 이게 웬일인가? 이항복은 갑자기 자리에서 벌떡 일어나 허리를 굽히더니 자기 궁둥이를 양손으로 탁탁 치고는 "꼬끼요--"

하고 길게 수탉이 우는 소리를 내고나서 왕을 향해

"소신은 암탉이 아니고 수탉이라 알을 낳지 못하옵니다."

하고는 태연하게 자리에 앉았다. 이항복의 이러한 재치와 임기응변에 놀란 군신들은 모두 혀를 찼을 뿐만 아니라, 자기들을 삽시간에 암탉으로 만들어버린 그의 놀라운 기지는 참으로 천하일품!

141 : 30분 늦어진 독립

　　　　　인도 나라가 아직 독립을 목하고 영국의 지배하에 있었을 때, 무저항 주의로 독립운동을 벌여 온 마하트마 간디는 세계 5대 성인의 한 사람으로 숭배를 받은 위대한 인도의 민족운동가였다.

어느 날, 독립운동을 같이 하는 동지들의 중대한 회의가 있을 예정이었는데 몇 사람이 약속된 시간에 지각을 하여 30분 늦게 회의가 시작되었다.

개회사에서 간디는 엄숙한 목소리로 이렇게 말했다.

"회원 여러분! 몇 사람의 게으름 때문에 우리 인도의 독립이 30분 간이나 더 늦어지게 되었습니다."

이 한마디 말에 회의장 안에는 갑자기 물을 끼얹은 듯이 엄숙해지고 모든 사람들은 고개를 들지 못하였다.

지각을 한 잘못에 대한 죄책감도 있었지만 그보다도 반세기에 걸친 자기 나라의 독립이 아직도 이루어지지 못한 것은 그와 같은 게으른 국민성 때문이라는 뜻이 내포된 이 위대한 애국자의 날카로운 꾸중이 그들의 가슴속을 아프게 찔러주었기 때문이었다.

독립은 결코 남이 갖다 주는 것이 아니고 국민 한 사람 한 사람이 시간을 지킬 줄 아는 국민성부터 갖춰야 한다는 간디의 엄숙한 교훈이었다.

※ 나라를 위해 땀을 흘리지 않는 국민은 피를 흘리게 된다. -김형식

: 찬송가 364장

6.25전쟁이 치열하던 때, 북한 땅 어느 산악지대에서 있었던 일이다.

우리 국군 부대에서 적군의 실정을 살피기 위해 수색대를 조직하게 되었다. 전세가 매우 불리하던 상황에서의 수색대원은 그야말로 결사대원과 다름없었다.

그런데 공교롭게도 31명의 지원자는 모두가 북한에서 자유를 찾아 남쪽으로 월남하여 국군에 자진 입대한 군인들이었으며, 또한 그들은 모두가 기독교 신자들이었다.

수색대의 중대한 사명을 띤 대원들은 적군의 진지 깊숙이 들어가 임무를 무사히 마치고 돌아오던 중에 그만 적군에게 모두 포위를 당해 사로잡히고 말았다.

적군에게 무기를 빼앗기고, 혹독한 심문을 당한 그들에게 공산군의 장교 한 사람이

"너희들은 모두 이제부터 총살이다. 그러니 마지막으로 자기의 소원 한 가지씩을 말해 보아라."

하며 두 눈을 부릅뜨고 수색대원들을 둘러보았다.

잠시동안 아무도 먼저 말하는 사람 없이 침묵이 흘렀다. 그러다가 수색대원 중 한 사람이 침묵을 깨뜨렸다.

"나는 마지막 소원으로 찬송가 364장을 부르고 싶습니다."

하면서 굵직한 목소리로 찬송가를 부르기 시작했다.

그런데, 이게 웬일인가? 나머지 30명 모두가 마치 약속이나 한 듯이 일제히 우렁찬 목소리로 따라부르기 시작했다.

'내 주를 가까이 하려함은 십자가 짐 같은 고생이나 내 일생 소원은 늘 찬송하면서 주께 더 나가기 원합니다.'

이렇게 다같이 찬송가 부르기를 마치자 적군 중에서 어느 군관 한사람이 포로들의 총살집행을 자기가 책임지고 맡아서 하겠다고 나서며, 부하 몇 명을 뽑았다.

그는 부하 몇 명과 함께 31명의 수색대원 전부를 이끌고 더욱 깊은 산중으로 들어갔다.

군관은 데리고 온 부하들에게 명령하여 31명의 손을 묶고 눈을 가리게 한 다음 한 줄로 세워 놓고서 총을 겨누게 하였다.

그리고 자기가 구령을 '하나, 둘, 셋' 하면 일제히 총을 쏘라고 일러 준 다음 큰 소리로

"하나, 둘……"까지 부르고 '셋' 하고 불러야 할 찰나에 '탕 탕 탕!' 하고 그 군관은 오히려 부하 공산군을 모조리 순식간에 다 쏘아 버리고 말았다. 그리고 수색대원들의 눈가림과 손목묶음을 재빨리 풀어주면서

"나도 크리스천입니다. 빨리 남쪽으로 탈출합시다."

하며 자기가 앞장서서 안내하여 무사히 함께 아군쪽으로 월남하는 데에 성공하였다.

※ 수고하고 무거운 짐 진 자들아, 다 내게로 오라. 내가 너희를 쉬게 하리라. -마태복음 11:28

143 ░ 동그라미 마음

　　　　　　　세종대왕 때 '황희' 라는 유명한 정승(지금의 국무총리)
이 계셨다. 어느 날, 하인 한 사람이 들어와
"대감님, 아무게하고 이러저러해서 제가 말다툼을 하였습니다. 저의 잘못
이 아니지요?"
하고 말했다. 황정승은
"응, 자네 말이 옳으네."
하고 그 하인을 내보냈다. 잠시 후에 또 다른 하인이 들어와서
"대감님 그게 아니구요, 그 사람이 이러저러해서 다투었습니다. 저의 잘
못이 아니지요?"
하고 말했다. 그런데 황정승은 이번에도 또
"응 그래, 자네 말도 옳으네."
하고 그 하인을 내보냈다.
이 광경을 처음부터 다 보던 황정승의 부인이
"아니, 대감은 두사람의 잘잘못을 분명하게 잘 가려주시지 않고, 어째서
이 사람 말도 옳다, 저 사람 말도 옳다고 하시지요?"
하고 말하자 황정승은 이번에도 또.
"응, 듣고보니 부인의 말도 옳구료."
라고 말하였다.

살라만상은 본시 동그라미로 시작되었다. 물질의 바탕인 원소 모양부터가 동그랗고, 태양과 지구, 달이 모두 동그라미이며, 동그라미 아니고서는 굴러가는 바퀴가 하나도 없다.

그러면, 동그라미 마음은 어떤 마음인가?

첫째, 넓게 포용하는 마음이다.

같은 길이의 노끈을 가지고 평지에 세모, 네모 5, 6, 7, 8각형 등 다각형을 만들어 갈 때 각이 많을수록 넓이가 넓어지다가 급기야 동그라미 즉, 원의 넓이가 가장 큰 것이 사실인즉, 이것은 동그라미 마음이 가장 큰 포용력으로 남의 잘못을 용서하여 품안에 싸안는 마음이다.

둘째, 동그라미 마음은 서로 도와가는 마음이다.

우리 조상들로부터 전해오는 '두레' 정신과 '강강수월래' 라는 마음이다. 손에 손을 잡고 둥글게 돌아가는 형상이다.

이렇게 동그라미는 자연의 섭리요, 화합과 융통의 활력소이며, 뜨거운 사랑의 상징이다.

특히, 우리들의 자녀와 학생들을 동그라미 교육철학으로 인성 지도에 임하는 동그라미 엄마와 동그라미 선생님들은 크게 예찬받아야 하고 영원히 존경의 대상이 되어야 한다.

황희 정승처럼 누구에게나 부드럽게 대해 주는 마음이 바로 동그라미 마음이다.

※ 아무리 해도 다 할 수 없는 의무가 있다. 그것은 사랑의 의무다. –사도 바오로

144 : '아' 와 '어' 는 다르다

어느 시장에서 쇠고기를 파는 나이 지긋한 푸줏간 주인이 있었다.

이름은 박영철, 그래서 그 푸줏간 간판에도 '박영철 고기집' 이라고 큰 글씨로 써 붙여져 있다.

어느 날, 젊은 사람과 중년 신사 한 분이 우연히 같은 시간에 고기를 사려고 함께 들어왔다.

그 중에서 젊은이가 먼저 간판에 쓴 이름을 쳐다보고

"어이, 영철이, 쇠고기 한 근만 줘."

하고 건방지게 반말로 지껄였다. 그러나 주인은 아무런 대꾸도 하지 않고 솜씨 좋게 고기 한 근을 칼로 베어 저울에 달아서 종이에 싸가지고 젊은이 앞에 놓았다.

그러자 기다리고있던 중년 신사는 마음 속으로

'아무리 짐승고기를 파는 사람에게라도 나이가 저렇게 많은 사람을 어린아이 부르듯 하면 되겠나?'

이렇게 생각하면서 간판을 다시 한 번 쳐다보고는

"박씨 어른, 나한테도 쇠고기 한 근만 주시오."

하고 부드럽게 부탁을 하였다. 주인은 빙그레 웃으면서

"예, 그렇게 하겠습니다."

하며 먼저와 같이 재빠른 솜씨로 또 고기 한 근을 베어 저울에 달아서 종이에 싼 중년 손님 앞에 놓았다.

그런데 참 이상한 일이었다. 똑같은 한 근씩인데 누가 보아도 먼저 번 젊은이에게 준 고기보다 나중에 중년 손님에게 준 고기가 거의 곱절이나 될 만큼 분량이 많았다.

그것을 본 젊은이는 대뜸 큰소리로

"야, 이 백정놈아, 똑같은 한 근씩인데 왜 내 것은 이렇게 적고 저 손님 것은 저렇게 곱절이나 많은거야?"

하고 으르렁거리며 곧 때릴 것처럼 대들었다.

그러나 푸줏간 주인은 화도 내지 않고 조용한 목소리로 젊은이에게 대답해 주었다.

"아 그거야 당연한 일이 아닙니까?"

"뭐가 당연한 일이야? 사람 얼굴 보고 이렇게 차별하는 거야?"

"손님 보고 차별하는 것이 아니고, 고기를 판 사람이 다르지요."

"고기를 판 사람이 다르다니 그게 무슨 소리야? 자기가 혼자서 다 팔구……"

"젊은이에게 고기를 판 사람은 '어이 영철이' 라는 사람이었고, 저 손님에게 고기를 판 사람은 '박씨 어른' 이라는 사람이 고기를 잘랐으니까 분량이 다를 수 밖에 없지요."

이렇게 차근차근히 말해 주었다.

이 말에 젊은이는 그제서야 자기 잘못을 깨닫고 아무 말 없이 가버렸다.

'아' 다르고 '어' 다르다는 것을 처음으로 깨달은 것이다.

――――――

※ 가는 말이 고와야 오는 말이 곱다. ―속담

145 : 법을 지키는 경찰

영국의 처칠 수상이 어느 날, 국회에 나가 중대한 연설을 하게 되어 있었지만 시간이 좀 늦을 것 같아서 자기 승용차 운전수에게 속력을 내 빨리 가자고 했다.

그래서 속도를 조금 올려 달리는데, 뒤에서 따라오던 경찰차가 앞을 가로막고 속도 위반이라고 하며 기사에게 면허증을 내놓으라고 요구했다.

"이 차에는 처칠 수상각하가 타셨어요. 국회에 도착하실 시간이 늦어서 빨리 가야합니다. 양해해 주시오."

운전기사는 아주 당연한 듯이 말했다. 그러자 교통순경은 뒷자석을 잠깐 들여다 보고는

"수상각하를 조금 닮긴 닮았소만, 정말 처칠 수상이라면 설마 교통위반을 하실리는 만무할 것인즉, 당신은 속도위반에다가 거짓말까지 했으니 어서 면허증을 내놓고 내일 경찰서로 출두하시오."

하였다. 뒷자석에서 이 광경을 보던 처칠 수상은 그 경찰이 법을 엄격히 잘 지키는 태도에 매우 만족하여 그 날 오후에 경시총감을 불러 그 경찰을 1계급 특진시켜 주라고 명령하였다. 그랬더니 경시 총감은 그 자리에서

"각하, 그런 규정은 없으니까 그것은 절대 안됩니다."

하고 딱 잘라 거절하였다. 처칠 수상은 웃으면서

"오늘은 내가 우리 경찰에게 두 번이나 당했군."

하며, 법을 잘 지키는 영국 경찰에 대해 만족히 여겼다.

146 : 자기 선전의 기지

영국의 소설 작가 '월리엄서멋세 모옴'이 아직 젊었을 때의 이야기다.

그가 처음으로 소설작품을 내놓았을 때 아직 그의 이름이 알려지지 않아서 그의 책이 잘 팔리지 않았다.

출판사에서는 그의 책 광고를 내면 광고료만 더 손해본다고 까지 할 만큼 책의 판매성적이 매우 좋지 않았다.

그러나 모옴은 실망하지 않고 자기의 처녀작인 그 소설책이 잘팔리게 될 좋은 방법을 연구하여 자기가 직접 신문에 다음과 같이 광고를 냈다.

"나는 나와 결혼할 여성을 찾고 있습니다. 나는 스포츠와 음악을 좋아하며, 교양이 있고 재산도 상당히 있는 건강한 젊은 남성입니다. 그러나 내가 바라는 배우자는 모든 면에서 소설작가 모옴이 처음 내놓은 그 소설의 여자 주인공과 같은 여자라야 합니다."

이러한 광고가 신문에 실리자 미혼 여성들은 그 소설의 여주인공이 어떤 사람인가를 알고 싶어서 불과 1주일만에 런던 시내의 모든 서점에서 그 소설은 한 권도 남김없이 매진되어 즉시 재판, 삼판까지 하게 되었다.

모옴이 유명해진 것은 이런 일이 있은 후였다.

147 : 목숨을 대신한 효성

어느 사형수가 어린 딸의 손목을 꼭 쥐고 울었다. "사랑하는 내 딸아, 너를 혼자 이 세상에 남겨두고 내가 어떻게 죽는단 말이냐?"

"아버지~ 아버지~"

마지막 면회시간이 다 되어 간수들에게 떠밀려 나가면서 울부짖는 소녀의 목소리도 한없이 애처로워 간수들의 가슴을 에어냈다.

소녀의 아버지는 다음날 아침 새벽 종소리가 울리면 그것을 신호로 하여 교수형을 받게 되어 있는 것이었다.

소녀는 그 날 저녁에 종지기 노인을 찾아갔다.

"할아버지, 내일 아침 새벽종을 치지 마세요. 할아버지가 종을 치시면 우리 아버지가 돌아가시고 말아요. 할아버지, 제발 우리 아버지를 살려주세요. 네?"

소녀는 할아버지에게 매달려 슬피 울었다.

"애야, 나도 어쩔 수가 없구나. 만약 내가 종을 안 치면 나까지도 살아남을 수가 없단다."

하면서 할아버지도 함께 흐느껴 울었다.

마침내 다음 날 새벽이 밝아왔다. 종지기 노인은 무거운 발걸음으로 종탑 밑으로 갔다. 그리고 줄을 힘껏 당기기 시작하였다.

그런데 이게 웬일인가? 아무리 힘차게 줄을 당겨보아도 종이 울리지 않는

다. 있는 힘을 다하여 다시 잡아당겨도 여전히 종소리는 울리지 않았다. 그러자 사형집행 대장이 급히 뛰어왔다.

"노인장, 시간이 다 되었는데 왜 종을 울리지 않아요? 마을 사람들이 저렇게 다 모여서 기다리고 있지 않소."

하고 독촉을 했다. 그러나 종지기 노인은 고개를 흔들며

"대장님, 글쎄 아무리 줄을 당겨도 종이 안울립니다."

"뭐요? 종이 안울린다니, 그럴 리가 있나요."

대장은 자기가 직접 줄을 힘껏 당겨보았다. 그러나 종은 여전히 울리지 않았다.

"노인장, 어서 빨리 종탑 위로 올라가 봅시다."

두 사람은 계단을 밟아 급히 종탑 위로 올라가 보았다.

그러나 거기서 두 사람은 소스라치게 놀라지 않을 수 없었다. 종의 추에는 가엾게도 피투성이가 되어 죽어있는 소녀 하나가 매달려 있는 것이 아닌가? 밧줄로 자기 몸을 추에 칭칭 동여매어 추 대신에 자기 몸이 종에 부딪쳐 소리가 나지 않도록 했던 것이다.

그 날 나라에서는 아버지의 목숨을 대신해서 죽은 이 소녀의 지극한 효성에 감동하여 그 사형수 형벌을 면해 주었다.

그러나 피투성이가 된 어린 딸의 시체를 부둥켜 안고 슬피우는 그 아버지의 처절한 모습은 보는 사람 모두를 함께 울지 않을 수 없게 하였다.

※ 어버이를 공경함은 으뜸가는 자연의 법칙이다. −발레리우스

148 : 사랑의 모자상(母子像)

　　　　　북극지방이 가까운 어느 마을의 늙은 부부가 예쁜 딸 하나만을 곱게 키워서 시집을 보냈다.

3년이 지나 그 딸은 옥동자를 낳아 업고 친정에 왔다가 다시 시집으로 돌아가는 길에 갑자기 눈보라를 만나 오도가도 못하고 추위에 떨고 있었다. 양가의 부모들은 걱정이 되어 두 모자를 찾아 나섰으나 눈 속에서 겨우 발견하고는 모두 낙심하였다.

예쁘고 젊은 엄마는 털옷을 다 벗어 아기를 쌓아주고 자기는 얇은 속옷만 입은 채 아기를 꼭 껴안고 웃으면서 얼어죽어 있었고, 갓난아기는 그 털옷 속에서 방글방글 웃고만 있었다.

양가 부모는 물론이고 보는 사람마다 그 젊은 엄마의 지극한 자식 사랑에 감탄하고 울지 않을 수 없었다. 그리고 마을 사람들은 그 자리에 돌로 만든 사랑의 엄마상을 세워 놓았다.

그 후 7년이 지났다.

일곱 살이 된 아들은 돌로 만든 그 여자 석상 앞을 지나면서 매일 같이 글방으로 공부하러 다녔다. 그런데 어느 날 할머니는 지금까지 손자에게 숨겨 온 석상의 내력을 손자에게 알려주고야 말았다.

"그 돌로 만든 여자의 석상은 바로 너의 엄마란다. 7년전 겨울에 옷을 다 벗어서 갓난아기였던 너에게 입혀 살려주고서 불쌍하게 얼어 죽었단다."

이 말을 들은 손자는 너무나 충격을 받아 어찌할 줄을 몰랐다. 그날부터 매일같이 엄마상을 찾아가 석상을 어루만지면서 한없이 슬퍼 울었다.

"엄마, 엄마는 그날 많이 추었지? 옷을 다 벗어 나한테 입혀주었으니 엄마는 얼마나 추었어?"

하며, 울고 또 울었다. 손자가 너무 슬퍼하는 것을 보고 할머니는 걱정을 하며, 공연히 알려 주었다고 후회했다.

그 해 겨울 어느 몹시 추운 날 밤, 소년은 할머니 몰래 그 석상으로 또 갔다. 눈보라치는 속에서 혼자 외롭게 서 있을 엄마를 생각하니 소년은 도무지 잠을 잘 수가 없었던 것이다.

소년은 엄마 석상 어깨에 자꾸만 쌓이는 눈을 손바닥으로 쓸어내리면서

"엄마, 오늘 밤도 너무너무 춥지? 내 옷을 엄마에게 입혀 줄게…… 내가 갓난아기 때 엄마가 그랬다며?"

소년은 자기 털옷을 벗어 엄마 석상의 어깨를 쌓아 주었다.

그리고 양팔을 벌려 엄마 석상을 꼭 껴안았다.

소년의 할머니는 잠결에 손자가 잠자리에 없는 것을 알고 석상으로 곧장 찾아갔다. 그러나 그때는 이미 손자가 엄마의 석상을 꼭 껴안은 채 얼어 죽은 뒤였다.

"아유, 불쌍한 내 손주야, 엄마를 그토록 불쌍하다고 슬퍼하더니 기어코 엄마를 따라 갔구나."

할머니는 그만 눈 위에 쓰러진 채 통곡을 하였다.

동리 사람들은 다음 날 그 자리에 또 소년의 석상도 나란히 세웠다. 그리하여 유명한 '사랑의 모자상' 이 된 것이다.

149 : 마음착한 전실 아들

조선시대 세종대왕 때의 일이다.

민손이라는 소년은 계모 밑에서 천덕꾸러기로 자랐지만 마음은 언제나 착하고 겸손하였다.그런데도 계모는 엄동설한에 자기가 낳은 친아들 두 형제에게만 따뜻한 솜옷을 입히고 전실 아들인 민손에게는 갈대옷을 입혔다.

어느 몹시 추운 날 아침 아버지가 민손에게

"오늘은 내가 관청에 갈 일이 있으니 같이 가자."

하고 수레에 올라탔다. 그 때 옆에 앉은 민손이가 추위에 몹시 떨기 때문에 수레까지 흔들렸다. 그것을 느끼신 아버지는

"민손아, 네가 몹시 추운게로구나."

하며 민손이가 입은 옷을 만져보고 깜짝 놀랬다. 민손이가 입은 옷은 솜도 넣지 않은 여름 갈대옷이었다.

"민손아, 이게 웬일이냐? 겨울에 갈대옷이라니!"

"아버지, 저는 조금도 춥지 않습니다."

민손은 춥지 않은 척 했지만 화가 나신 아버지는 곧 집으로 되돌아가 부인을 불러 놓고

"여보, 세상에 이럴 수가 있소? 이 추운 겨울에 전실 아들이라고 얇은 갈대옷을 입히다니, 당신같은 몰인정한 사람하고는 나는 절대로 같이 살 수 없으니 당장 이 집에서 나가요."

하고 호령을 하였다. 그러나 이 때 아버지 뒤를 따라 들어 온 민손은 아버지 옷소매에 매달려 침착하게 말했다.

"아버지, 진정하세요. 어머니가 계시면 저 하나만 춥지만 만약에 어머니가 이 집에서 나가시면 세 아들이 다 추운 고생을 하게 됩니다. 그러니까 아버지, 제발 어머니를 용서하세요. 네, 아버지."

하며 간절히 애원을 했다.

민손의 이 말을 듣고있던 계모는 비로소 자기 잘못을 깊이 깨닫고 눈물을 흘리면서

"민손아, 내가 정말 잘못했다. 네 마음이 이렇게 착한데도 내가 너한테 너무 큰 죄를 졌구나. 용서해다오."

하면서 민손이의 손을 잡고 사과하였다. 그리고 남편 앞에 가서도 무릎을 꿇어 앉아

"여보, 제가 정말 잘못했어요. 다시는 민손이를 차별하지 않고 똑같이 사랑해 줄테니 용서해 주세요."

하며 진심으로 빌었다.

그 날부터 계모는 마치 새로 태어난 사람처럼 민손에게도 따뜻하게 대해주는 엄마가 되었다.

민손의 착하고 심지 깊은 마음과 너그럽고 효도하는 마음 때문에 이 가정에는 다시 평화가 찾아왔다.

※ 효는 백행지본(百行紙本)이라. 효도하는 것은 백 가지 행실의 근본이다.

-공자

150 : 예쁜 손 신입사원

어느 회사에서 신입사원을 뽑을 때의 일이다.

필기시험이 끝난 다음 면접시험을 보려고 할 때에 사장은 남몰래 출입문 앞에다 일부러 종이 한 장씩을 구겨서 던져놓았다.

대부분의 응시자들은 그것을 본체만체 그냥 지나갔지만, 간혹 어떤 응시자는 그 휴지를 주워서 쓰레기통에 넣기도 하였다.

며칠 후 신입사원의 합격자 발표를 보니 휴지를 주은 사람은 모조리 다 합격하였지만 휴지를 보고도 본체만체 지나갔거나 주울까말까 망설이다가 그만둔 사람은 모두 다 불합격이었다.

사장님의 생각은 이러했다.

'하나를 보면 열 가지를 알 수 있다. 떨어진 휴지를 보고도 그냥 지나가는 사람은 아무리 학과성적이 우수하고 인물이 잘 나도 훌륭한 사원이 될 수 없고, 그런 사람이 오히려 담배꽁초나 껌 씹은 것을 아무데나 버리고도 태연한 사람이며, 자기 임무에도 소홀히 할 것이다. 그러나 자진해서 오물을 줍는 것이 습관화 된 사람은 그와 반대로 책임감과 협동정신도 강하고 매사에 헌신적일 것이다.'

이렇게 생각한 사장의 예측은 바로 맞았다.

그 해에 들어온 신입사원은 한 사람의 예외자도 없이 모두 다 예쁜 손을 가진 모범 사원이었다.

151 : 곰이 준 충고

　　사람의 속마음은 어려움을 당했을 때에 잘 알 수 있다.
옛날 다정한 친구 두 사람이 함께 여행을 떠났다. 산길을 걸어 가다가 갑자기 사나운 큰 곰을 만났다. 그러자 두 사람 중 키 큰 사람은 옆에 있는 나무 위로 날쌔게 올라갔지만 키 작은 사람은 어찌할 바를 몰랐다. 그 때 문득 머리에 떠오른 것이 있었다.

'곰이라는 짐승은 죽은 사람은 절대로 해치지 않는다'
라는 말을 들은 기억이 생각났다. 그래서 그는 얼른 길바닥에 엎드려 숨도 크게 못 쉬고 죽은 사람처럼 꼼짝하지 않았다.

곰은 가까이 오더니 쓰러져 있는 사람의 귀 밑을 들여다보기도 하고, 코 밑의 숨소리도 들어보더니 정말 슬그머니 어디론가 가버리고 말았다.

곰이 사라진 뒤에 나무 위에서 그 광경을 내려다보고 있던 키 큰 친구는 나무에서 슬슬 내려왔다. 그리고는 땅에 엎드려 있었던 친구에게

"아까 곰이 너의 귀에다 대고 무슨 말을 했니?"

하고 물으니까 키 작은 친구는 옷에 묻은 흙을 털면서

"응, 아까 그 곰이 나보고 하는 말이 '저렇게 저 혼자서만 살겠다고 나무 위로 올라간 사람하고는 친구로 사귀지도 말고, 같이 다니지도 말라'고 했어."

이렇게 태연하게 말하고 혼자 먼저 가버렸다.

외국의 어느 곤충학자는 호랑나비 날개에 있는 둥그런 모양의 눈알무늬에 대해서 큰 관심을 가지고 있었다.

'어쩌면 이 눈알모양의 둥근무늬가 나비의 천적인 새들로부터 자기 몸을 보호하는 역할을 하는 것인지도 모른다. 만일 그것이 사실이라면 이 둥근 눈알모양은 모든 새들이 제일 무서워하는 무늬일 것이다.'

이렇게 생각하고 그것을 확인해 보려고 실험에 착수하였다.

우선 첫 번째의 실험으로 크게 자란 누에 한 마리의 머리 부분에 직경이 1cm가량의 눈알모양으로 둥글게 오린 검은 종이 두 개를 붙여가지고 집에서 기르는 새장 곁으로 갖다 대니까 새는 갑자기 놀래어 새장 안에서 도망치려고 날개를 퍼드덕거리면서 야단법석이었다.

다음에는 다섯 마리의 새를 각각 다른 새장에 넣어 지붕마루에 올려놓고 추녀 밑으로부터 직경 60cm의 큰 눈알모양의 무늬 여러개를 붙인 커다란 풍선을 천천히 지붕 위로 띄어 보내니까 역시 또 새들은 모두 퍼드덕거리며 도망치려고 하였다. 그 다음, 그 풍선을 내려 무늬를 전부 떼어버리고 풍선을 다시 지붕 위로 올려보내니까 그 때는 새들이 모두 가만히 있는 것을 보고 자기의 예상이 맞았다는 것을 확신할 수 있었다.

다음 세 번째로는 그 눈알무늬를 여러개 붙인 애드벌룬으로 야생 찌르레기에게도 실험하여 보았다. 해가 서산으로 넘어갈 무렵, 야생찌르레기 떼 수천마리가 숲으로 돌아올 때 그 커다란 눈알무늬 붙인 애드벌룬을 숲 위로 띄어올려 보냈더니 날아오던 새들이 모두 갑자기 방향을 바꾸어 다른 곳으로 도망가버리는 것이었다.

이 실험결과가 신문에 크게 보도되자 과수원을 경영하는 농가마다 눈알무늬 풍선의 주문이 많이 들어왔다.

복숭아나 포도밭에 새들이 오는 것을 막기위해 이 눈알무늬 풍선을 띄운 결과 그때부터는 새들로 인한 피해가 없게 되어 농민들로부터 큰 환영을 받았던 것이다.

153 : 링컨의 3센트 실수

　　　링컨이 젊어서 조그마한 잡화상을 경영하던 어느 날이었다.
하루의 장사를 마치고 여느 때처럼 장부와 현금을 맞춰보고 있다가 3센트
의 돈이 남는 것을 발견하고

'이거, 어느 손님에게 거스름돈을 내가 안 주었구나, 그것이 누구일까?'
링컨은 손님의 얼굴을 하나하나 떠올려 보았다.

'그래 맞아! 잡화를 사고 8달러 3센트를 지불한 그 부인이다. 빨리 돌려주
어야 한다.'

링컨은 마음속으로 외쳤다.

곧 상점 문을 닫고 나섰다. 그 부인의 집 위치를 대강 알고 있었기 때문에
손에 3센트의 동전을 꼭 쥐고서 어두운 밤길을 링컨은 뛰기 시작했다.

대강 그 부근에 이르자 링컨은 한 집 한 집 문패를 확인하면서 찾았다. 약
1시간 동안 골목다가 찾아 헤맨 끝에 마침내 그 부인의 집을 찾아 초인종
을 눌렀다.

문을 열고 내다보는 그 부인의 얼굴을 보자마자 링컨은

"아주머니, 아까 거스름돈을 제가 안 드렸습니다. 죄송합니다."하고 자신
의 부주의를 사과하며, 쥐고있던 3센트 동전을 부인에게 건네 주었다.

"어머! 그까짓 3센트 때문에 이렇게 밤 늦게 찾아왔어요?"

부인은 눈을 둥그렇게 뜨고 감격해 하면서 동전을 받았다. 그리고는 링컨
의 얼굴을 다시 한 번 보면서

"젊은이의 그 마음, 정말 존경스럽군요. 언제까지나 그 정직한 마음을 소중히 간직하세요."
하고 칭찬과 격려의 말까지 해 주었다.

불과 3센트 밖 안돼는 돈이지만 1시간 이상을 뛰어다니면서 그날 손님에게 되돌려 주는 링컨의 정직하고 성실한 마음이 훗날 미국의 16대 대통령으로 당선되게 하였고, 또 '노예해방' 이라는 세계 역사에 길이 남을 위대한 정의를 실현시켰던 것이다.

―――――――

※ 정직을 잃은 사람은 더 잃을 것이 없다.

154 : 애국가의 탄생

우리나라의 애국가는 세계적인 음악가 안익태 선생이 일본에게 나라를 빼앗기고 있었던 1935년에 부다페스트 음악학교 재학중에 작곡 완성한 것이다.

어느 날 샌프란시스코의 한국인 교회에서 한국 교포들이 태극기를 걸어 놓고 스코틀랜드 나라의 민요인 '올드랭 사인'의 곡조에 '동해물과 백두산이……'의 노랫말을 붙여서 부르는 것을 보고 "이럴 수는 없다. 나라를 잃은 것도 원통한 일인데, 애국가마저 외국민요 가락에 붙여 부른다는 것은 너무나 비참하고 부끄러운 일이다. 내가 우리나라 애국가를 작곡해서 애국심을 북돋는 데에 앞장서야 하겠다."

이렇게 결심하고, 끓어오르는 애국심과 열정으로 작곡하여 하와이에 있었던 '대한국민회'와 중국 북경에 있던 '대한민국임시정부'에 보냈다.

1945년 8월 15일 마침내 우리나라가 해방되었을 때 해외에서 독립운동을 하던 애국 지사들이 국회한 후 그 애국가를 부르기 시작하였고, 그 후에 정식 국가로 결정되었다.

안익태 선생은 이 애국가를 넣어 감격적인 교향곡 '한국황상곡'이라는 유명한 곡도 작곡하였다.

"애국가는 내가 작곡한 것이 아니고, 그것은 하나님의 선물입니다. 나는 다만 하나님의 영감을 조국의 국민들에게 전했을 따름입니다. 작곡가는 단지 하나님의 메신저일 뿐입니다." 그는 항상 이렇게 입버릇처럼 말했었다.

155 : 소크라테스의 최후

"너 자신을 알라"

이 말은 세계 4대 성인 중의 한 사람인 소크라테스가 한 말이며, 누구나 자기의 무지를 우선 깨닫고 도덕을 실천할 것을 제자와 시민들에게 강조한 말이었다.

그러나 그 노력이 아테네 시민에게 받아들여지지 않고 오히려 이교인 다이몬교를 선교하여 국법을 어기고 청년들을 현혹시켰다는 오해를 받고 고발되어 사형에 처하게 되었다.

그가 처형되던 날 아침에 한 제자가 찾아와서

"선생님, 선생님은 왜 억울하게 돌아가십니까? 탈옥을 하시지요."

하고 권했으나 소크라테스는 태연하게 말했다.

"그럴 필요는 없네. 설령 악법이라도 국법은 국법이니까 시민으로서 마땅히 국법에 순순히 따라야 하네."

하며 거절하였고, 다른 제자가 새옷을 가지고 와서

"선생님, 마지막 길이오니 새옷으로 갈아 입으시지요."

하고 권했지만 그것도 거절하면서 옥리가 갖다 준 독약을 단정히 앉아서 단숨에 마셔버렸다. 그 독약 기운기 점차 온 몸에 퍼지자 소크라테스는 제자에게 말했다.

"여보게, 내가 아무개에게서 닭 한 마리를 얻어먹고 갚지 못했는데, 내 대신 자네가 꼭 갚아 주게."

이것이 그가 남긴 최후의 말이었으니, 이 세상에 왔다가 작은 빚이라도 남기지 않고 깨끗이 가겠다는 정신이었다.

156 ❚ 콜롬버스의 달걀

콜롬버스가 온갖 고생을 다 겪으면서 목숨까지 잃을 뻔한 끝에 아메리카 신대륙을 발견하고 돌아왔을 때였다. 그의 이름이 유럽 전체에 알려져 모든 사람들이 그를 존경하게 되었고, 왕으로부터도 큰 상을 받았다.

콜롬버스의 명예가 그토록 온 세상에 떨치게 되자 그것을 시기하던 친구들이 콜럼버스에게 말했다.

"자네가 신대륙을 발견한 것은 그렇게 대단하고 자랑할 것이 못된다고 생각하네. 왜냐하면 신대륙을 자네가 새로 만든 것도 아니고, 원래 거기에 있던 땅이니까 누구라도 배를 타고 계속 서쪽으로 가기만 하면 발견할 수 있었던 것이 아니겠는가?"

하고 빈정거렸다. 이 때 콜롬버스는 그 말을 조용히 다 듣고 나서 탁자 위 접시에 놓인 달걀 하나를 집더니

"자네들, 이 달걀을 탁자 위에 세워 놓을 수 있겠나?"

하였다. 친구들은 모두 달걀 하나씩을 집어가지고 탁자 위에 여러번 세워 보려고 했으나 아무도 못 세웠다.

"달걀을 어떻게 세워? 자네는 세울 수 있나?"

하고 친구들은 일제히 항의를 하며 대들었다.

이 때 콜롬버스는 태연하게 일어나

"나야, 자신 있게 세울 수 있지."

하면서 손에 든 달걀 밑둥을 탁자 귀퉁이에 '탁' 하고 쳐 깨뜨려 가지고 탁자 위에 세워 놓았다.

"자, 나는 이렇게 세워놓지 않았나?"

"아니, 그렇게 밑둥을 깨뜨리고야 누군들 못세우겠나? 으하하하. 콜롬버스, 자네 참 웃긴 사람이네."

하며, 모두들 한바탕 웃어댔다.

이 때 콜롬버스는 자리에서 천천히 일어나 엄숙한 목소리로 이렇게 말했다.

"누가 자네들 보고 달걀을 깨뜨리지 말고 세우라고 했나? 어떤 방법을 써서라도 먼저 세우는 것이 중요하지. 그와 마찬가지로 아메리카 대륙을 누가 먼저 발견하지 말라고 했나? 누구라도 먼저 발견하는 것이 중요하지."

이 말에 친구들은 모두 감탄하여 고개를 숙였다.

"과연 콜롬버스는 다르구나."

"역시 우리들 보다 한 수 위다."

157 : 노벨의 우정

　　　　다이나마이트를 발명하여 세계적인 거부가 된 노벨은 그 막대한 재산을 다 털어 노벨상을 만든 것으로도 유명하지만 친구를 아끼는 마음도 남달리 지극하였다.

노벨은 어려서부터 몸이 몹시 약해서 다른 아이들과 같이 뛰노는 일이 거의 없어서 친구가 별로 없었다.

고등학교에 입학한 후 같은 반의 보기라는 학생과 친한 친구가 되었는데, 그도 역시 몸이 약한 학생이었다.

보기와 노벨의 또 한가지 공통점은 몸이 약한 것 외에 학업성적이 언제나 반에서 1, 2등을 차지하고 있다는 점인데, 보기가 항상 1등이었고, 노벨은 계속 2등만을 하고 있었다.

그런데 어느 날 보기가 입원을 하여 여러날 결석을 하게 되었다.

그때 다른 친구들이 노벨에게

"노벨아. 보기가 입원을 해서 여러날 공부를 못하니까 다음 시험에서는 네가 틀림없이 1등을 하겠구나."

라고 말했다. 그러나, 노벨의 대답은 뜻밖이었다.

"남이 불행하게 되어 내가 1등하는 것은 참된 1등이 아니다."

하고, 그날부터 학교에서 배운 것을 날마다 편지에 자세히 적어 보기에게 보내주었다. 보기는 노벨이 보내준 편지로 병원침대에 누워 공부를 할 수 있었기 때문에 퇴원 후에 본 시험에서도 여전히 1등을 할 수 있었고 노벨은 또 2등이 되었다. 이렇게 노벨은 친구를 도와 주고 함께 노력하여 정정당당히 실력을 겨룬다는 정신이었다.

158 ː 숙종왕의 너그러움

　　냉방에 앉아 책을 읽고 있던 남산골 생원 이서우는 워낙 배가 고파서 책 읽는 소리가 제대로 나오지 않았다.

이때 갑자기 창안으로 방바닥에 떨어지는 물건이 있어서 열어보니 약식이 가득담긴 그릇이었다.

"이거 웬 약식인가, 어느분이신지 참 고마운 분이다."

하며 이생원은 약식을 맛있게 먹고 밤새워 공부를 했다.

그 이듬해 이서우는 마침내 문과에 급제하여 숙종왕을 가까이에서 모시게 되었는데, 어느 보름날 신하들과 잔치를 베풀고 있던 숙종왕이 말했다.

"몇 해 전 어느날 밤 짐이 남산골에 이르렀을 때 다 쓰러져 가는 초가집에서 선비의 글 읽는 소리가 하도 기운이 없어보여 별감을 시켜서 약식 한 그릇을 넣어 준 일이 있었는데 지금 그 선비는 어찌 되었을고?"

이 때 곁에 모시고 있던 이서우가 갑자기 엎드리면서

"상감마마, 그 날 밤의 선비가 바로 소신이었습니다. 그 후로 더욱 분발하여 이듬해에 등과하였습니다. 참으로 감사하옵니다. 그 약식 속에는 마제은도 들어있어서 이렇게 간직하고 있습니다. "

하고 눈물을 흘리며 품안으로 마제은(은으로 만든 말굽)을 꺼내어 왕에게 바쳤다. 숙종왕은 크게 기뻐하면서

"오! 그랬었군. 기특하도다. 경은 참으로 청렴한 인물이야."

하며 그 마제은을 이서우에게 돌려주고 벼슬도 더 높여주었다.

159 : 웅대한 유머 비교

화성에도 위성이 있는 것을 처음 발견한 미국의 천문학자 홀이 친구와 함께 레스토랑에서 점심을 먹고, 식사대를 지불할 때가 되자 홀은 주인 여자를 불러 말했다.

"음식이 참 맛있었습니다. 그 답례로 내가 천문학에 대한 이야기를 하나 해 드리겠습니다."

"그래요? 참 친절도 하셔라. 재미있으면 들려주세요."

그러자 홀은 진지한 표정을 짓고 이야기를 시작했다.

"이 세상의 모든 일은 2,500만년을 한 주기로 해서 일어나고 있습니다. 즉, 2,500만년이 될 때마다 다시 원상태로 되돌아가는 것입니다. 그래서 우리들은 2,500만년이 지나면 다시 지금과 똑같이 이렇게 여기서 만나지요. 그래서 말씀인데, 하나 부탁드릴말은 다름이아니라, 저의 오늘 식사 대금을 그때까지 외상으로 해 주시지 않겠습니까?"

이렇게 홀이 말하자 여주인은 웃으면서 즉시 대답했다.

"네, 좋습니다. 손님이 원하시는대로 그렇게 해 드리지요. 그런데, 지금으로부터 2,500만년 전에도 역시 손님께서는 저희 집에서 식사를 하시고, 그 때도 지금처럼 식사 대금 외상을 부탁하셨을테니까 그때의 외상값은 오늘 주셔야지요."

참으로 천문학자다운 웅대한 유머였으나, 유감스럽게도 여자 주인의 유머는 그보다 한 수 위였다.

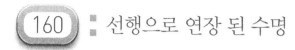

160 : 선행으로 연장 된 수명

영종 때 홍계관이라는 유명한 점쟁이가 있었는데, 그의
점괘는 너무도 신기하게 잘 맞아 그때의 정승인 상진 대감도 그에게 점괘
를 보았던바, 지나간 일이 전부 족집게처럼 잘 맞았으며, 마지막 죽는 날
까지도 밝혀 주었다.

그래서 대감은 그날이 되자, 틀림없이 죽을 것으로 알고, 장례준비까지
다 하고 옷도 갈아입고서 기다렸다. 그런데 아무 일 없이 그 날이 지나가
자 대감은 홍계관을 불러

"자네의 점괘가 다 잘 맞았는데, 죽는 날은 맞히지 못했으니 어찌된 일인
가?"

하고 물었다. 홍계관은 대답하기를

"남모르게 착한 일을 베풀면 목숨이 연장되는 법인데, 혹시 대감께서 남
몰래 덕을 쌓으신 일이 없으십니까?"

이렇게 반문하였다. 대감은 한참동안 생각하다가

"내가 어느 날 대궐에서 퇴근하다가 대전에서 쓰는 순금으로 만든 술잔을
길에서 주어 그 자리에서 기다리고 있다가 찾으러 온 도둑에게 주었더니
크게 뉘우치고 도로 갖다놓은 일은 있지만……"

하고 말하자, 홍계관은 무릎을 탁 치면서 말했다.

"저의 점괘가 틀림없지요? 만일 그 금잔을 대전에 갖다놓지 않았더라면
그 도둑은 죽음을 면치 못했을 것인즉, 대감께서는 도둑의 목숨도 구해

준 가장 큰 선행을 하신 것이 아닙니까?"

그 후 상진 대감의 수명은 15년이나 연장되었다.

161 : 미켈란젤로의 조각상

"이 대리석의 값이 얼마요?"

"그 대리석은 아무 쓸모가 없으니 그냥 가져가시오."

미켈란젤로는 대리석 가게에서 10년간이나 안 팔려 누가 그냥 가져가기를 바라던 큰 대리석 하나를 한 푼도 주지않고 집으로 운반해 왔다.

그 후 1년이 지난 어느 날, 미켈란젤로는 그 대리석 가게 주인을 자기 집으로 초대하였다.

"보십시오. 작년에 당신이 거저 준 대리석에 조각한 것입니다."

미켈란젤로가 보여주는 조각상을 본 대리석 가게 주인은 그만 눈을 크게 뜨고 깜짝 놀라지 않을 수 없었다.

그도 그럴것이 자기가 쓸모없다고 10년동안이나 업신여기던 그 대리석이 변하여 미켈란젤로의 걸작품 중의 걸작품인 예수 그리스도의 상이 나타나 있었기 때문이다.

그 것은 십자가에서 내려진 예수 그리스도의 몸을 마리아가 껴안고 있는 상으로서, 예수는 거의 벌거벗은 몸으로 마리아의 무릎에 누워있고, 그녀는 슬픈 표정으로 예수 그리스도의 얼굴을 내려다보고 있는 상으로서 이 것은 세계에서도 가장 아름다운 조각상 중의 하나로 나타나 있었기 때문이다.

대리석 가게 주인은 무한히 감탄하면서

"어떻게 선생님은 이런 훌륭한 조각품을 탄생시킬 수 있었습니까?"

하고 물었다. 미켈란젤로는 대답했다.

"내가 당신 가게 대리석 앞을 지나치려 하는데, 예수가 나를 불렀습니다. '나는 지금 이 대리석 속에 누워있다. 불필요한 부분을 떼어내 내 모습이 드러나게 하여라'는 말씀을 들었습니다. 그래서 대리석 안을 드려다 본 즉, 나는 거기에서 어머니 무릎에 누운 예수의 모습을 볼 수 있었습니다. 이 조각상이 안에 있었기 때문에 그 대리석 전체는 그토록 크고 기묘한 모습을 하고 있었던 것입니다. 그래서 나는 단지 그 불필요한 부분만 쪼아냈을 뿐인데, 이러한 기적이 탄생한 것입니다."

미켈란젤로의 설명을 듣고 가게 주인은 또 한번 놀랐다.

미켈란젤로와 같은 눈을 가지면 모든 돌 속을 X-레이처럼 투시 할 수 있을 것이라고 생각하였다.

: 가짜 아인슈타인의 기지

        상대성 원리로 유명한 아인슈타인 박사는 미국내의 여러 대학으로부터 강연 초청을 받아 쉬는 날이 없이 다녔다.

그때마다 그의 승용차 운전사도 박사의 강연을 끝까지 잘 들었다.

어느 날 또 시카고대학의 초청을 받아 가는 도중에서 운전사가 장난 삼아 박사에게 제의를 했다.

"박사님, 제가 벌써 30번이나 박사님의 강연을 들었기 때문에 모두 암송할 수 있을 정도로 되었습니다. 박사님은 피로하실텐데 오늘안 박사님 대신 제가 강연을 해 볼까요?"

박사는 잠시 생각하다가 그 제안에 순순히 응하면서 차 안에서 박사와 운전사가 옷을 완전히 바꿔입고 박사가 운전을 하며 운전사는 뒷자리에 앉은채 학교에 도착했다.

가짜 아인슈타인 박사의 강연은 무사히 성황리에 끝났다. 열렬한 박수를 받으면서 연단에서 내려오려는 참에 문제가 생겼다. 뜻밖에도 그 대학 교수로 보이는 분의 어려운 질문을 받은 것이다. 그때 가짜 박사보다도 진짜 박사가 더 당황한 것은 물론이다. 운전사의 복장을 하고 있으니 자기가 나가서 대답을 할 수도 없잖은가.

이때의 단상의 가짜 박사의 임기응변의 기지가 발휘되었다.

"아, 그런정도의 질문이라면 저의 운전사도 답할 수 있습니다. 어이~여보게, 여기 올라와서 자네가 설명해 드리게나."

강당 뒷좌석에 앉아있던 진짜 아인슈타인 박사는 식은 땀을 흘리면서 연단에 올라가 질문에 대한 완벽한 답변을 해 주었다.

163 : 양주동 박사의 위트

양주동 박사는 전국 곳곳에서 수많은 강연을 요청받았다. 어느 날 또 모 대학에서 초청 강연을 끝내고 학생들과 담소를 나누던 자리에서 어느 학생이 박사에게 따지듯이 물었다.

"박사님, 오늘의 강연은 잘 들었습니다. 그런데, 그 내용은 언젠가 한 번 강연을 하신 내용과 똑같은 것 같은데요. 안그런가요?"

하고 불만스러운 듯이 말했다.

워낙 여러 곳에서 강연을 했기 때문에 박사는 어디에서 어떤 강연을 했는지 곧잘 착각을 일으켰던 모양이다.

그러나 국보급 천재의 기지는 역시 국보급으로 발휘되었다.

"에이, 이 사람아! 소뼈다귀도 두 세 번씩 다시 우려먹는다는데, 이 국보 양주동의 명강의를 두 번쯤 들었기로소니……"

어느 날, 역시 대구의 모 대학 강당에서 박사께서 강연을 하던 때에 있었던 이야기다.

박사는 중국 고전에 대한 열강을 하던 중 갑자기 말문이 막혔다.

이야기 내용 중 등장인물의 이름이 도무지 생각나지 않아 더 이야기를 계속할 수가 없었다. 시간은 5초 10초 흘러가고 학생들은 숨도 못 쉬고 박사님의 다음 이야기를 기다리고 있었다. 이 때 박사는

"내가 모르는 것은 제군들도 모르는 것이 좋아."

이렇게 말하자 장내는 떠나갈 듯한 박수와 함께 폭소가 터졌다.

164 : 처칠 수상의 방송

영국의 처칠 수상이 전세계를 향하여 중대한 연설을 하게 된 날 아침이었다. 그는 시내에서 흔히 볼 수 있는 택시를 타고 말했다.

"영국방송협회까지 갑시다."

"손님, 미안하지만 다른 차로 가 주실 수 없습니까? 이 차는 그렇게 멀리까지는 가지 않으니까요."

한 시간이나 걸려야 할 거리까지는 못가겠다는 택시기사의 말이다.

"여보쇼. 기사 양반, 이건 좀 너무하지 않소? 도대체 택시라면 손님의 편리를 보와주는 것이 온당한 일이 아니겠소."

"손님도 참 딱하시군요, 여느 때 같으면 상관이 없겠지만 앞으로 약 한 시간정도 지나면 처칠 수상의 방송이 있기 때문이요, 돈은 못 벌어도 그 방송은 꼭 들어야 하거든요."

하고 말하는 것으로 보아 손님이 바로 그 처칠인 줄을 모르는 눈치였다.

처칠 수상은 그 운전사의 말이 마음에 들어 그 당시로서는 거금인 1파운드짜리 지폐 한 장을 주었더니 운전사는 깜짝 놀라며

"좋아요, 모셔다 드리지요. 에라, 처칠이고 뭐고 난 모르겠다. 돈이나 벌자."

하면서 차의 시동을 걸었다.

처칠 수상은 그 택시 기사 말에 실소를 금할 수 없었지만 기분은 참으로 좋았다.

그리하여 무사히 시간 안에 도착할 수 있었고, 그 방송은 전 세계 자유 국가 국민들에게 큰 감명을 주는 유명한 방송이 되었다.

165 : 행운의 잡지 기사

　　　　미국의 조지 웨스팅하우스는 기차가 충돌하는 대형 사고를 직접 목격한 후부터 달리던 차가 급정거 할 수 있는 강력한 브레이크를 발명해야 되겠다는 마음을 먹고 그것에만 열중하고 있었다.

어느 비오는 날, 그 경계를 그리면서 연구하다가 문득 출입문 쪽을 보니까 잡지를 파는 어린 소녀 하나가 차위에 떨고있는 것이 보여 불쌍하게 여겨져 도와주고 싶은 마음으로 아직까지 사 본 일이 없는 잡지를 처음으로 한 권 샀다.

머리도 시킬겸해서 의자에 앉아 무심코 그 잡지 몇 장을 넘겨보던 그는 갑자기 눈이 둥그래졌다.

'압축공기의 힘을 이용해서 알프스산에 터널을 뚫었다.'

라는 기사가 눈에 띄었던 것이다. 그 때 그의 머리에 순간적으로 떠오른 아이디어 하나가 있었다.

"그렇다. 압축공기를 이용하면 강력한 브레이크도 만들 수 있겠구나."

그는 그날부터 새로운 방향으로 연구를 시작하여 1866년에는 드디어 압축공기를 이용하는 강력한 에어 브레이크 발명에 성공한 것이다.

잡지 한 권 사 본 것이 크게 성공하는 계기가 되었던 것이다.

166 ∷ 동자에게 배운 공자

공자가 마차를 타고 이웃 나라로 가는 도중, 두 서너명의 어린이들이 길 한 복판에서 진흙으로 성 쌓기놀이 하는 것을 보았다.

"마차가 지나가니 길을 비켜라."

하고 마부가 동자들에게 말했다. 그때 그 중 한 동자가 일어서서

"마차가 성을 비켜가야지 어째서 성이 마차를 비킨다는 말이오?"

하고 당당하게 대꾸하는 것이었다. 마차 위에서 그것을 들은 공자는 그 동자의 말이 옳고, 기특하게 생각되어 마차에서 내려와 물었다.

"너는 아직 나이가 어린데, 어떻게 그런 이치를 다 아느냐?"

"그런 것 쯤은 아이들도 다 알고 있지요."

"그럼 너는 하늘의 이치도 아느냐?"

"사람이 자기 눈 앞의 일도 잘 모르는데 어떻게 하늘의 이치까지 알 수 있나요?"

"눈 앞의 일이라면 누구나 다 알고 있지 않니?"

"그럼 어르신께서는 눈 앞의 일은 다 알고 계신가요?"

"그럼, 대강은 다 알고 있지."

"그렇다면, 어르신의 눈썹이 모두 몇 개인지 아시나요."

"하~, 그건 나도 모르겠구나."

"그것 보세요. 자기 눈에서 가장 가까운 곳에 있는 눈썹도 잘 모르면서 어떻게 눈 앞의 일이라고 다 안다고 할 수 있습니까?"

"오~, 오늘은 내가 동자에게 큰 가르침을 배웠구나."

하면서, 지식이 많다고 결코 자만하지 않아야 할 것을 깨닳으셨다.

167 ∷ 변하는 인간의 마음

　　　　　중국의 위 나라 임금은 미자하 라는 소년을 특별히 귀여워 했다. 어느 날 밤, 궁궐에 머물고 있는 미자하에게 고향의 어머니가 위독하시다는 전갈이 왔다. 미자하는 급한 김에 앞뒤를 생각할 여지도 없이 임금의 명령이라고 속이고는 임금이 타고다니는 마차를 타고 고향으로 달려갔다. 그 당시의 위 나라 법에는 임금의 마차를 몰래 탄 사람은 두 발을 자르는 무거운 형벌을 받게 되어 있었다.

그런데도 임금은 그 이야기를 듣고

"미자하는 진정 효자로다. 어머니를 위하여 두 발이 잘리는 형벌도 각오하고 고향에 갔었구나."

하면서 오히려 용서하고 칭찬까지 하였다.

또, 어느 날 미자하는 임금과 함께 과수원을 거닐면서 복숭아를 먹고 있었는데, 맛이 어찌나 꿀맛 같은지라 반만 먹고 나머지 반은 임금에게 드렸다. 임금은 먹던 것을 주는 미자하에게

"미자하는 맛있는 것을 혼자 다 먹지않고 내게도 주니 나이는 아직 어리지만 이렇게 마음이 착하구나."

오히려 이렇게 칭찬까지 하였다.

그렇게 몇 해 지났다. 미자하의 귀엽던 얼굴도 점점 시들어감에 따라 임금의 귀여움도 사라져 갔다. 그뿐 아니라, 어느 날 조그마한 실수를 크게 꾸중하면서 그 전의 임금의 마차를 함부로 탄 일과, 또 먹던 복숭아를 임

금에게 준 일까지 전부 합해서 엄한 형벌을 주도록 명령을 내렸다. 인간의 마음은 이렇듯 수시로 변한다.

168 : 청빈한 유관 정승

　　　　　홍인문(동대문) 밖에 울타리도 없는 오막살이 한 채가 있었는데 그 집은 바로 청빈하기로 유명한 유관 정승의 집이었다.

집이 너무 허술한데다가 울타리조차 없으므로 지나가는 사람들이 방안까지 훤히 들여다볼 수 있어서 민망할 정도였다고 한다.

세종대왕께서 이 소문을 들으시고 공감을 불러 분부하셨다.

"유관 정승이 그렇게 청렴결백할 수가 없구나. 본인이 알면 싫어할 터이니 밤중에 가서 갈대로 엮은 갈자리라도 울타리 삼아 집을 둘러주도록 하되, 본인이 절대로 알지 못하도록 하여라."

유관 정승은 자기의 의식주 생활은 돌아보지 않고, 나라에서 주는 녹을 가난하게 사는 사람들을 찾아다니며 나누어 주었다.

유 정승의 오두막에는 비가 올 때마다 지붕이 새어 찢어진 종이 우산을 받쳐들고 비를 피했다. 그러면서도 오히려

"우리는 우산이라도 있어서 다행이지만 우산조차 없는 집은 이 빗속에서 어떻게 지내고 있을까?"

하고 부인을보고 걱정을 하였다.

169 : 현명한 스페인 왕

아리곤 스페인 왕이 어느 날, 10여명의 신하들을 이끌고 민정시찰을 나갔을 때의 일이다.

어느 보석상 앞을 지나다가 진열장 안을 들여다 보니 좋은 보석이 많아서 왕은 신하들과 함께 보석가게 안으로 들어갔다.

왕은 주인에게 이것 저것 물어보다가 보석 하나를 사가지고 신하들과 함께 그 가게에서 나왔다.

그런데 100여m 쯤 갔을 때 보석상 주인이 헐레벌떡 뛰어왔다.

"폐하, 말씀드리기에 대단히 죄송하오나 폐하께서 다녀가시고 저희 가게에서 가장 값비싼 다이아몬드 하나가 없어졌습니다."

이 말을 들은 왕은 크게 당황을 하며 신하들과 함께 보석상으로 되돌아갔다. 왕은 잠시 생각을 하다가 주인에게 부탁했다.

"큼직한 항아리에 소금을 절반 정도 넣어가지고 오시오."

가게 주인은 잠시 후에 소금항아리를 왕 앞에 갖다 놓았다. 그 때 왕은 신하들에게 명령을 했다.

"지금부터 한 사람씩 차례대로 자기 주먹을 이 항아리 안에 넣고 소금을 잠시 휘졌다가 꺼내시오."

신하들은 한 사람도 빠짐없이 왕의 명령대로 다 실행하였다. 왕은 주인에게 탁자 위에 그 소금항아리를 엎어 쏟으라고 하였다. 그랬더니 다이아몬드가 그 소금 속에 섞여있지 않은가?

현명한 왕의 기지로 보석을 찾았을 뿐 아니라 그것을 훔쳤던 신하에게는
아무도 모르게 자기 잘못을 뉘우치도록 해 주었던 것이다.

170 : 다시 묻은 은가마

조선 숙종 때, 남편을 일찍 여의고 두 아들만 키우는 김학성의 어머니가 어느 비 오는 날 삯바느질을 하고 있을 때였다. 처마에서 떨어지는 낙수물이 땅바닥에 떨어지면서 쇠소리가 들려왔다. 어머니는 참 이상하다 싶어 나가서 살펴보니 빗물이 떨어지는 자리가 패이면서 은으로 만든 솥뚜껑에 낙수물이 떨어질 때마다 쇠소리가 나는 것이었다. 어머니는 은가마 뚜껑을 열어보니 그 속에는 백색 은이 가득 들어있는 것이 아닌가! 그 때 어머니는 생각했다.

"이 은으로 인하여 우리 집에 큰 재앙이 따를지도 모른다."

이내 어머니는 은가마를 그 자리에 다시 묻고 집을 팔아 어린 두 아들을 데리고 다른 곳으로 이사를 하였다.

훗날 두 아들이 장성하여 과거에 급제하고 고향에 돌아왔을 때 남편의 제사를 지낸 자리에서 어머니는 이야기를 하였다.

"나는 이제 세상을 떠나도 부끄럽지 않게 되었다. 너의 아버지가 갑자기 돌아가셨을 때는 살길이 막막하였으나 이제는 너희들도 과거에 급제하고 학문도 아버지 뒤를 계 승할 정도가 되었으니 이제는 걱정이 하나도 없게 되었다."

그리고는 지난날의 은가마 이야기를 처음으로 들려주었다. 그 때 깜짝놀란 김학성은 그 이유를 묻자 어머니는 대답했다.

"이유없는 큰 재물에는 반드시 재앙이 뒤따른단다. 그리고 사람은 고생

속에서 곧게 자랄 수 있지만 돈이 많으면 게을러지고 쓸모없는 사람이 되고 만단다."